中岡慎太郎 上

人物文庫

学陽書房

目次

中岡慎太郎（上巻）

脱藩

突然、大気をふるわせて轟音がとどろく。

二度、三度。

彼方の海面で水柱がつづけざまに立った。

「あのお台場の大砲じゃ」

「黒船がきたかや」

船上の人々が騒ぎたてる。多くは、こんぴら参りや四国遍路から戻る老若男女であった。

近づく陸地は備前《びぜん》岡山藩領下津井《しもつい》である。

「なあに、池田さまご家中の稽古たい。それにしても、あんなもん、子供だましじゃ」

傍若無人の胴間声は、大助と呼ばれる水夫《かこ》であった。

讃岐《さぬき》の丸亀港で出帆待ちのときから、客の人気者になっていた。

どんぐりまなこで豪傑ひげをたくわえた、陽気でおしゃべりなこの若者は、こんぴら渡しの名物男らしい。

わざわざ、大助がいる塩飽《しわく》船を探して乗った一行も何組かいた。

三百石積みほどの回船で、船頭のほか水夫が六人、立ち働いている。

水夫は、腹掛けだけの半裸か、粗末なはっぴ姿だが、大助だけが風変わりだった。錦絵で見る、憎き異国水軍そっくりの、黒の筒袖に金筋入りパッチをはいているのだ。

そのはず、大助の自慢は、三年前の万延《まんえん》元年（安政七年。三月十八日、万延に改元）に、日本人で初めて太平洋を横断して、アメリカへ渡った咸臨丸《かんりんまる》に乗り組んだということである。

「水夫は六十余州から、五十人選ばれたがのう、そのうち三十五人が、わしら塩飽生まれの船乗りじゃった」

そう大見得《おおみえ》を切っていた。

それが事実にせよ、時節柄、異国かぶれのいでたちといい、アメリカを賛美するがごとき土産話といい、今の岡山藩池田家の砲術をこばかにした放言といい、

（断然、天誅《てんちゅう》じゃ）

と、甲板の積荷のかげで、目立たぬよう端座していた中岡慎太郎《なかおかしんたろう》は、いきどおる。

いや、憤慨せねばならぬと思う。

慎太郎は、尊王攘夷《そんのうじょうい》を盟約し、過激で知られる土佐勤王党の一員であった。

憂国の至情にたえきれず、ついに、数日前に脱藩して、同志のもとに急ぐ身である。

（血祭りに上げねば）

だが、慎太郎は刀を抜くことはできなかった。当の水夫が憎めないのである。周囲の庶民も、辻講釈を聞くような気楽さではないか。

それに、お上の要人でもない、ただの船乗りが、異国の実情を見てきている、そのことへのひるみが慎太郎に生じていた。

水夫は二十五、六にみえる。

慎太郎も、当年、二十六歳だった。

加えて、脱藩逃亡中である。藩の追手が迫っているかも知れなかった。軽挙して捕まれば、斬首の刑も覚悟せねばならない。

「あっ」

慎太郎は、一方を見て顔色を変えた。

こんぴら船に、朱色の手旗をふりながら近づいてくる小早船《こばやぶね》がある。銃口を備えた二十挺立ての快速船だ。

夕焼けがはじまったばかりなのに、早くも火を入れた高張《たかは》り提灯《じょうちん》と幟《のぼり》の、備前蝶の紋章から、岡山藩の、それも番所船と知れる。

諸国修行の武芸者を装って、甲板の積荷かげで、人目を避けていた慎太郎が身をかたくしたのは、波をけたてて漕ぎ寄せてくる番所船を認め、

(捕吏か)

と、疑ったからだった。

(海の上では、逃げようがないぜよ)

土佐本国では、勤王党への弾圧が激しくなり、盟主の武市半平太《たけちはんぺいた》をはじめ、多くの同志が投獄された。脱藩した者も国境で追捕されたり、土佐藩からの依頼をうけた他藩の役人によってとらえられ、護送されたと聞く。

(おとなしく縛につくか、それとも、斬り死にか)

鯉口にそっと指をかけたとき、

「へーい、がってんでごんす、お指図通り、西の崎へ着けまする」

かしこまって、番所船へ応答する船頭の大声がひびいた。

「それっ」

水夫頭と見られる筒袖豪傑ひげの一声で、水夫たちが総掛かりで帆をおろし、櫓《ろ》の座へ走る。

船は六人の漕ぎ手によって、ゆっくりへさきを回して、たそがれに輝きを増してゆく灯ろう堂(灯台)のある入江へ向かう。

下津井は、瀬戸内に数ある港のなかでも、最も名高い海路の要衝である。

東から、田の浦、吹上、祇園《ぎおん》下、西の崎と入江が四つ並び、三十一万五千石の岡山藩の、参勤交代御座船発着の港であり、北前船《きたまえぶね》や上方・江戸回船の寄港地であった。

さらに、海上わずか四里で、参詣口になっている丸亀へ渡れる、こんぴら船の渡し場であるから、海陸のにぎわいは瀬戸内第一と喧伝《けんでん》されている。

このことから、脱藩逃亡中の慎太郎は、こんぴら参りの客にまぎれ、雑踏の地へ入って、追っ手の目をくらまそうとしているのだった。

だが、四つの津に千石船の帆が少ない。

よく見れば、朱色の手旗をふって疾走する数隻の番所船が、出船入船を、点在する小島の入江などへ誘導しているのだった。

慎太郎が乗るこんぴら船は、山のふちを東西にのびる港町の、西のはずれにあたる西の崎に入り、乗り合い客をおろした。

旅人と船着場の人人との話し声で、祇園下へ着くはずのこんぴら船がここに回されたのは、明日、藩主池田茂政《もちまさ》公の、お台場砲術ご視察があるからだと知れる。

町筋へ急ぐ慎太郎は、ふと、殺気にも似た強い視線を感じた。

慎太郎は歩みをゆるめない。前を向いたまま、なにげない振りで足をはこぶ。

彼方の丘は祇園社であり、ふもとに遊郭があるという。そのあたりの空が、ほんのり染まったのは、色町特有の掛《か》け行灯《あんどん》を、いっせいに点《とも》したからであろうか。

強い視線の主は、二間ほどうしろから、同じ歩幅で追ってくるようである。

（刺客か）

慎太郎は正規の土佐藩士ではなかった。

高知城下から東へ十数里、安芸《あき》郡の山間、北川郷十四ヵ村を預かる大庄屋《おおしょうや》である。名字帯刀を認められているが、半農半士で郷士格であった。しかし、郷士同様、大庄屋も昔は武士だった家系が多く、兵法を練り、学問を修めることは、城下に住む上士に劣らなかった。

慎太郎も幼くして、四書五経をまなび、詩文に親しんでいる。

成人後はたびたび高知城下へ出て、砲術塾に出入りし、剣術は土佐随一を自他ともに許す、鏡新明智《きょうしんめいち》流武市半平太の高弟であった。

それゆえ、尾行してくる何者かの技量も感知できる。

(相当の使い手)

殺気は消えている。だが、刺客への用心を解くことができないのは、昨今、天誅という名のもとに、無差別の殺し合いが、各地でくりかえされているからだった。

慎太郎自身、さきほど船上で、異国かぶれの水夫《ほふ》に、殺意を覚えたではないか。

主義主張が違えば、すぐに逆上し、問答無用に屠ろうとする、荒《すさ》んだ世になっていた。

門柱に円福寺と読める古刹《こさつ》にさしかかると、境内から暮れ六つの鐘が流れ出た。

その美しい音色に思わずたたずむ慎太郎のそばを、人影がすり抜け、ふりかえる。

やつだ、と思うその男は、やはり眼光の鋭い武士であった。ところが、いかつい顔面に笑みをひろげている。

「そつじながら、暫時、話を聞いてはもらえまいか」

中年の、やや太り肉《じし》の侍は小具足をつけており、お台場砲術稽古の岡山藩士であることをうかがわせる。

そう観察する慎太郎の目の色に、

「さよう、もうしおくれたが、それがし、池田備前守家中、森下立太郎《りゅうたろう》（景端）でござる」

と、丁重な挨拶である。

慎太郎も一礼を返したが、

「私は剣術修行中の身、あるじは持ちませぬ」

土佐なまりが出ないように気をつけ、生国と姓名は伏せた。

岡山藩士はそれに気を悪くすることなく、

「ほう、ご浪人か。それは幸甚、立ち話も失礼ゆえ、それがしの宿所へきんしゃらぬか。酒など馳走したいが」

と、意外な成り行きである。

無気味である。

何の企みで、岡山藩の賤《いや》しからぬ家中が、ゆきずりの浪人風情に声をかけ、酒のもてなしまでしようとするのであろうか。

しかも、藩主のお台場視察をひかえ、吹上の陣屋一帯の宿は、警備の士と銃砲方の将卒で、ごったがえしている、という噂を船着場で耳にしたばかりである。

「せっかくのご好意ながら、先を急ぎますゆえ、ご無礼いたしとう存じます」

慎太郎は、ていねいに断わりを言って、歩みはじめた。

「それでは、同道しながら、語らいいたそうではないか」

森下立太郎と名乗った藩士は、親しげに寄り添いざま、刀の柄に手をかける。

瞬間、慎太郎は横とびに飛んでいた。

「お見事」

森下は、照れかくしに利き手を後頭部へあて、豪放に笑いながら、率直に陳謝する。

「他意はござらぬ。ひらにお許しを。心胆のほどを拝見したかったまで。いや、いや、勝手ながら、ますます気に入りもうした。おてまえこそ、われらが探し求めおるご仁じゃ」

慎太郎は、試されている気配は察していた。

一間ほど飛んでみせたのも、余裕であり、お付き合いのようなものである。

間合いのそとに出たあと、慎太郎に身構えがなく、平然としていたことも、森下を感じ入らせたようである。

「それでは、ごめん」

慎太郎は、どこか愛敬のある中年武士の世辞を聞き流して、足を急がせる。

港町はとっぷり暮れており、文久三年（一八六三年）十月十六日の月光は、薄い雲にはばまれて、寺の土塀沿いの道は暗い。

「あいや、待たれよ」

森下は、あくまで肩をならべ、

「単刀直入にもうす。じつは、それがし、人集めをおこなっておりますのじゃ。それというのも、ご存じのごとく、昨今、異国軍船の来航はますます繁く、武力を背景に開国をせまる横暴は、言語に絶する実情じゃ」

慎太郎は、かすかにうなずく。

同じ憂国の情からの、土佐勤王党加盟であり、このたびの脱藩であるからだ。

「ひるがえって、幕府の対策を見るとき……」

さすがに声を落とし、

「弱腰と、後手後手のぶざまは、ほんに、ごうがわくわい。そうではござらぬか」

ご政道批判は大罪である。うっかり相づちを打とうものなら、わなであれば、生きて戻れぬ獄が待っている。

若狭小浜《わかさおばま》の梅田雲浜《うんぴん》、越前福井の橋本左内《さない》、長州の吉田松陰《しょういん》など、前途有為の志士が一網打尽にされ、死罪に処せられた安政の大獄は、慎太郎の記憶にもなまなましい。

森下立太郎という男、真実、何者なのか。

「ところで、貴殿、当岡山藩の、新しい主君の出自《しゅつじ》をご存知かな」

問う森下は、その池田家中である。

慎太郎は、困惑顔になる。

慎太郎は、国事奔走を決意しているが、数日前までは土佐国山中の、一村役人にすぎなかった。正式には、父の病臥にともなう、大庄屋見習である。

その狭い世間から、目を天下国事へ向けさせたのは、剣の師匠、武市半平太である。瑞山《ずいざん》の号をもつ武市が提唱した、土佐勤王党に参加したのが、二十四歳の九月であり、まだ二年しかたっていない。

「いまだ、世間知らず。井の中の蛙でありますので」

慎太郎は、もうしわけなさそうに、わびた。

「いや、いや、知らぬが当然。わが藩は、長州や薩摩とは異なり、目立たぬ国柄でのう」

森下は、らいらくに笑い、

「しかし、これからは、ちと、違うぞ」

夜目にも肩をそびやかしたのがわかる。

「明日、この下津井海岸の砲台を見分なされる藩侯は、水戸烈公のご子息じゃ」

「ほう、水戸さまの……」

慎太郎は、思わず足をとめた。

祇園社参道口の、常夜灯籠の前である。

烈公とは、副将軍と称される御三家水戸家の、前藩主徳川斉昭《なりあき》である。

「水戸藩は、勤王攘夷の本家ではありませんか」

「さよう。大日本史を編さんなされた光圀《みつくに》公以来、勤王のお家柄でござる。烈公は、早くから海防が焦眉の急であると説かれ、軍船大砲の増産を主張されていた」

慎太郎は、昨年十月に隠居山内容堂《やまのうちようどう》警護の名目で、同志五十人と京都を経て江戸へ出た経験をもつ。

その折り、勤王攘夷の本山、水戸藩を訪れていた。

「水戸の烈公には、若君が大勢いらっしゃると、聞きおよんでおりますが」

「若さま二十二人、姫さま十五人を成されたとか」

「なんと、それでは、三十七人のお子を」

「うらやむべきご艶福、うらやむべきご精力でござるな」

「恐れ入ります る」

慎太郎は、六年前、二十歳のとき、親同士が決めた結婚をしていた。夫婦仲は普通だと思うが、子は一人。それも、嬰児のうちに病気で失っている。

「当藩へご養子にこられたのは、烈公の九番目の若君で、幼名は九郎麿さま。当年、二十五歳になられる。今年の二月に、急きょ決まりましてな。過日、初入国なされ、いきなり兵制の大改革を号令なされたのじゃ。貴公を呼びとめたのも、その兵制改革にかかわりがありますのじゃ」

黒船初来航以来、岡山藩でも、開国か攘夷か、幕府至上か朝廷至尊かで、藩内は大きくゆれていた。

豊臣秀吉の部将であった池田輝政《てるまさ》の、その孫光政《みつまさ》を藩祖に仰ぐ岡山藩は、徳川政権下では外様《とざま》である。

だが、光政が二代将軍秀忠《ひでただ》の養女を正室としたのをはじめ、代代、徳川一門との血の交流は濃い。

近くは、先代の慶政《よしまさ》も養子で、家康の長女（加納殿）が輿入れした先祖を誇る、中津十万石奥平昌高《まさたか》の四男である。

「そういうわけで、これまでは、どうしても藩論は徳川家寄りでのう」

森下は、くやしげに語りつづける。

「その上、わが身の安泰を第一とする重臣各位の、事なかれ主義が幅をきかせて、幕府の意のままの無為無策。天下の流れに、ぼっこう、遅れをとっておりました」

慎太郎は、立ちどまったまま、耳を傾けている。

慎太郎の土佐藩も外様だが、藩主をはじめ重臣層は徳川家の深い恩顧を言いたてて、勤王攘夷派を弾圧していた。

恩顧というのは、豊臣の部将であった藩祖山内一豊《かずとよ》が、関ケ原決戦で徳川方につき、その功によって、掛川五万石から土佐一国二十四万石の太守《たいしゅ》に引き上げられたことを指す。

「じゃけんど、勤王の本義にめざめ、藩政改革を叫んできた、われら小身者一党の、ねばり強い働きかけが実をむすび、水戸から茂政公をお迎えできましたけん、藩論が大きく変わりましたぞ」

慎太郎もそうだが、森下も熱中すると、つい、ことばの端端に土地なまりが出る。

「この六月、それがしは、ご家老の内命をうけ、長州へ友好の下話しにまいった」

「ほう、長州かや」

長州藩は、水戸藩につづく、今や勤王攘夷の新本山の感を呈していた。

慎太郎も、じつは、長州をめざしている。

だが、慎太郎の目的は、必ずしも長州藩ではない。藩主のお茶屋（別邸兼迎賓館）が設けられてある、防府《ほうふ》の三田尻《みたじり》であった。

広大なお茶屋の敷地内に「招賢閣《しょうけんかく》」と呼ばれる一棟があり、そこに憂国慷慨《こうがい》の志士が、全国から集まりつつあるのだった。

慎太郎は、その招賢閣に身を投じ、諸国の英傑と国事を論じ、なすべき大業を決めようとしている。

「長州藩は燃えておりますなァ」

「さよう、本拠を山陰の萩《はぎ》から、要衝の山口へ移しておった。その山口城下で耳よりのことを聞き、下関まで足をのばしたものじゃ」

森下の目がらんらんと輝いた。

「奇兵隊と名づけた、草莽《そうもう》の軍隊ができたというではないか」

「きへいたい……」

慎太郎はつぶやく。

「奇兵隊結成の主旨は、総督高杉晋作《たかすぎしんさく》うじの高論によれば……」

と、岡山藩士森下立太郎の弁説はつづく。

「腐敗と軟弱がきわまる藩の正規軍は頼みにならず、真に志を有する農民、町人、浪人等を結集して大事をおこなわんとするがゆえに、奇の兵、奇兵隊と称するという。その言や善し、ではござらぬか」

慎太郎は、森下なる侍が、ゆきずりの自分に声をかけた、その狙いがようやくつかめた。無駄な勧誘を止めさせようと、先手を取る。

「さすれば、岡山藩におかれても、奇兵隊をつくる企てがありますのか」

「それ、それ、それじゃ」

森下は無邪気によろこぶ。

「おぬしの頭の働きは鋭い。それがしが目をつけただけはありますわい」

「困りましたな。さきほどからの、お世辞のかずかず。その手はくわなの焼きはまぐり、ですぞ」

きまじめで知られる慎太郎が、めずらしく、おどけた。

「な、なんですと」

「私は、修行中の身、行き先があります。この上、お話をうけたまわるのは、無用かと存じます」

「これはしたり。どこへ行きんさる」

「それは……」

脱藩逃亡中の慎太郎は、足跡をつかまれるような言質《げんち》を残してはならない。

「それがしはの、昼すぎから舟着き場へ出て、行き来する男《おのこ》を物色しておったのじゃ」

森下の声は、どこか愚痴っぽい。

「ここ備前一帯は、大昔から、うまし国といいましてな。気候は温和、海の幸、山の幸に恵まれておって、暮らしよいせいか、武士も農民も、町人衆も、のんびりしておる。奇兵隊をつくろうにも、芯《しん》になる男が探し出せないのじゃ。兵卒は鍛えれば、使いものになろう。じゃが、伍長や隊長格はそうはいかん。ひとかどの人物でなくてはのう」

慎太郎は、露骨に、立ち去りたいそぶりを示す。

森下はかまわず、

「おぬしは、剣術回国中の浪士、学問もありそうだし、うってつけではござらぬか」

と、常夜灯籠の明かりに浮き上がっている、慎太郎の面貌に見入る。

慎太郎は、唇を一文字に結び、困惑の表情で、そっと顔をそむけた。

はっ、と感づいたように、森下が問う。

「言葉のなまりが、ちと気になっておったが、貴殿は、お国でご難儀ありとの風聞の、土佐勤王党のお方ではあるまいか」

慎太郎の顔色が変わった。指が、長刀の鯉口に掛かっている。

「いかにも、私は、土佐脱藩の者」

森下にずばり推量されて、慎太郎は開き直った。

「捕まれば、いのちのない身です」

おのれの言いように煽《あお》られたかのごとく、全身に殺気がみなぎる。

応答いかんでは、切り捨てる眼光だった。

森下は豪傑の質であろう。少しも動ぜず、手をふった。

「誤解めさるな、それがしは、いわば同志じゃ」

と、独特の温かい笑みをひろげる。

「そうであれば、お引きとめをして、ぼっこう、心無い仕儀でござった。ひらにご容赦を」

「こちらこそ、ご無礼をお許しください」

「心残りじゃが、もう何も言いますまい。ご姓名やお国の情勢、行き先などもおたずねしたいが、ご迷惑の上塗りでござろう。いさぎよく、お別れいたそう」

「かたじけない。いのちあらば、またの日にお目にかかり、ともに、新しい日本のために働きとう存じます」

「いかにも、いかにも。その日を楽しみに」

「さらばでございます」

「道中、お気をつけあれ」

両者は一礼しあい、慎太郎は街道をまっ直ぐ進む。

森下は、しばし見送っていたが、

「こりゃ、骨折り損のくたびれもうけであったな」

と、ぼやき、

「どれ、もうひと働き、人探しをするか。夜船が着くころじゃ」

気を持ち直して、西の崎の船着き場へ引き返してゆく。

慎太郎がたどる道筋は、急に明るくなり、にぎやかな町並みに変わった。

両側に軒を連ねる二階屋に、それぞれ屋号を入れた掛け行灯が美しく、どんちゃん騒ぎの歌声や嬌声、三味線や小太鼓の音が流れ出ている。

名高い、下津井祇園社裏の、色町にちがいない。

旅人のほかに、そぞろ歩きの船乗りや町人風体が増えていた。出張《でば》りの岡山藩士であろうか、侍の姿も目立つ。

軒下から、しどけない姿の遊女や留め婆が、

「こなたへどうぞ」

「おや、男前のだんな、ちょっと、ちょっと」

などと、かしましい。

不意に女の悲鳴がおこった。

「お許しくださいませ」

哀願の可憐な声がつづく。

ふりむいた慎太郎は、すぐそばの料理茶屋の大きな構えの前で、二人組の女を引きずり込もうとしている男たちを見た。

「ほたえなッ」

慎太郎は、とっさに、群れへとびこんでいた。

脱藩逃亡中の慎太郎が、われを忘れて色町のいざこざに身を投げ入れたのは、持ち前の正義心であろう。

さきほど、正体を見破った森下と名乗る岡山藩士を斬ろうとした、その高ぶりが鎮まっていなかったことも、無謀にしていたようである。

結果は、とんだ茶番だった。

「無体はやめろ」

と、男女のもみあいへ入って一喝したものの、一同は、きょとんとしている。

女二人は、宵のことといて菅笠《すげがさ》を背にたらした、女太夫《たゆう》のようで、三味線《しゃみせん》を小粋《こいき》に抱えていた。

うら若い女のほうの手を引っぱっていたのは、一見、高価とわかる衣裳を着流した、初老の商人風である。四、五人の男たちは、その旦那の取り巻きのようだった。

若い女の相方は、母親ほどの年輩である。

それらが、怒号を発しておどり込んできた慎太郎を、あきれ顔で見返しているのだ。

「下津井に、とんだ野暮天がいるものじゃ」

という、あざけりの小声が耳に入る。

その無礼をとがめる気さえ、慎太郎には起きない。恥ずかしさでいっぱいであった。

立ち往生の慎太郎に、年輩の女が、

「戯《ざ》れごとだったんですよう。おさわがせいたしました」

如才なく、ていねいにわびる。

「ごめん」

おのれの軽率を叱るように言い放つと、慎太郎は野次馬を押しのけ、その場を離れた。顔が赤くなっているのが、自分でわかる。

「こらえてつかあさぇ」

可憐な声が追いかけてきた。

小走りの足音が、わきをすり抜けて前にまわり、小柄な女が通せん坊をする。

瓜実《うりざね》顔の整った面立ちながら、目がくるりとしていて、まだ十五、六ほどの小娘である。

旅芸人らしく、三味線を小脇にかかえている身のこなしが、ういういしい。

「うれしかった、お侍さん。うち、生まれてはじめて、男の人に庇《かば》ってもろうた」

さげすまれることの多い境遇ゆえか、小娘は長身の慎太郎を、感謝あふれるまなざしで見上げ、息をはずませていた。

「うちら、門付《かどづ》けやけん、お座敷へ上がれんの。それを承知で、回船問屋の荻野屋《おぎのや》さんは、うちらをせびらかして（からかいいじめて）よろこぶんよ」

無邪気に訴えるさまが、なんとも可愛い。

しかし、慎太郎は色町のまん中で、顔を赤らめたまま、またもや立ち往生である。

やっと、

「達者でな」

と言い置いて、足を早めた。

「忘れんといて。うち、小鶴《こづる》といいます」

小娘の声が追ってくる。

慎太郎は、路地をみつけると、色町の淫風からのがれるように、海辺へおりた。

潮の香がすがすがしい暗い砂浜で、慎太郎は、ほっと息をつく。

そのとき、間近で、

「中岡うじ、土州の中岡君ではないか」

という声と、数人が駆け寄る気配である。

慎太郎は、ぎくりとして身構えた。

「お忘れか、三田尻の招賢閣で親しゅうした、越後の長谷川鉄之進《てつのしん》じゃ」

「おお、正傑先生ではないですか。その節は、まこと、お世話になりました」

さし出された鉄之進の手を、慎太郎はがっちり握った。かなり年上だが、正傑の号をもつ国学者であり、同じ大庄屋の出であることで、意気投合した仲であった。

ちょうど、ひと月前、慎太郎はじつのところ、わずか三日間であるが、三田尻に潜行している。その折り、諸国から集まっていた脱藩者や草莽《そうもう》の志士たちと、つかの間の交わりをもったのだった。

その体験が強烈な刺激となって、このたびも、三田尻をめざしているのである。

「拙者は、出羽天童藩《でわてんどう》の吉田大八《だいはち》でござる」

細身の武士が、端正な顔をつき出す。

「なつかしゅうございます。江戸の安積艮斎《あさかごんさい》塾で学ばれたお話を、覚えておりますぞ」

慎太郎の声がはずむ。

満月に近い月が雲間から出て、男たちの顔面を照らした。みな二十代から三十代にかけての、生き生きとした目をもつ壮士である。

「私は、下野《しもつけ》宇都宮藩脱藩の岸上《きしがみ》文治郎ともうします。招賢閣では、お顔を拝見しただけで、お話ができず、残念に思っておりました」

一人が挨拶する。慎太郎も会釈を返し、

「それにしても、どういうことぜよ、おんしら、おそろいで」

長谷川鉄之進が胸を張って応える。

「われら三条公の使者として、それぞれの生国を遊説するところでのう。道中、下津井砲台攘夷演習のことを耳にして、見学にまいったのじゃ」

三田尻の主は、八月十八日の政変で、長州藩士らに擁されて京都落ちをやむなくされた、名門清華《せいが》家の三条実美卿《さんじょうさねとみきょう》であった。

諸国志士の、心のよりどころである。

「それはご苦労に存ずる。私も、これから、三田尻へはせ参ずるところです」

「それは好都合。同行してもらいたいご仁がいる」

鉄之進が、背後の武士を引き合わせた。

「このご両所も、招賢閣へ向かっておる。わしとは、北国同士の旧知でな、岡山城下でばったり会って、ご一緒したわけじゃ」

「身共は、秋田藩の小野崎通亮《みちすけ》でござる」

「同じく、佐竹家中、豊間《とよま》源之進です」

期せずして、東西の同志が、下津井海岸で、夜を徹して語り合うことになる。

招賢閣

「ここ防府は、その昔、周防《すおう》の国府でござったな。じつに、ゆかしい町のたたずまいじゃ」

秋田藩士小野崎通亮が、眼下にひろがる夕暮れの、堂塔が目立つ町並みを見渡しながら、国学者らしく感嘆する。

「この天満宮も、太宰府《だざいふ》よりは古い、日本最初の創建と聞いちょります」

朱塗りの重厚な楼門を仰ぎ見て相づちを打ったのは、土佐脱藩の中岡慎太郎である。

「冬だというのに、瀬戸内は暖かですなァ。国元は、もう雪で難儀しとりましょう」

小野崎の同僚、豊間源之進である。

「ご両人」

慎太郎が、長途の旅疲れをふきとばすように、力のこもった声をかける。

「むこうの木立に見えがくれする、瓦屋根の重なり、あれが、目ざす毛利家別邸ですぞ」

「おお、招賢閣《しょうけんかく》は、あの中でござるか」

「もう一息ですきに、急ぎましょう」

「心得た」

若い三人は、松崎天満宮の高い石段を一気にかけおりて、門前町を南へ、海へ向かって進む。

お茶屋と呼ばれている毛利家別邸に着いたときは、日はとっぷり暮れていた。

「ややっ、おんし、中岡君じゃな」

志士たちの宿所・招賢閣への通用口になっている乾門《いぬいもん》をくぐるや、番所から土佐なまりの大声である。

「土方《ひじかた》さん、またお世話になります」

「心配しとったぜょ。国元は、勤王党捕縛で大変なことになっちょるそうやないか」

招賢閣の世話役の一人、土佐勤王党出身の土方楠左衛門《くすざえもん》（久元《ひさもと》）である。

提灯をもった壮士があちこちから駆けつけ、たちまち人の輪ができる。

「つもる話はのちほど」

と、慎太郎は、同道の二人をかえりみて、

「備前の下津井で、長谷川うじに会いましてな、ご両人を託されました」

歓迎の声が飛びかうなかで、にぎやかに自己紹介が交わされる。

そのなかばで、楠左衛門が番所の士へ、

「同志三名到着、大観楼へお知らせを」

高らかに呼ばわると、
ドーン、ドーン、ドーン
大太鼓の音が三つ、力強く響きわたる。

新入りの秋田藩士二人は目を丸くしたが、慎太郎もけげん顔である。

人の輪の中の老齢だが力士に見まがう大柄の士が、無邪気な笑い声をたてた。久留米水天《くるめすいてん》宮《ぐう》の宮司《ぐうじ》だった真木和泉《まきいずみ》である。招賢閣の長老だった。

「大観楼《だいかんろう》におわす三条卿をはじめ、お公家方をお力づけもうし、併せて、われらの士気を鼓舞するためにの、新しい同志を迎えるたびに、人数分、打ち鳴らすことにしたのじゃ」

「太鼓の音を聞かれ、早速、お召しでございます」

三条実美の家臣、丹羽出雲守《にわいずも》が小走りにやってきたのは、中岡慎太郎の一行が、まだ門番所の前で、互いに見聞を交換しあっているときである。

「旅装のままで苦しゅうないとの仰《せ》せ」

出雲守は急かせる。

到着したばかりの三人は、すぐさま、真木和泉と土方楠左衛門の介添えで、六卿に拝謁することになった。

秋田藩士の小野崎通亮と豊間源之進は、緊張のあまり、足どりまでがぎこちない。

慎太郎は、ひと月間に三日間、招賢閣に滞在した折り、面謁がかなっているから余裕があった。

「沢宣嘉《さわのぶよし》卿のご消息は、知れませぬか」

慎太郎は、小声で楠左衛門にたずねる。

同国人の楠左衛門は郷士出身だが、慎太郎より五つ年上で、京都等での勤王活動に一日の長があった。

三条卿の信頼が厚く、八月十八日の政変時、七卿に随従して、ここ三田尻に落ちている。

その七卿が、今、六卿になっているのは、当年二十九歳の沢宣嘉が出奔したからである。

沢卿は、尊王攘夷派を不当に強圧する幕府を討つべく決起した、福岡藩脱藩の平野国臣《くにおみ》の意気に感じ、主将となって但馬《たじま》で旗揚げしたのだった。

「生野《いくの》銀山と代官所を占領しただけで、ばっさり（失敗）じゃ」

「平野さんは捕らわれて、京へ送られたと聞きましたが、沢卿は？」

「脱出されたようじゃが、今のところ、行き方知れずでのう」

楠左衛門の声に悲憤がこもる。

「平野うじは、吉村寅太郎どんの、大和挙兵に呼応する作戦だったようじゃが、二十人、三十人の同志では、いかんともしがたい」

「はやる気持ちは、わかりますのう」

「時期尚早、と三条卿をはじめ、われらこぞって反対したのじゃが」

「たとえ、暴挙とわかっていても」

慎太郎は立ち止まり、激して反論する。

「さきがけてやらねばならん大事は、ありましょうぞ。道を切りひらくために」

楠左衛門も足をとめ、向かい合った。

「卑怯未練で言うんじゃないぜよ。おのれのいのちは、たった一つじゃ。かけがえのない、いのちじゃ。無駄にしてはならぬ」

きびしい眼光のなかに、誠実がにじんでいる。

「おんしも、いごっそう。直情径行の傾きがあるきに、生きぬいてお役に立つことを第一に考え、自重してくれよ」

大観楼の前で、秋田藩士二人をつれた真木和泉が提灯をふって、立ち話の土佐人二人をうながしている。

大観楼は、四千坪におよぶ毛利別邸内の、本館である。

一階に、十二畳半の御座の間など八部屋と議定所、控えの間、台所などがあり、二階は、御奥の間と次の間という、広壮な建物であった。

「これに、近こう、近こう」

慎太郎らが、百目ろうそくで明るい御座の間の、下段の部屋に姿を見せると、上座から待ちきれぬような声である。

三条実美卿であった。

左右に、三条西《さんじょうにし》、東久世《ひがしくぜ》、四条《しじょう》、錦小路《にしきこうじ》、壬生《みぶ》の五卿が居流れている。

「おお、中岡、よう戻ってきてくれた。出羽秋田の二人も、ごくろうである」

世が世ならば、拝顔さえかなわぬ殿上人《てんじょうびと》である。それが、いかにもうれしげな直話であった。

（おいたわしや）

慎太郎の胸は熱くなる。

三条卿らは、わずか三ヵ月前までは、お飾り同様の関白より実力を有する国事御用掛《こくじ》として、朝廷をとりしきっていたのである。

それが、一夜にして、国賊扱いに変わり、長州藩士らとともに京都を追われたのだった。

政変は、京都所司代会津藩と反三条派の公家が手を結び、攘夷ご親征の主張で独走する長州藩を妬《ねた》む公武合体派、とりわけ薩摩藩の協力で成ったのだった。

同志だと信じていた薩摩藩が幕府側につく、という裏切りは、長州人に

「薩賊会奸《さつぞくあいかん》」

の合言葉をつくらせ、下駄裏に「薩摩」「会津」と書いて、ふんづけて歩き、憎悪をかきたてる風習を生む。

しかし、慎太郎はちがう見方をしている。

薩摩の裏切りは、藩士の無節操ではなく、若い藩主の父で実権をにぎっている、島津久光《ひさみつ》の命令だと解していた。

久光の本心は、尊王攘夷ではなく、徳川を救けて幕府を牛耳ることにある。

そのあらわれが、去年の四月、伏見の船宿寺田屋に集合していた、討幕をもくろむ尊攘派の藩士を、上意討ちにした暴挙ではないか。

(どこの藩でも、お偉方と志士の考えに、大きなひらきがある)

土佐藩、しかり。備前岡山藩、しかり。安芸広島藩、しかりである。

長州藩も、ゆきがかり上、三条卿らを保護しているが、今は官位を剥奪された国賊である。藩庁は厄介ばらいしたがっている、という風聞も慎太郎は耳にしていた。

六卿の方方も、その気配を察しているのにちがいない。

(それゆえ、志士たちをこそ頼みになされ、あのようによろこばれているのじゃ)

慎太郎の両眼に涙がにじむ。

三条実美は、土佐藩の内情にくわしい。

三条家と土佐山内家が、昨今、二重の婚姻関係で結ばれているからである。

実美の生母は元土佐藩主山内豊策《とよかず》の姫であり、山内容堂に実美の姉君(養女)が輿入れしているのだった。

ここ招賢閣に土佐系志士が多いのは、その縁故による。

それで、中岡慎太郎には、藩情について格別の下問はなく、

「そこな、出羽の国の人」

と、実美は、公卿特有のやや甲高い声で、新入りの秋田藩士二人に呼びかける。

「ははっ」

小野崎通亮と豊間源之進は、恐懼《きょうく》して顔が上げられない。

「そう、かしこまることはない。まろは、今や無位無官。同志として、親しく語り合おうぞ」

「は、ははっ」

「国元の、尊攘の動きを聞かせてたもれ」

「慎んで申し上げまする」

五歳年上の小野崎が、先ず答える。

「われら、平田篤胤《あつたね》なる国学者の門人筋にて……」

「待ちゃれ」

和歌、古学の家の、三条西季知《すえとも》が身をのり出した。

「平田篤胤ならば、存じておる。御所に書物の献上があって、まろも拝見した。霊《たま》の真柱《みはしら》と古史伝であったかのう」

「はっ。ともに平田の著述でございまする」

「さよう、篤胤は秋田の人であったのう」

実美も大きくうなずく。

「不肖、われら、平田国学によって、皇国のもといを教えられ、随神《かんながら》の国を夷狄《いてき》から守らねばならぬ正義にめざめました」

豊間も熱して言上する。

ここに、時ならぬ国学談論が、六卿と平田門人との間でくりひろげられた。だが、字句の解釈や神道の比較等になると、慎太郎にはむずかしすぎた。

武家政権は仮の姿であり、政事は本来朝廷がおこなっていた、という国学の示教には、慎太郎も大いに感化されている。

それゆえ、国体を本筋に戻す王事に、微力をつくそうとしている。

それは、世直しに通じるからだった。

大庄屋出身の慎太郎の心のなかには、常に苛斂誅求《かれんちゆうきゆう》に苦しむ農民の姿がある。おのれも苦しんでいる身分制度への、激しい怒りを秘めている。

(王政が復古されれば)

と、慎太郎は談論の外にあって考える。

理不尽な政事をつづける幕府は消滅し、士農工商の身分差はなくなり、四民は一様に皇民《おおみたから》になるのだ。

（わしの尊王の根元は、ここにある）

大観楼から退出して、同じ敷地の招賢閣に入ったのは深更に近かった。

中岡慎太郎と秋田藩士小野崎通亮、豊間源之進、それに介添えの真木和泉、土方楠左衛門の五名は、三条実美ら六卿と酒食を共にする光栄に浴したのである。

「さあ、あらためて歓迎の宴《うたげ》じゃ」

長州藩から派遣されている、世話掛の佐世八十郎《させやそろう》（前原一誠《いっせい》）が陽気に導く。

志士宿所は、従者長屋と廐《うまや》を改造した、かなりの陋屋《ろうおく》である。

廐跡の広間では、三十数人の同志が、二重の車座で待っており、五人をにぎやかに中央へ据えた。

四半時（三十分）後――

「招賢閣という、大層な呼び名じゃが、おったまげた御殿じゃろうが」

豊間の杯に酒を満たしながら大笑いしているのは、下野《しもつけ》（栃木県）壬生《みぶ》脱藩の那須唯一《ただいち》であった。

「下野の那須氏ともうせば、源平合戦の那須与一が頭さうかぶが、あんだ、そのご子孫だが？」

豊間も酩酊して土地なまりが出ている。

「まあ、無縁じゃなかろうのう。だげんど、わしは弓じゃのうて、神道無念流《しんとうむねん》、斎藤弥九郎《やくろう》先生の練兵館さで、ちと、鳴らしたっぺな」

一方、小野崎と意気投合しているのは、石見《いわみ》（島根県）津和野《つわの》藩士福羽《ふくは》文三郎であった。

「これは、ほんに、奇遇でござる」

小野崎が福羽の手をにぎっている。

「鉄胤《かねたね》先生のご門下とは。んだら、江戸へ出られたのですな」

鉄胤は平田篤胤の婿養子である。秋田に在住せず、江戸本所に居を構え、ぼう大な篤胤の著書出版にあたりながら、平田国学の流布につとめていた。

「小野崎うじ」

話に割って入ったのは、真木である。

「大観楼で堂上方のお耳に入れた、秋田の雷風義塾《らいふうぎじゆく》のこと、諸君にもご披露あれ」

「謹聴、謹聴」

酒席のざわめきを、土方が大声で静める。

「さらば、弊藩佐竹家中でも、勤王党を結成しましてな、雷を発して正義の風を呼ぶの意より、雷風義塾と称し、本営を平田篤胤先生の、お生まれの家に設けましたのじゃ」

どっと歓声があがる。

慎太郎は、土佐勤王党の若い同志、伊藤甲之助《こうのすけ》と膝をつき合わせ、同国人の消息を聞き出すのに、いそがしい。

「千屋《ちや》どんと清岡半四郎どんは、水戸藩へ、三条卿の御使者で行っちょります」

「松山深蔵どんは、どうしたかや」

「久留米藩の原道太さんと、薩摩へ向かわれましたぜよ」

「ほう、薩賊のところへのう」

「沖永良部《おきのえらぶ》島ちう離れ島へ流されちょる、西郷吉之助《さいごうきちのすけ》（隆盛）という同志を、脱走させるためです」

「西郷吉之助という薩摩人は、まっこと、同志かや」

慎太郎は、疑いの目である。

「うむ、わしも島津久光と、多くの薩摩っぽには裏切られたがのう」

と、真木和泉が話に加わった。

真木は、伏見の寺田屋で、薩摩の尊攘志士が、久光の命令で上意討ちにされた惨状を、目のあたりに見ている。

累は、真木にもおよび、出身の久留米藩へ護送されて、一年に近い拘禁の刑をうけていた。

「今、京で捕らわれの身の平野国臣は、わしの心友じゃが、その平野うじが心を許して、ともに王事に奔走した相手が、西郷吉之助であった。ゆえに、わしは、西郷どんを信じる」

「真木先生のおめがねなら、間違いないでしょう」

慎太郎は率直明快の質である。

「私も、信じましょう」

「西郷さんの島流しは、二度目と聞いちょります」

若い伊藤甲之助は、多くの志士同様、まだ見ぬ西郷に、どうやら岡惚れしているようである。

「公武合体が本心の久光に、いつも逆らうきに、遠ざけられるぜよ。これが何よりの、勤王党のあかしじゃありませんか」

「西郷どんはのう」

真木が巨軀をゆすって断言する。

「すもう取りがごと、大きい人のようじゃ。肥った男に、悪人はなか」

「それは先生」

やせぎすの男が、口をとがらせて、抗議した。

「手前みそ、というもんですよ」

一座にどっと笑いが巻きおこる。

「さあ、これで打ち止めじゃ」

世話役の土方楠左衛門が立ち上がって、皆を見渡す。

「治にあって乱を忘れず。おのれを律して、また明日から、心新たに、天下の大事のため身を捧げようぞ」

「おう」

力強い声が返ってくる。

「しからば、静かに寝《しん》につこうぞ」

「おう」

今度は低い声で、一同は神妙に、おのおのの長屋へ散ってゆく。

招賢閣の規律は厳正に保たれていた。

三条実美卿ほか逆境の殿上人を護衛し、擁立せずにはおかないという使命感が、各人にある。身分は高くないが、それぞれ藩内で、あるいは村落で、指導的立場の者や学徒がほとんどであった。

「中岡君、旅疲れ、気疲れのところ恐縮じゃが、ちと話がある」

小声で呼びとめたのは、真木和泉である。

「三条卿は、おぬしを格別、頼もしく思われているようじゃ」

真木は、二人きりになるとささやいた。

慎太郎は、とまどいの色で見返す。

燭台からろうそくを取りはずし、当番が火の気を確かめたあとの広間は、入口にかすかな月光がひろがっているだけである。

その明かりにうかび上がる、尊攘過激派首魁《しゅかい》の横顔は、老獪《ろうかい》に見えた。

「おぬしは、若くて、りりしく、美男子である」

純朴な慎太郎は、ますます当惑する。

あからさまの世辞に、自然、顔が赤らむ。

そのほてりが、不意に、小娘の姿を脳裏によみがえらせた。

三味線を小脇にかかえた身のこなしが、ういういしく、

「うれしかった、お侍さん。うち、生まれてはじめて、男の人に庇《かば》ってもらった」

と、息をはずませ、感謝のまなざしを注いでくる。

年がいもなく顔を染めて、足を進める慎太郎の背に、

「忘れんといて、うち、小鶴といいます」

可憐な叫びを残したものだ。

あれは、下津井の港町の、軒先に並んだ掛け行灯の灯がなまめかしい、遊郭通りであった。

「それでのう。その男前を武器に、三条卿をはじめお公家方の信頼を、ゆるぎないものにしてほしいのじゃ」

「お言葉ですが」

慎太郎は気色《けしき》ばんでいる。

一瞬、小娘の思い出にとらわれた、その軟弱への自責もふくまれていた。

「男前を武器にとは、ちくと、てんごう（悪ふざけ）ではございませぬか」

「これは、平にご容赦を」

真木は、あっさり頭をさげる。

「わしは、どうも、思ったことを、真っすぐ口に出す癖《へき》がありましてな。自分では、よか性質と信じちょるんじゃが、どっこい、煙たがられとるようですたい」

食えない長老だと、慎太郎は、しかめっつらである。

「それでじゃ」

と、本題に入って、

「不本意ながら、わしは、三条卿にも、毛利の殿さまにも、とんと、きらわれおってな。それというのも、三日と置かず、建白書をたてまつり、即刻の挙兵京都奪還を、膝詰め談判するからじゃ」

巨軀がしょげている。だがすぐ、語気鋭く、

「そもそも、六卿をはじめ、われら一統、朝敵の汚名を着っぱなしで、それですむものか。すみやかに挙兵上京して、朝廷をあざむく薩賊会奸を除くは、焦眉の急ではあるまいか。中岡君、おぬしの意見は如何《いかん》」

「土佐を出て、まだ間もない身ですきに、天下の情勢が、ようつかめておりません」

慎太郎は、先ず無難に答えた。

だが、真木の、あいまいを許さぬ厳しい眼光に、まなじりを決する。

「正義と勤王の実《じつ》は、当方にあり、今、朝廷をとりまくやからが、おのれの功名心と、私利私欲のみにて動いちょる奸悪であることは、論を待ちません」

「おう。さすれば、おぬしの意見も、断固、挙兵。そうじゃな」

「ただし、今すぐは不可。時機を計るの要がある、と思いますぜよ」

「なにっ」

真木は大声を発する。

「先生、深夜です。やんごとなき方方も、お休みになっておられましょう」

慎太郎は冷静だった。

「天誅組の大和挙兵、平野国臣さんらの但馬での挙兵、いずれも失敗しております。まっこと、同じ轍《てつ》を踏んではなりません」

真木は、ふたたび大声をあげかけて気づき、手だけを激しくふる。

「ちがう、わしのいう挙兵は、そげな小人数の暴挙ではないぞ」

月影が、居丈高になった姿を、荒壁に写す。

「はばかりながら、世間で今楠公《いまなんこう》と称されておる、この真木和泉じゃ。敗れるがごとき策は立てんわい」

口を、慎太郎の耳元に近づける。

「よく聞け。わしの、今、胸に秘めおる不敗の計は、長州藩総掛かりの挙兵ぞ。藩士、奇兵隊、招賢閣の諸君はもとより、十五歳以上の男は農民、町人の別なくことごとく槍を与え、鉄砲を持たしめる。直ちに二万、三万の軍勢になるであろう。正義は必ず勝つ、の信念を植えつけて、三条卿をはじめ六卿を擁し、藩主を総大将に京へ攻めのぼるのじゃ。京とその周辺の公武合体派の、とりあえずの兵力は五、六千。容易に、奸賊を畿内から駆逐できよう」

月光が、真木の熱狂した異相をうかび上がらせている。

「電光石火、帝《みかど》を、金穀が集まる海陸の要衝、浪花の地、大坂城へ遷幸《せんこう》願い、われらは名実ともに天朝の軍となる。天下の志士、日和見《ひよりみ》の諸藩は、遅れを取ってはならじと、菊のみ旗のもとに馳せ参じるは必定。葵《あおい》（徳川家）は瞬時に枯れ、王政復古、回天の大事業はここに成るのじゃ」

慎太郎は口をつぐんだままである。

机上の策としては、お見事といいたい。

しかし、庄屋出身の慎太郎でさえ、計画通りに事が運ぶとは、とうてい思えなかった。

何よりも根底となる、長州藩総掛かり体制がとれるのであろうか。二、三万の兵力が、早急に結集できるのであろうか。

今楠公の熱気とは裏腹に、慎太郎の気持ちは冷えている。

「そうか、やっぱし、いけんかのう」

若輩の沈黙に激怒するかと思いきや、真木和泉は意外にも長嘆息である。

「いや、策略は申し分ないと存じまする。だけんど……、実践するとなれば、ちくと、時を必要とするのではありますまいか」

慎太郎は、長老のあまりの気落ちに、慰め声になった。

この久留米人の評判は、土佐勤王党に加盟した二年前から、たびたび耳にしている。

容貌魁偉、尊攘の論陣無比、舌鋒過激、謦咳《けいがい》に接して心酔せざる者なし、という風聞であった。

慎太郎は畏怖の念を抱いていたのだが、初対面の印象は、たしかに容貌魁偉であったが、無邪気な笑い声をたてる、好好爺の感じに近かった。

舌鋒は峻烈である。気宇壮大である。しかし、誇大妄想のきらいなしとせず、朴直な暮しをしてきた慎太郎には、稚気にさえ映る。

三条実美ほか諸卿が、三日と置かない建白書に当惑し、長州の藩主や重臣が、即刻挙兵上京論に冷淡になっているのは、無理からぬことだと慎太郎は考えざるをえない。

京都奪還作戦を、時期尚早と判ずる慎太郎の脳裏に、下津井港で会った、森下立太郎と名乗る岡山藩士の姿がよみがえっている。

森下の話では、岡山藩でも、尊王の本家水戸家から迎えた新藩主のお声がかりで、兵制の大改革が断行され、奇兵隊が結成されるという。

（天下は、おのずと、大きく動こうとしている）

遠く出羽の国秋田藩でも、雷風義塾と命名された勤王党が活動をはじめたというではないか。

ここ招賢閣には、諸国から続続と、同志が集まりつつある。

「先生」

慎太郎は力強く呼びかけた。

「今、しばし、隠忍自重して、好機を待ちましょう。遊説の者が、八方へ飛んでおるのでしょうが」

「うむ。六十余州、めぼしい藩に、三条卿の親書をたずさえた密使が走っておる」

「離れ島へ流罪の、薩摩の同志、西郷吉之助救出作戦もおこなっているとか」

「そうとも、西郷どんには、わしも手紙を書いた」

真木長老に元気が戻ってきたようだ。

「そうよのう、遊説の成果をたしかめてからでも、決起は遅くないかも知れぬ」

たくましい手が、慎太郎の肩を打つ。

「老いては、子に従えか。今夜は、若いおぬしに教えられたわい」

笑い声は、しかし、湿っぽかった。

数日後、さらに真木を落胆傷心させる出来事がおきる。

突然、三条実美ら公卿が、三田尻から山口へ動座するという噂が立った。

これまでも、六卿は山口城下はずれの、湯田温泉で清遊することはあったが、このたびは常宿を藩庁近くへ移すというのである。

「俗論派の陰謀じゃ」

心のよりどころを失う招賢閣の志士たちは、恭順謹慎、事なかれを第一とする長州藩保守派が企んだ、六卿と志士分離策だとにらんで、騒いだ。

頭領格の真木は、強いて三条卿に拝謁し、

「なにとぞ、なにとぞ、ご動座をご承知なさらぬよう」

と、嘆願したが、三条卿は無言のまま、横を向かれたという。

「中岡君、わしは間違いのう、きらわれちょるばい。まさか、諸卿は、これ幸いと、わしを遠ざけるおつもりではなかろうか」

真木翁は巨体を縮め、今にも泣き出さんばかりである。

慎太郎は、不謹慎とは思いながら、こみ上げてくる笑いをかみ殺し、まじめ顔をつくり、

「諸卿も、毛利家のお客人なれば、藩庁の意向にそうしかありますまい」

と慰めたものの、情況の急転に不安はおさえきれない。

招賢閣の面面が動座を確認したのは、護衛の命令をうけて別邸にやってきた奇兵隊士に

よってであった。

奇兵隊は、七卿が三田尻へ着いた当初、別邸警備についていた。だが、隊士八名が沢宣嘉《のぶよし》卿を擁して但馬へ出奔、暴挙に参加したため任を解かれて、馬関《ばかん》（下関）の駐屯地へ戻されていた。

その後、ふたたび三田尻詰めを命じられ、別邸西の正福寺を本営にしていたのである。

総督は高杉晋作ではなく、赤根武人《あかねたけと》が昇格しており、藩庁に直結した組織に変わって、ここにも俗論派の手がのびていることを、慎太郎に感じさせた。

晋作は、政務座役という要職に任じられ、藩主を補佐して、従来の主張を改め、

「直ちの挙兵上洛は、下策なり。財源を確保し、軍備万全にして、しかるのち、猛進すべし」

と、逆に、過激派の拙速を批判しているようである。

「裏切者」

と、このことも、真木を激怒させていた。

慎太郎はまだ晋作と親しく語り合ったことはない。だが、最初の三田尻滞在時に挨拶を交わし、快男児の印象が強い。

しかし、奇兵隊から引き離され、藩庁要職についたことに、慎太郎も危惧をぬぐい切れない。

(俗論派の巧妙な巻き返しが、あちこちで進んでいるのであろうか)

三条実美ら六卿が、赤根武人の奇兵隊に護られて山口へ発ったあと、三田尻別邸は気が抜けた状態になった。

敷地内の樹木は、紅葉の盛りが過ぎ、落葉のさまも物悲しい。

長老真木の頭髪も、一段と白く薄く感じられ、腑抜けの有様である。

「禍福はあざなえる縄のごとし、と古言にあるではないか」

「人間万事塞翁《さいおう》が馬じゃ。堂上方は、われらをこそ、頼みにされおる。早早に働き場が与えられようぞ」

長州側の世話掛佐世八十郎と、志士側の世話役である土方楠左衛門は、沈滞いちじるしい士気の高揚に懸命だった。

慎太郎は新参者であり、立ち騒ぐことなく、冷静に情勢の把握につとめた。

(先ず、同志をよく知ることじゃ)

慎太郎には、大同団結の腹案がある。

六十余州には三百に近い藩があるという。そのなかの、半数近い藩の有志と手を結び、決起へもちこめば、回天の大業は容易に成るのではあるまいか。

招賢閣に寄宿する諸国の志士は、五十余人にまでふくれ上がっている。

依然、土佐人が多いが、肥後《ひご》熊本人、筑前《ちくぜん》福岡人、筑後久留米人、豊後《ぶんご》岡人、対馬《つしま》人など九州勢に加え、阿波《あわ》、讃岐《さぬき》、伊予の四国人も目立つ。

山陽路、山陰路はもとより、遠く奥羽路や関《かん》八州、北陸路からの来訪も、今やめずらしくない。

脱藩者や草莽《そうもう》の志士は招賢閣に永住の気構えだが、藩籍を有したままの士は、おおかた、諸国探索の公用を願って出国許可を得ているので、数日の滞在後、帰郷をよぎなくされる。

秋田藩士、小野崎通亮と豊間源之進もそうであった。

慎太郎は、それらの人人とも、じっくり話し合い、文通と再会を約すのである。

昼夜、人を選ばず熱心に藩情を聞き出し、生い立ちや境遇を打ち明け合い、天下の形勢を論じる慎太郎の態度は、多くの同志の信頼を集めてゆく。

真木和泉や土方楠左衛門らの推挙があって、慎太郎が招賢閣会議員に加えられたのは、十一月二十五日である。

会議員は、世話人の改称で、日に日に増えてゆく志士たちの相談役であり、統制役であった。

「今は雌伏の時期。来たる日に存分の働きができるよう、切磋琢磨《せっさたくま》しようではないか」

慎太郎は率先して、日課をつくった。

明け六つに起床、京都へ向かって礼拝、食事ののち文武講習、昼食後は刀槍鉄砲の稽古、夜は兵書講義、と遊興怠惰の暇を与えないきびしさである。

決起前夜

元治元年（文久四年。二月二十日、元治に改元）、正月。

三田尻招賢閣《みたじりしょうけんかく》では、切磋琢磨の日課をおえた毎夜、会議員と有志が広間につどい、重苦しく議論をくりかえしていた。

「堂上方の三田尻ご帰還ば実現せにゃ、われらの存立そのものが、危うくなろうぞ」

勤王の至情に生きる頭領格、真木和泉の悲痛な主張である。

昨年末、三田尻を離れた三条実美ら六卿は、藩庁を萩から移して間もない山口の、急造中の城郭に近い寺院を公邸にしていた。

普段は、城下から一里弱の、湯田温泉郷にある毛利家別荘、何遠亭《かえんてい》で起居している。

警護は藩士の一隊が任についており、藩庁は六卿を、招賢閣の志士とも、奇兵隊とも隔離して、暴挙を予防していた。

三条卿の密使として八方へ飛んだ長谷川鉄之進をはじめとする志士たちは、遊説の成果を得られずに、おおかた招賢閣に戻っている。

「ここを訪ねてくる同志も、まっこと、減りましたのう」

慨嘆するのは、薩摩に潜入できず、西郷吉之助救出作戦を断念せざるをえなかった、土佐脱藩松山深蔵《しんぞう》である。

同行の久留米脱藩原道太は、なおも国境あたりで有志の三田尻集結を遊説しつつ、薩摩の藩情を探っていた。

「八方ふさがりとは、このことでごわすか」

三たび脱藩の過去をもち、今も藩吏に追われている福岡黒田家中の中村円太《えんた》が腕を組む。

「決断あるのみ」

長谷川が突然叫んだ。

越後の大庄屋出身で、正傑の号で知られる国学者であり、激情家である。

「堂上方を、恐れ多い申し条ながら、やりむり（力ずく）でも奪い返し、乾坤一擲《けんこんいってき》、六卿を奉じて京へ攻め上る、これ以外に打開の方策はありますまい」

「その通りたい」

力強く応じたのは、肥後熊本藩兵学師範という経歴を有する宮部鼎蔵《みやべていぞう》であった。

「今であれば、われらが各地を遊説して心傾かせた同志諸君も、檄《げき》に応じて一党をひきい、馳せ参ずるじゃろう。ばってん、時を逸せば、諸国で佐幕のやからと公武合体派が大勢を占め、失地回復は無理とあいなるぞ」

「お願いでございます」

末席で声をあげたのは紅顔の若者である。

「このままでは、牢に入れられておりまする父や、叔父、叔母はもとより、讃岐《さぬき》勤王党の皆さまに、申しわけが立ちませぬ。早よう、決起してまあせ」

一同へ、手をついて訴える。

「そうとも、小橋一族の忠誠を無にしてはならんぞ」

長谷川が、若者小橋友之輔《とものすけ》の肩をもった。

讃岐高松藩領の勤王党結成に尽力した一人が、長谷川鉄之進である。

「讃岐の同志は、われらのぐずらもずらに、しびれをきらしとるんじゃ」

「臼砲《きゆうほう》一門と、鉄砲、弾丸、硝薬が、まだだいぶ、叔母の家に隠してあります」

ここを先途と、小橋友之輔が口走った。

「そりゃ、ほんなこつか」

宮部が、兵学者らしく、すかさず身を乗り出して問い質す。

「武器弾薬は、去年、高松藩に押えられたんじゃなかったんか」

「父が捕らえられたとき、召し上げられたのは、最初の荷だけで……」

大きなせき払いは、長谷川である。

「その件は、内密だったんじゃがのう」

若い友之輔の失言を、とがめる表情ではなく、むしろ誇らしげに引き継いだ。

「まんず、ここにゃ、密偵《いぬ》はいないと信じる。それに、小橋一族の勤王義挙は、天知る、地知る、我知る、人知るでのう、公然の秘密じゃ」

長谷川は、からだをゆすって笑う。

「さよう。讃岐高松藩は、伊予松山藩同様、御三家の血をひく頑迷きわまる佐幕じゃ。ばってん、友之輔どんの叔母上が嫁いだ醬油問屋は、外様の丸亀城下でのう」

と、にこやかに語るのは、久留米藩家老の家に生まれながら、国事に奔走する水野正名《まさな》（丹後）である。

藩政を尊攘に改革せんとして暗躍し、十一年間も獄に投じられた経歴を有する水野は、招賢閣でも崇敬のまなざしを集めていた。

「丸亀の役人も、近所の人人も、醬油問屋の地下に何が隠匿されてあるか、知らぬ顔をして、おおかた知っとんなさるばい」

友之輔の父は、高松藩松平領内、円座村（高松市）で名高い有徳の儒医、小橋安蔵である。

安蔵は、ペリーの黒船来航で人心が大揺れした十年前、四国遊説中の長谷川鉄之進に共鳴、以来、尊攘決起の日にそなえ、私財をなげうって、武器弾薬の備蓄につとめてきたのだった。

この行為は、義挙だが、大罪に価する。

安蔵は、丸亀の、醬油などを扱う豪商、越後屋村岡家へ嫁いでいる妹箏子《ことこ》を説き、居間の床下に地下室を掘らせて、そこに裏取引きで少しずつ買い集めた兵器をたくわえていった。大きな荷が毎日動く問屋であるから、擬装した梱包の搬入は容易だった。

箏子は、夫に先立たれたのち、越後屋をきりまわす女主人であり、義俠心と肝っ玉のふとさで、

「丸亀の女志士」

と、同志に頼りにされ、長男の宗四郎はじめ、親戚、知人、使用人らを熱烈な勤王党に仕立てていた。

安蔵は、昨年八月上旬、待望の天皇攘夷ご親征決定をもたらす京都からの特使に接するや、

「ありがたい、ついにお役に立つ日がきましたのう」

と狂喜し、婿で火薬づくりを習得している太田次郎、甥の村岡宗四郎など近親をはじめ、讃岐勤王党を総動員して、越後屋の地下室から搬出した武器を回船に積み、勇躍、丸亀を出港したのである。

ところが、八月十八日に、ご親征中止、尊攘派京都放逐という、思いもかけぬ大政変がおきた。

受け入れのため、大坂の淀川河岸で待ちかまえていた長谷川は、

「残念千万じゃが、なじょも、そ知らぬふりで戻ってくだされ。再起のためには、大事な大事な同志諸君と武器じゃ」

血涙を流して指示し、安蔵も涙をのんで、折りからの風雨を衝いて、急ぎ船を返したのである。

この挙は、数日後に高松藩庁の知るところとなり、安蔵は捕縛されて牢につながれ、武器類はすべて没収された。

安蔵の思慮深さは、妹の越後屋に累がおよぶ事態を防ぐため、武器の梱包を丸亀へ荷上げせず、高松円座村の自宅へ運び込ませたことである。

同志一統や船乗りたちにも、

「何があっても、知らぬ存ぜずを通しなさんせ。罪は、わし一人がかぶればよい」

と、きつく言いきかせていた。

この処置で、犠牲者は最少にとどまり、高松藩庁が手出しのできない丸亀藩領の越後屋地下室には、まだ臼砲一門に多数の鉄砲、弾薬が残っているというのである。

「小橋安蔵という仁は、偉か人じゃのう」

誰かが感嘆の声を上げた。

「んだとも、安蔵どんや讃岐勤王党の雄志を生かすためにも、即刻、決起あるのみじゃ」

長谷川が、ここぞと、拳をふる。

「よかろう。軍略は詭道《きどう》なり、と孫子《そんし》の兵法にござる。寡兵であっても、電光石火の奇襲作戦にて、起死回生は計られるたい。戦国の昔、織田信長が桶狭間で、よもやの大勝利をおさめた前例があろうが」

宮部鼎蔵が煽って、提言した。

「長谷川どのがいわれる、三条卿らの奪還作戦、まず、これば決しようではござらぬか」

「おう」

「異論なし」

「善は急げ。朝駆けで、湯田御殿へ乗り込もうぞ」

広間は、興奮した賛同の叫びで沸き立つ。

「待たれよ」

大声を発して、古参の土方楠左衛門《ひじかたくすざえもん》が仁王立ちになった。

「おんしら、同志討ちを覚悟かや」

日ごろ、温厚で物事に慎重な土方が、物すごい形相で一同をにらみ渡した。

「三条卿をはじめ堂上方を、力ずくで再動座願うとなれば、長州藩兵と、血を流すことになるぞよ」

土方は説諭し、

「それでも、やる気かや」

と、一喝した。

宮部が向き直る。

「警護の長州藩士が、大局ばわきまえ、尊攘の心を残しておるならば、六卿をわれらにゆだねるじゃろうたい」

と、負けぬ語気で反論し、

「ばってん、理をつくして、なおも拒むとあらば、そぎゃんやつらは、俗論派の手先じゃ。不倶戴天《ふぐたいてん》の敵じゃ。断固、成敗してよか」

「そうだとも」

「乾坤一擲《けんこんいってき》を賭するに、逡巡《しゅんじゅん》は無用じゃねえらか」

「下手の考え、休むに似たり、というぞ」

あちこちで、いらだちの声が上がる。

「この上の討議は空回りじゃ。ご決断を」

長谷川が、一同を代表する姿勢で、座長格の真木和泉をうながした。

真木は、やおら巨軀の背筋をのばし、ごま塩の無精ひげが目立つしゃくれたあごをなでる。

「まあ、そう、あわてるこったなかろうたい。急《せ》いては事をしそんじる」

「なんと」

長谷川が、あきれ返ったような声を発した。

「先生とも思われぬ、しょうたれたお言葉じゃ。そもそも、六卿を奉戴して、即刻決起上京を主張なされていたのは、お前さまじゃないかや」

「それがですたい」

尊攘過激派首領を自他ともに許す真木が、妙に悠長になり、とぼけ顔をつくっている。さすが長老、板ばさみで、居たたまれなくなっている同座の長州藩世話役、佐世八十郎《やそろう》を思いやっているのだった。

「のう、佐世君、同志討ちは、何でんかんでん、避けねばなりませんな」

「はっ。そう願わしゅう」

吉田松陰門下で、かつ長崎で英学を修め、藩主も将来を嘱望していると伝わる佐世は、必死の面持ちで両手をつく。

「長州藩あっての、われわれじゃ。長州藩が諸国から孤立、招賢閣がさらに長州藩と縁切りになれば、どうにもならんたい。藩士諸君とは、大同団結、断じて、事を構えてはならん」

真木は、きっぱり言い切り、

「ここは、さっきから、だんまりを決めこんどる、よか男に意見ば聞こうではござっしぇんか」

笑みをうかべて、一方に視線を投げた。

「中岡君、あんたしゃんなら、この場をどう収拾するね」

真木翁は、二十七歳になる土佐いごっそうが、お気に入りである。

その中岡慎太郎は、沈思黙考の腕をとき、引き締まった顔を上げた。眼光が鋭い。

「急《せ》いては事をしそんじる、といわれる真木先生のお言葉、めっそう、感じ入りました」

慎太郎は、きまじめに、先ずそう述べた。

「急がば回れ、という教えもありまする」

不満の私語が広間をざわめかした。

「ちくと、聞いてくれんかや」

慎太郎の激しい語気が、静粛を呼ぶ。

「急務は、同志討ちの是非ではのうて、官位を剥奪され、国賊の扱いをうけておられる六卿の、いわれなき汚名をすすぐことではないかと、私ゃ、考えますぜよ。そうせずに、無位無官のままの堂上方を奉戴して、京へ攻め上れば、敵の思うつぼ、国賊の謀反、という烙印《らくいん》を押し直され、事態は一層、悪化するだけではありますまいか」

「それはわかっちょる」

宮部が叱るように言う。

「ばってん、汚名をすすぐ、そのためにこそ兵を挙げ、実力をもって朝廷をとりまく邪悪どもを退けるほかに、方策はなかろうたい」

　慎太郎は、めげない。

「方策はありますよ。三条卿をはじめ堂上方が、天朝さまに書を奉るのです。政変当時の実情をくわしく申し述べ、勤王の至誠がいずこにあるか、幕府と京で巣くう公武合体派の、まっことの姿は、皇国を危うくする奸賊である、それらの理非曲直を明らかにし、勅勘赦免、官位再下賜、朝廷要職への復帰を、歎願するのです」

「言うは易く、行なうは難し、じゃのう」

　長谷川が首をふる。

「三条卿は、京都落ちのみぎり、事の真相と勤王の至誠を訴える書を上奏されておる。けんど、にぎりつぶしじゃ。堂上方も、今や、歎願の道は閉ざされおると、あきらめておられよう」

「あれから四ヵ月余、情勢は刻刻と移り変わっちょりますぞ。京では、桂小五郎（木戸孝《こう》允《いん》）さんなどが、懸命に奔走して、朝野に味方をつくっておられますきに、あらためてご使者を送られるのは、無駄ではないと信じますぜよ」

　慎太郎は身をのり出して力説した。

「私も、ご使者出発の前後に京へ駆けのぼり、桂さんらとともに、事の円滑成就のため、いのちを捧げたいと思っちょります」

慎太郎の瞼裏《まぶた》に、山陽道を息せき切って東上する、おのれの姿がうかぶ。

途中、広島藩、福山藩、岡山藩、姫路藩など雄藩の形勢も見ておきたい。

諸藩の隠れたる有志、潜伏する草莽の志士たちとも誼《よしみ》を結んでおかねばならない。

(座して時を空費するな、動け、働け)

慎太郎は、胸のうちで叱咤した。

瞼の裏の風景が、下津井の港町に変わっている。掛け行灯の灯の下にたたずむ、可憐な小娘の面影がよみがえった。


招賢閣会議員は、中岡慎太郎の提案を受け入れ、なおも討論を重ねて、次の二件を採決した。
一、三条実美卿に、朝廷へ嘆願書を奉ずる使者派遣を進言する。
一、その進言を緊迫ならしめるためにも、決起回天を切望する招賢閣同志、ならびに全国志士の真情を建白書にしたため、これを六卿の高覧に供して、何らかの下知をたまわる。
「難しいのは、この建白書を無事届け、堂上方を説得申し上げる役どころですたい」

総意をまとめた筆を置《お》いて、真木和泉が言う。だが、その目は笑っていた。

「ここは、言い出しっ屁《ぺ》の、中岡君が引き受けずばなるまいのう」

「ふんとに、真木先生の言い草ではないけんど、堂上方は、中岡どんを、ことのほか頼もしく思われておらるるようじゃから」

長谷川鉄之進の越後なまりに、十六歳年下の「よか男」への、かすかな羨望と、からかいがふくまれていなくはない。

慎太郎は、あくまで、きまじめである。

「ご一同に異存なければ、不肖、中岡慎太郎、不惜身命《ふしやくしんみよう》の決意をもって、つとめさせてもらいますきに」

と頭を下げた。

「三条卿に拝謁できれば、おんしのことじゃ、やりこくること（失敗）はあるまい。だが、近辺の警戒は厳しいというぞ」

気遣うのは、同じ土佐出身の先輩、土方楠左衛門である。

「佐世どの、何遠亭《かえん》に入るてだては、ないもんですかのう」

と、長州藩世話役の佐世八十郎《やそろう》に問う。

六卿は、昨今、山口城下はずれの湯田温泉郷に建つ、毛利家別荘何遠亭に、半ば軟禁状態になっていた。

朝廷と幕府をはばかる俗論派支配の、藩士組が警護にあたっており、外部との接触に気をとがらせている。

とりわけ、六卿を擁立しようとする招賢閣の面面や、奇兵隊など草莽の志士を、目の敵《かたき》にしていた。

「たえがたいことでござるが、拙者自身、湯田付近の立ち入りは、固く禁じられております。何とか、策をこうじてみまするが」

長州藩世話役が苦渋の色をにじませる。

「いや、佐世さんは、無理ごたるこつ、決して、しないでつかざっしぇ」

福岡脱藩の中村円太が声をかけた。

「貴殿は、長州藩とわれらを結ぶ、ただ一つのかけ橋でごわす。禁を犯せば、役職を召し上げられ、獄に投じられる恐れさえありますたい。そげんことになれば、われらも、ここ三田尻から追い出されるやも知れん」

「三条卿は、げに全く、別荘からお出にならないのですかのう」

慎太郎は、お忍びの機会を狙っているようである。

「そういえば、三条卿は、近くの何とかいう温泉宿の、石づくりの湯を、たいそうお気に召して、時折、お忍びとか。そげなこと、小耳にはさんだことがありますばい」

真木外記《げき》が言った。

外記は、真木和泉の八つちがいの弟である。

兄に代わって、各地の形勢探索を専らにしていたので、早耳であった。

「その宿の名は、わかりませんかのう」

慎太郎が身をのり出す。

「さよう、堂上方をお迎えできる宿となれば……」

佐世は、湯田温泉郷のたたずまいを思い起こそうと、目を据える。

「松田屋、か。拙者も、あの宿の、ごっぽう見事な石づくりの湯つぼは、誰やらから耳にしたことがあるのう」

佐世は、急に表情を生き返らせ、膝を強く打った。

「何年も前のことで、忘れておりましたが、拙者の萩の屋敷に出入りしていた植木屋が、山口の生まれでのう。何でも湯田の松田屋は親戚で、石づくり湯を自慢しておった」

「松田屋と、つなぎがとれますかや」

慎太郎が問うたとき、佐世は立ち上がっていた。

「今から、山口へ走りましょうたい。植木屋の実家は、見当がつきもす」

慎太郎も中腰になる。

「おまさんの戻りを待つのは、時の空費じゃきに、同道しますぜよ。その植木屋の口ききで、松田屋に隠れ、待っとれば、三条卿に直訴できますじゃろう」

一座は色めく。

鶏鳴があちこちから聞こえはじめた。

屋外は白んでいる。夜を徹して議論をつづけていたのである。

三田尻から山口城下まで、萩往還を、佐波山《さばやま》を越えて六里余。

昼すぎに、佐世の奔走で探しあてた植木屋喜助は、楽隠居の身であったが、大きな感激で、

「わたしらも勤王でございますけん、お安い御用です。うんにゃ、天下の大事、存分にこき使ってつかあさい」

という張り切りようである。

慎太郎は、このような老職人まで、時局に目覚めていることに驚き、さすが草莽奇兵隊活躍の長州と感じ入る。

喜助は、湯田温泉郷の現状にもくわしかった。

「往来のご詮議はきびしゅうございます。それで、湯治客の足が遠のきまして、松田屋をはじめ宿の者や付近の煮売屋など、しだいすぼり（じり貧）で、ごっぽう迷惑しとります」

話し合いの末、藩士として顔の知られている佐世は、早早に三田尻招賢閣へ引き返し、慎太郎が喜助の供に擬装して、湯田郷へ入ることにした。

「失礼な申しようじゃが、よう似合いますのう」

佐世が感嘆する。

洗いざらしの股引、仕事着の尻っぱしょり、手ぬぐいで頬かぶりというういでたちの慎太郎

は、植木屋喜助の弟子で充分通る化けようであった。

「なあに、もともとは村人ですきに、これが本性ぜよ」

慎太郎は、大庄屋出身の志士である。

「じゃが、目付きが鋭いのう。腰も、曲げ加減がええかも知れん」

「これでいいかや」

慎太郎は、素直に目じりを下げた表情をつくり、腰をこごめる。

着付けを手伝う喜助も、ひと言、つけ加えた。

「お国なまりも、気をつけてつかあさい」

佐世と別れ、湯田郷へ急ぐ夕暮れの道中、喜助は話好きらしく、慎太郎に温泉場の由来を語る。

「ご存知でしょうが、山口は、大内の何代めかの殿さまが、守護所を防府から移されて以来、西の京、と呼ばれるほど栄えたといいます。そのころ、この湯田の地のお寺に、白狐《しろぎつね》が夜な夜なやってきて、小池に傷をもつ足を浸して、治してしもうた。和尚さんが不思議に思い、池に手を入れてみると、冬でも温かいがな。こはいかに、と掘り下げていくと、ほえたら、金造りの薬師如来さまが見つかり、温泉がわき出たということでござります」

飛脚をとばしていたので、にわか関所に、松田屋の女将《おかみ》が屋号入りの提灯をさげて、出迎えていた。

喜助も役人とは顔見知りになっている。

慎太郎は、喜助の甥ということで、怪しまれずに通行が認められた。

女将は、喜助とはいとこ同士で、気っ風がよく、のみこみが早い。

恰幅がいい胸を、文字通り、たたいて、

「手前どもも、尊王攘夷でございますよ。とりわけ、三条実美卿さまには、ごひいきにあずかり、何とか、おためになりたいと、それぱかりを念じておりました」

湯田は、田圃のあちこちに湯けむりが立つ、平地の温泉郷である。鄙《ひな》びた風景にくらべ、点点と建つ宿屋は、簡素ではない。

ひときわ大きい構えが、松田屋だった。

その前で、女将はふりかえり、目で教える。

「あの木立のなかの御殿が、何遠亭でございます」

さえぎるもののない二町ほど離れた彼方に、夕闇につつまれて築地塀《ついじ》が見分けられ、樹木の間が、灯籠であろうか、書院の灯であろうか、ほのかに明るい。

（堂上方は、あれに、閉じ込められておわすのじゃ）

慎太郎の胸に、新たに悲憤がひろがる。

植木屋喜助は座敷に案内されると、気をきかせて、すぐに湯つぼへおりた。

評判の石づくりの温泉につかり、今はやりの、攘夷の心意気をおりこんだ「オーシャリ節」をうたいはじめる。

男なら、お槍かついで、お仲間《ちゅうげん》になって、

ついて行きたや、下関……


座敷では、慎太郎がくつろぐ間も惜しんで、女将と密議をこらしていた。

「一刻を争いますきに、明日にでも、堂上方をお招きできないものですかのう」

「ゆうや（昨晩）お忍びあそばされたばかりですよってなあ」

溜め息をつく女将には、どこか雅《みやび》やかな京なまりがある。

「三条卿は、月に幾度くらい、お出ましですかや」

「一、二回が、やっとのことでしょう。護衛隊の組頭が、政事堂とかへお伺いを立てて、お許しが出るのが、三度に一度ほどと、もれ承りますよって」

女将は、白いふくよかな手で、うるんでくる目をおさえた。

「ねえ、おいたわしい限りではございませんか。恐れ多くも、天子さまのご側近が、何一つ、思いのままに、おなりあそばされぬとは」

「いっそ、御殿へ入り込むてだては、ありませんかや」

「物売りや職人などに化けて、色んな人が試みられておられるようですがのう。ご用命を受けた、決まった人しか通しません。それは、厳重でございますよ。あ、そう、そう」

と、女将は、笑いを無理にこらえた面持ちで、

「先だって、奇兵隊のお方が、お便所の掃除の者になり代わりはりましてな、くさい肥桶のおかげで、早よう行け、と叱られて、うまくいったそうですが、御座の間をのぞきこんでいたところを、とり抑えられたといいます」

「しょうことない」

慎太郎はつぶやいて、まなじりを決した。

その胸中を察した女将は、やんわりと首をふる。

「築地塀をのりこえようとしなすったお人が、鉄砲で撃ち殺されましたよ。幕府の隠密、という噂もございましたが、あなたさま方同様、国を憂える偉いお方だったかも知れません。泥棒ということで、始末されております」

慎太郎は黙りこくるほかはない。

(犬死にはならぬ)

だが、腕をこまぬくこともできない。何としてでも、堂上方とお会いしなければならないのだ。

「よかこと、思い付きました」

豊満な女将の顔が、いたずらっぽく、ほころんでいる。

「白狐踊《しろぎつねおど》りをご披露する、という名目で、お公卿さま方をご招待もうし上げましょう」

「白狐踊り？」

「この湯田の温泉を見つけたのは、白狐という言い伝えはご存知でしょうか。秋祭りに、村人が白い狐の面をかぶって、コンコン踊りを奉納しますのじゃ。そのことを申し上げますと、三条中納言さまが、ごっぽう、お興を召されておられましてな」

そう語る松田屋の女将は、上機嫌になって、

「細工はりゅうりゅう、仕上げをごろうじろ、でございますよ。万事、おまかせおくれやす」

と、またも、胸をぽんとたたくのである。

慎太郎は、わけがよくわからないままに、

「まっこと、お頼みもうします」

律儀に頭を下げた。

山口政事堂に、松田屋から提出された、

「かねて、ご所望ありし、当地白狐踊りをご上覧に供し、日ごろのご心労をいささかなりとも、お慰め申し上げたく」

という主旨の、ご来駕願いは、それを知った三条実美ら六卿の強い要望も加わって、翌日には許可された。

あるいは、女将が八方へ手を回したのかも知れない。

「ただし、六卿ご出座の時は、松田屋の内外に余人を近づけず、護衛隊、疎漏《そろう》なきこと」

という条件付きである。

「中岡さまは、湯替え衆になってつかあさい。護衛隊にあやしまれず、中納言さまのお背中をお流ししながら、言上できるよう、取り計らいますよって」

女将は、てきぱき、細工を進める。

この日、午後になると、護衛隊がいっせいに宿の内外を念入りに調べ、余人が残っていないのを確認した。

やがて、三条実美一行が、ものものしい警戒のなかで到着。

早速、お気に入りの、石づくりの湯つぼへ向かう。

六卿には、それぞれ京から従った家士が介添えについており、護衛隊士は脱衣場の外で見張っていた。

慎太郎は、幅の広い純白の下帯に紺の印半纏《しるしばんてん》という、湯替え衆の姿になって、本職の老人とともに、浴室の隅で、頭を垂れていた。

湯替え男は、湯つぼの掃除と湯加減をみるのが勤めだが、客の雑用にあたり、背中も流す。

さしも、豪胆な土佐いごっそうも、このような場で、殿上人に拝謁する恐懼《きょうく》と緊張で、目くらみに襲われそうである。

「おでましじゃ」

老人が、慎太郎の肘《ひじ》をつつく。

公卿特有の甲高い声がとびかい、大きな衝立《ついたて》のむこうから、次々に人影が現われた。

そっと顔を上げた慎太郎は、

「あっ」

と、思わず出た驚きの声をのんだ。

それぞれの付き人は脱衣場で控えている様子で、浴室に入ってきたのは、三条実美を先頭に、まぎれもなく六卿である。

久しぶりに拝する堂上方は、一段ときびしさを増す逆境にもかかわらず、否、それゆえか、身分、家柄、年齢のちがいを感じさせない、和気あいあいであった。

だが、慎太郎が驚いたのは、そのことではなく、高貴なる一行が、あけっぴろげの全裸であったことである。

武士でも、庶民でも、他人に交じって風呂場へ入るときは、下帯をつけたままか、手拭で前をかくす。

ところが六卿は、何も持たず、文字通り大手をふって現われたのである。

隅でひざまずいている湯替え衆——慎太郎と老爺の存在も全く無視し、童《わらわ》のようにはしゃぎながら、そのまま湯つぼへ身を沈めた。

音をたてて温泉があふれ流れ、一面、湯けむりとなる。

「見なっせい」

老人が笑いをふくんで、ささやく。

「き、き、狐拳《きつねけん》かや」

慎太郎は思わず、どもってしまった。

六卿は、湯つぼのなかで輪になり、掛け声とともに、狐の格好や鉄砲をかまえた形をとって、拳遊びをはじめたのである。

白狐踊りの当日だけに、慎太郎は妙な錯覚におちいる。

大笑いがあって、二人の公卿が湯つぼから出てきた。

「今日は、垢かきの名人を供《そな》えたと、女将の耳うちである。そこな者どもか」

朗らかな三条卿の声だ。

「拳で勝ったぞよ」

どうやら、背中流しの順番を決めたようである。

今一人は温和で病弱な錦小路卿だった。

老爺が心得て、錦小路卿を特製の床子《しょうじ》へ導き、慎太郎はふるえる手で三条卿の前に床子を据える。

卿は、悠然と、大股ひろげで腰をおろす。

「恐れながら」

慎太郎は仰ぎ見て、低い声を発した。

目が合って、三条卿は細面の顔を激しくふった。夢ではないかと、疑う表情である。

「そなたは土佐の……中岡か」

「御意《ぎょい》にございまする」

慎太郎は幾重にも非礼をわび、考えぬいた言葉で、招賢閣有志の総意と悲願を述べ、朝廷への特使派遣を要請した。

五卿が、三条卿の左右に昂奮した面持ちで立ち並び、慎太郎の進言に聞き入っている。

慎太郎は、あらためて、目のやり場に困る。

「相わかった。こなたで相談の上、今一度、おかみ（孝明天皇）のお袖《そで》におすがりしてみようぞ。中岡、ごくろうであった」

三条卿の決断と温かい慰労の言葉に、慎太郎は全身の力が抜ける思いである。

京洛往来

白狐踊りの催しにことよせて、堂上方と密議をなしとげた中岡慎太郎は、一月十九日、六卿の特使一行とともに三田尻を出港し、京へ向かった。

天朝に、勤王の至誠と時局の実情を訴え、勅勘赦免、復職を嘆願する使者は、三条実美家臣丹羽出雲守ほか三名である。

慎太郎は、途中から別行動をとる。山陽道雄藩の形勢を探り、諸領の志士をたずねて親交を結び、決起の時にそなえる使命を帯びているからだった。

「情勢次第では、われらも、直ちに後を追うからのう」

「桂さん、久坂《くさか》君らに、招賢閣や草莽諸隊の切迫した気持ちをよく伝えてな、早よう働き場をつくってくれよ」

見送る面面が、招賢閣代表として送り出す慎太郎に、口口に声をかける。

真木和泉、宮部鼎蔵、長谷川鉄之進、水野正名、福羽文三郎、土方楠左衛門、中村円太ら、天下に知られた尊攘志士たちである。

桂小五郎は年のはじめに藩命をうけて上洛しており、久坂玄瑞《げんずい》は京坂に潜伏して活動中であった。桂、久坂ともに吉田松陰門下であり、長州藩きっての俊英である。慎太郎は、久坂とは、文久二年の冬、公務で江戸へ出た折りに知り合い肝胆《かんたん》相照らしていた。

広大なお舟倉《ふなぐら》をもつ三田尻港は、長州藩水軍の本拠である。

政務座役の地位にある高杉晋作らの強い進言により、藩主は特使一行のために軍船快風丸を提供していた。

毛利家紋、一文字三星の船旗をはためかせた快風丸は、早春の強風を白帆いっぱいにうけて、瀬戸内海を疾走する。

慎太郎は、広島城下、太田川河口の港で下船した。

浅野家四十二万六千石の新しい実力者で、尊攘派と目されている、辻将曹《しょうそう》に面談を求めるためである。

「せっかくのお運びながら、御用繁多なれば、このところ、お城泊まりでがんす」

大手門に近い辻屋敷を訪ね当てたときは、夜になっていた。むしろ在宅間違いなしと、三条卿密使、を匂わせたのだが、用人は明らかに居留守を使ったのである。

「さらば、明日、お城にて対顔できるよう、何とか、お計らい願いとうござる」

慎太郎は強談判におよんだ。

しかし、用人の語調に、尊攘過激派を厭う色合いが露骨になってゆく。

である。

　どうやら、広島藩も俗論派の巻き返しが急で、辻将曹は危うい立場に変わっている気配で
　慎太郎は、引き下がらざるをえない。

　情況は三原藩、福山藩でも同じであった。

　旧知のはずの真木和泉、宮部鼎蔵らの紹介状を差し出して取り次ぎを頼んでも、両藩の重職はもちろん、家臣も会おうとしない。

（こりゃ、予想を越えて、われらに利あらず）

　慎太郎はあらためて、六卿はじめ毛利藩、諸国志士たちが朝敵である現実を、思い知らされたのだった。

（個々の働きでは、どうにもならんぜよ）

　慎太郎は、四面楚歌といえる現実のきびしさに、抜本の対策を桂小五郎らと講ずるべく京へ直行することにした。

　福山城下から三里余、昼前に鞆《とも》ノ浦《うら》へ出た慎太郎は、大坂行きの荷船に便乗する。

　折りからの氷雨にけむって遠ざかる、堂塔の多い鞆の町は、去年の八月、三条実美ら七卿が都落ちのときに寄港し、名高い保命酒醸造元の屋敷で、風雨がおさまるのを待ったと聞く。

（堂上方は、おそらく、荒れ海にわが身の激変を見る思いで、諸行無常の涙を流されたこと

であろう）

そのようなことを思いながら、慎太郎は胴の間の積み荷によりかかって、まどろむ。三田尻を出て以来、この数日、まともに寝ていない。広島、三原、福山と昼夜歩きづめであり、昼夜の別なく人を訪ねまわった。

その努力も、空しい結果となっている。

目が覚めたとき、回船は停泊していた。荷の積みおろしをやっている様子である。菱垣《ひがき》を通して眺められる港町は、雨が上がって、薄日に映える、たそがれ色であった。

甲板へ出た慎太郎の目をとらえたのは、高台の、明るく輝く灯ろう堂（灯台）である。

「下津井じゃ」

とっさに、慎太郎は咸臨丸でアメリカを見てきた塩飽《しわく》の船乗りや、森下と名乗った岡山藩士、三味線を小脇にかかえた可憐な少女を、脳裏によみがえらせていた。

「そうじゃ」

森下という、いかつい面貌の武士は、尊王攘夷の心底があり、長州奇兵隊に倣《なら》って、藩内に奇兵隊をつくろうとしていた。

慎太郎は、そそくさと船をおり、下津井の、海ぞいにのびる町筋を走る。

（陣屋か、お台場へ行けば）

森下に会えないまでも、消息は知れよう。

祇園社裏の、掛《か》け行灯《あんどん》が並ぶ灯点《ひとも》しごろの色町通りは、以前にくらべて人出が少なく、活気が失せているように感じられる。門付けの、女太夫などの姿も見えない。

坂の上の、岡山藩吹上陣屋に近づくと、

「ややっ、おぬしは……」

折しも、長屋門から出てきた三人連れの一人が、慎太郎とすれちがいざま、頓狂な声をあげた。

その、ややひょうきんな調子は、まぎれもなく、森下である。

「こりゃ、まっこと、まっこと、運がよか」

慎太郎も、思わず、大声で応じる。

「ちょうど、おんしを訪ねるところでしたぞよ」

「あいや、肝《きも》が芋《いも》になるとは、このことじゃ。何日かあとじゃと、拙者は岡山近辺におらんじゃった」

「それはまた、どういうわけかや」

「拙者、このたび、兵制改革御用、下津井砲台組頭を、お役御免になりましてな、当分、浪人同様でござる」

だが、暗さはなく、森下立太郎は、あっけらかんとしている。

「さすれば、例の、奇兵隊の件は、どうなっちょりますか」

慎太郎の声には、不安がにじむ。

岡山藩もまた、門閥俗論派が勢いをもりかえし、出る杭は打たれ、正義の士の追放がはじまっているのであろうか。

「まあ、まあ、つもる話は、酒でも飲みながら語り合おうではないか」

一行は、坂を下ってすぐの、白壁、なまこ壁造りの商家へ入ってゆく。

三人のうち、森下をのぞく二人は町人で、その一人の家らしい。

奥座敷に酒宴の用意がなされてある。

慎太郎はとまどうが、いつの間にか仲間気分にさせられて、森下と並んで上座に据えられていた。

「こちらはのう、岡山ご城下の呉服問屋、吉田屋十郎右衛門。憂国慷慨の仁じゃ」

と、森下が、澄んだ目をした、細身の中年男を見やった。

「あれなるは、当家の主人、下津井で一、二といわれる回船問屋、荻野屋《おぎのや》久兵衛《きゆうべえ》」

と、次に、末席の微笑を絶やさない、初老の福福しい男を引き合わせる。

慎太郎も、一同の人柄に感じ、隠し立てはしない。

「土佐脱藩、身分は大庄屋郷士並み、中岡慎太郎ともうしまする。長州招賢閣より、京へ向かう途中でござる」

「ほう」と二商人が感嘆をもらし、森下は満足げにうなずいた。

「やはり、そうでござったか。一別来、招賢閣の噂にも接し、土佐なまりの快男児なれば、あるいは、会議員として今や名高い中岡うじではなかったか、と思っとりましたぞ」

たちまち話がはずむ。

酒は、町の背後にそびえる鷲羽山《わしゆうざん》が水源の伏流水《ふくりゅうすい》でかもした自家美酒。肴は、赤絵の特大皿に盛り合わせた、とりたての海産珍味。

「土佐にも、これに似た皿鉢《さあち》という料理がありますぜよ」

慎太郎も、すっかり打ちとけている。

三ヵ月前に森下と知り合った、そのいきさつが、両人によって面白く語られると、突然、

「その日、あなたとお目にかかっておりますよ」

荻野屋久兵衛が叫んだ。

「おっ、もしや……」

思い当たった慎太郎の、酒気を帯びて染った顔が、さらに赤くなる。

「さよう。ほたえなッ、と叫んで、門付けの女太夫をお助けなすった、そのときの、女をせびらかしていた狒狒爺《ひひじじ》が、手前ですよ」

「なに、なに。これは聞き捨てならぬ」

森下と吉田屋が身を乗り出した。

京へ直行するはずの中岡慎太郎が、下津井からさらに虫明《むしあけ》へ寄り道するのは、荻野屋で痛飲談論した岡山人三人の、強いすすめによる。

「伊木長門《いきながと》さまに、ぜひ、会ってゆきんさい。わが藩の、六家老筆頭じゃ。世の動きに左右される、ちゃらんぽらんな門閥家老とちごうて、長門さまの尊攘、革新の気構えは、本物でござる」

失脚したばかりの、森下立太郎が力説した。

藩政改革の先頭に立っていた伊木長門は、保守派の強い抵抗に、内紛に至るのを防ぐため、自ら采地《さいち》へ一時隠退し、息のかかった森下らのお役御免にも同意したという。

「大局をみていなさるご家老じゃ。共に、時機を待とうぞ、というご沙汰であった」

森下は、伊木長門に心酔していた。

同座の、荻野屋、吉田屋という二豪商も伊木派で、人の出入りが多い問屋という立場を生かして、領内領外の風説等を集め、森下を通じて筆頭家老に報告したり、献策もしている様子である。

「そうじゃ。例の、門付けの小娘、あなたに、ぽっこう会いたがっておりました。今、虫明のお祭りで稼いでおりますさけに、ちょうどよろしゅうございましょう」

荻野屋久兵衛の、けしかけ加減の笑顔を思い起こしながら、慎太郎は、その荻野屋の回船で虫明へ向かっているのだった。

　虫明は、伊木長門の本拠である。

　伊木家は、岡山藩の家老の身で、三万石を給されていた。大名格である。

　幕府の一国一城令があり、陪臣であるため、城は築けない。だが、近づく虫明の浦は、海辺の幾筋もの町並みから山麓の武家屋敷地まで屋根が重なり、その彼方に、白壁にかこまれた、櫓《やぐら》造りの壮大な陣屋が眺められた。

「やっちょる、やっちょります」

　回船の舵取りが、主人久兵衛に言い付かったのであろう、荷の積みおろしの間、町の案内役を買って出た。

「あれに、きっと、お鶴太夫と小鶴がおりますさけに、のぞいてみまっしょ」

　心浮き立つ音曲が流れてくる。

　見れば、船着場から一町ほどの広小路で、着飾った老若男女が輪になって踊っていた。

「いや、私は、陣屋へ急ぐきに」

「しゃーけど、今日はお祭りですけん、伊木のお殿さまも、まだ、お庭窯《かま》からお戻りじゃなかろう」

　祭りというのは、虫明の初窯祭り、と呼ばれ、殿さまにかかわりがあるのだった。

　伊木長門は、茶人でもある多趣味の領主で、京から陶工や絵師を招いて、自ら茶器や皿を焼いた。荻野屋の宴席で、海の幸を盛った赤絵の特大皿は、殿さまのお手製だったのである。

長門は、民間にも窯を普及させ、名物虫明焼は、領民の暮らしを大きく助けているという。

「いました、いました」

舵取りが、委細かまわず、慎太郎の背を押して、踊りの輪へ近づく。どうやら、荻野屋久兵衛から、どうでも二人を会わせるよう、命じられているようだ。

(これは驚いた。めっそう、色っぽいぜよ)

慎太郎は、かすかに、胸のときめきを覚える。

以前見たときの小鶴は、いかにも幼い面立ちの、ういういしい小娘であった。

今、大きな踊りの輪の中心で、お鶴太夫や笛吹き、太鼓打ちらと囃子方《はやしかた》をつとめている小鶴は、三味線を頭の上につき出して弾き、腰をふりながら、若さをほとばしらせての熱演である。

「小鶴ーっ、小鶴坊ーっ」

舵取りは、海で鍛えた胴間声をはりあげ、

「いのちの恩人を連れてきたぞーっ」

「それはちがう、いのちなど助けておらんぞよ」

慎太郎はあわてて逃げかける。

「あっ、小鶴が気付いた。見てつかあさぇ」

頑丈な体の舵取りは、遠慮することなく立ちふさがり、慎太郎を輪の内へ押しもどす。

もみ合う間に、小鶴が駆け寄った。紅潮した小さな顔が、息をはずませて慎太郎を見上げる。

整った細面《ほそおもて》に、ちょっと不つりあいの大きな双眸が、何度かまたたき、

「まちがいなか。あのときの、お侍さんじゃ」

と、よろこびを全身であらわし、

「うち、ぼっこう、会いたかったん。ほんなことよ」

大胆とも無邪気ともいえる叫びである。

どっと周囲で笑いがおき、好意ある野次が飛ぶ。

慎太郎は赤面のまま、舵取りをかえりみて、

「早よう、陣屋へ連れてってくれんかや」

「あれ、もう行くん？　なして？」

「御用があってな、また会おう」

「また、会えるん？」

「これからも、たびたび、山陽道を上り下りするきに、会えるぜよ」

慎太郎は、率直、誠実に答える。

小鶴も素直に、こっくりとうなずき、

「うち、小鶴。あなたさまは?」

「慎太郎」

「しんたろう、さん。しんたろう兄ちゃん、と呼んでいい?」

「いいとも。小鶴、早よう行きなさい、皆が待っとるぜよ」

囃子方も踊り手も、何事が起こったかと、こちらを向いていた。

間もなく訪れた陣屋では、伊木長門には会えなかった。

しかし、代わりに応接した、近藤定常《さだつね》と名乗った中年の家臣が、非凡な人物に感じられた。

「藩情が、ちっくし、微妙な時でござって」

と、主君不出座を詫び、腹を割って、初対面の慎太郎と意見を交わしたのである。

中岡慎太郎が徒歩で京に潜入したのは、一月二十六日の、霧の深い早朝だった。

尊攘志士暗殺に猛威をふるう京都守護職配下の新撰組《しんせんぐみ》は、このごろ、夜討ち夜遊びを得意とするゆえ、夜半から朝方が安全、という同志の教えである。

これも招賢閣同志の指示で、まず、木屋《きや》町四条の、高瀬川沿いにある薪炭《しんたん》と古物を扱う桝《ます》屋を訪れた。

「ようおこしやす。お待ちしておりました。長州屋敷の桂小五郎さんからは、新撰組の探索がきびしいさかい、出歩かずに、一両日はここでゆるりと休養おしやす、というお言付けどす」

やわらかい物腰だが、眼光が時折鋭い桝屋主人、喜右衛門の本名は、古高《こだか》俊太郎。門跡寺に仕える寺侍の子で、勤王の志が厚く、縁あって桝屋に養子入りしたあとは、逆境の志士たちを、ひそかに援助している奇特の仁と聞いている。

慎太郎は、二十七歳になった自分より、十ほど年上と見た。

「天朝さまへご嘆願申し上げる、三条卿の使者の方方は、首尾よくいきましたかのう」

「それが、ご難渋の様子で。ご使者、丹羽出雲守さまのご尊父、豊前守さまが奔走してはるそうやけど、なんせ、三条家と長州はお咎《とが》めの身、伝奏《てんそう》はんは、言を左右にして、奏聞書を受け取らはらんそうどす」

「くわしい情勢が知りたいきに、すぐにでも、桂さんか久坂玄瑞君に会えませんかのう」

桝屋は、面長の、品のいい顔をほころばせた。

「京では、あせりは禁物どっせ。そこの高瀬川の流れのように、動くか動かないほどに、ゆったりとしとかな、あきまへん」

慎太郎は、食事を供されたのち、二階へ導かれ、

「夜っぴで歩いてこられたんでしょうから、ひと休みして、万事、それからにしまひょ」

無理やり寝床へ入れられてしまう。

からだが暖まると、八日にわたる強行軍の疲れが一度に出て、心地良い睡魔に勝てなかった。

目が覚めたとき、部屋には夕闇がせまっている。

はね起きて階下へ声をかけると、桝屋がにこやかな表情で、何か包みを抱えて上がってきた。

「桂さんと、つなぎがとれましたえ。腹がへっておられましょうが、一席設けるといわはっておりますさかい、およばれしまひょ」

包みを解くと、奉公人風の衣裳一式である。

温泉宿の湯替え衆にまで化けた慎太郎である。心得たもので、すぐさま着替え、桝屋と商売物の炭を一俵ずつ背負って、店を出た。

「安全第一で、回り道をしますさかい」

火点しごろから、新撰組の見回りが繁くなるという。

慎太郎には、どこをどう歩いているのか、わからない。

だが、だんだら染めの羽織で知られる新撰組とは、出会わずにすみそうだ。

香《こう》がただよう、暗い寺町を抜けると、にぎやかな町筋に出た。木戸があって、そのむこうは、一段と明るい、茶屋通りである。

「江戸の戯作者《げさくしゃ》、滝沢馬琴《ばきん》の京洛見聞記に、五十近く町の名を並べはって、これらは、みな隠れ遊女のひそむ所なり、およそ洛中半ばは、皆妓院なり、とありますが、この、新三本木も、妓院の一つどすな」

苦笑まじりに語っていた、桝屋こと古高俊太郎の足が止まって、路地の奥を指した。

「紅灯の巷《ちまた》にも、山紫水明処あり、日本外史二十二巻を著された、勤王の元祖、頼山陽《らいさんよう》先生が住まはったところどす」

慎太郎は、背負った炭俵をゆすりあげて、頰かぶりをとり、敬虔な一礼を捧げる。

「安政の大獄で、斬首の刑に処せられた、ご子息頼三樹三郎《みきさぶろう》先生の悲憤が、わが事のように思われますぜよ」

「お声を低く。京の女は、半ば芸妓。男は、半ば密偵」

古高はささやき、寄り添って歩きながら、小声でつづける。

「頼先生ら諸先輩には、及びもつきまへんが、王政復古に身を挺しているわてらどす。いつ、闇討ちにあうか、牢に投じられるか、京にいてるかぎり、その覚悟は必要やろな」

「けんど、犬死には、あかんぞよ。一つきりの、いのちですきに」

「ほんに。そやさかい、およばれのときも、こうして」

と、「千客万来　吉田屋」の、粋な行灯が掛かっている料理茶屋の、煮物の匂いがする裏口から、古高は慎太郎を従え、出入り商人の挨拶で入って行く。

仲居がさりげなく待っていて、炭俵を土間の隅におろした二人を、目で奥へ案内する。

回廊を進んだところで、あたりを見回し、

「おこしやす。新撰組のおかげで、いつも難儀やなあ。お連れはんが、お待ちどうせ」

はじめて、仲居は笑顔をみせた。

幾つかある客座敷からは、三弦や歌声が流れ、宵の口というのに宴たけなわである。

一番奥の鴨川の河原に面した座敷の障子を、仲居が引くと、四人の男がこちらを振り向いた。

「おう、丹羽どの。久坂君もごいっしょかや」

慎太郎は、思わず、よろこびの声をあげる。

先客は、みな変装しているが、神主姿が三条実美卿使者の丹羽出雲守、医者風体が久坂玄瑞であった。

きりりとした顔立ちの、まばゆいばかりの芸者と親しげに膝を接している、大店の若旦那といったこしらえが、桂小五郎であろう。

互いにその存在は熟知しているものの、桂と慎太郎は初対面であった。今一人の、丸頭巾の男は見当がつかない。

視線を合わせただけで、慎太郎は、桂に兄のような親しみを覚えた。五つ年上である。精悍な面持ちのなかに、人を包みこむような、やさしさが感じられる。

さすが、朝敵の汚名を着せられた長州藩の、運営至難な京都屋敷留守居役を内命されている人物だ、と慎太郎は早くも惚れ込んでしまう。

桂も、気軽に杯を慎太郎に渡しながら、挨拶抜きで、

「今宵は、丹羽さんが荒れておりましてな。これは、中岡君、おんしをはじめ、われら一同の悲憤慷慨でもある」

脂粉であろうか、香料であろうか、なんともいえない薫りがして、慎太郎の目先に銚子をもつ白い指が動く。

あの、まばゆいばかりの芸者が、桂のそばから慎太郎の横にすり寄って、

「幾松《いくまつ》どす。よろしゅう」

しっとりと甘い京言葉に、酌を受ける手がふるえ、慎太郎は酒をこぼしそうになる。

年のころは二十歳前後の幾松は、あでやかな微笑みのまま、今一度酌をすると、桂のそばへ戻る。

落ち着いて見渡せば、ほかにも三、四人の芸妓がおり、総勢六人になった客を、にこやかにもてなしていた。

廊下で耳にした、よその座敷の騒騒しさとはちがい、しめっぽさがなくはない。

丹羽出雲守が座り直し、悲痛な表情で、慎太郎へ向かって深く頭を垂れた。

「貴殿や招賢閣の同志諸君に、何とも、何とも、合わせる顔がおへん」

「どだい、どうしたことです。頭を上げてくだされ」

丹羽の代わりに、怒りをほとばしらせて叫んだのは、熱血漢の久坂である。

「三条実美卿の嘆願書が、伝奏坊城《ぼうじょう》大納言とその一味の独断で、今日、突き返されたのじゃ」

「お声を低く。壁に耳あり、障子に目あり」

苦労性らしく、古高俊太郎が制する。

慎太郎は、それより、密議場の、女たちの同座が気になる。胸中を察した桂が、

「心配ご無用。この者らは、勤王芸者などと呼ばれておってな、いわば同志じゃ。それに、花柳《かりゅう》の女性《にょしょう》は口が堅うおす」

京なまりを入れて、少し戯れる。

「われらは、尊王じゃ。ゆえに、六卿のご嘆願を拒む伝奏ら朝廷を憎むものではなか。純なる朝廷に圧力をかけ、あやつっている薩賊会奸が憎い。そやつを除くことが、われらがなす根本の策と思うんじゃ」

発言したのは、丸頭巾の若者である。

「中岡さん、拙者は宇都宮脱藩、太田民吉（広田精一）。貴殿の頼もしさは、同僚の岸上文治郎から聞いとります」

このとき、鴨居《かもい》に隠されていた鈴束が、激しく鳴った。

桂小五郎と幾松が、同時に腰を浮かせて、鴨居《かもい》で揺れる鈴束を見た。

「密偵《いぬ》じゃ」

「お早く」

帳場からの内報らしい。

幾松は、立ち上がって、舞い扇をはらりとひらく。

「姐《ねえ》さん、お願いどす」

「へー、あんじょう、いきまひょ」

年輩の芸者が、阿吽《あうん》の呼吸で、三味線を構える。

その光景を目の端にとらえて、慎太郎は桂の機敏な指図に従い、廊下から庭へとびおり、皆に遅れじと、闇の河原へ走った。

一同は、冬枯れのままの葦のしげみに身を沈めて、座敷のほうをうかがう。

障子は開け放たれたままである。遠目にも、幾松が扇をひるがえしながら優雅に踊りつづけており、その周囲に、大男が入り乱れていた。

「あれは、新撰組どすえ」

だんだら染めの羽織を見なれている、桝屋こと古高俊太郎がささやく。

「大事ないですかや」

慎太郎の、残った女たちへの気遣いに、

「なあに、三本木芸者衆は、狼や野暮天を、あんじょう、てなずけはります」

桂の、あやしげな京なまりが返ってきた。

「とくに、幾松姐さんは、鮮やかどっせ」

久坂が茶茶を入れる。

桂が、あきれ果てた声をもらした。

「江戸食いつめの、壬生《みぶ》の飢え狼どもめ、われらの席で、飲み食いしはじめたぞ。それも、芸者付きじゃ」

幾松の、度胸がすわった、見事なあしらいであろう、新撰組の一隊は逃亡者の追跡をやめて、宴席を引き継いだ様子である。

「よし。また会うことにして、今夜はこれで散ろうぞ。われらは狙われているようじゃ」

桂の判断で、六人は、ばらばらになって、それぞれの住まいや寓居へ戻って行く。

慎太郎は、桂にともなわれて、河原町御池《おいけ》の長州屋敷へ、高瀬川の水門わきの木戸から忍び込んだ。

「表向き、長州屋敷は閉鎖、ということになっておってな、各門には、一日中、密偵どもが張りついていやがる」

閉鎖されているが、留守居はいてもいいはずである。桂はその理屈を通しているが、幕吏やその手下風情といちいち押し問答するのは厄介なので、水門口など幾つかの抜け道から、変装で出入りしているという。

「ここには、わが藩の士や、おぬしと同国の土佐人など、十数人が潜んでおる。その者たちと会う前に、二人で、腹を割って話し合っておきたいことがあるんじゃ」

桂は、真剣なまなざしであった。

奥まった書院で、慎太郎は、この長州京都屋敷の事実上の主である桂小五郎と、あらためて対座した。

燭台の灯がかすかにゆらめき、京の夜の底冷えを、今さらながら感じる。

「三条実美卿ら六卿ご連署の嘆願書が、差し戻されたのは、やむをえない仕儀であろう」

桂は、まずこの事に触れたが、口調は冷静である。

「将軍が上洛して、二条城に入っておる。将軍後見職でやり手の一橋慶喜《ひとつばしよしのぶ》も在京中じゃ。公武合体派の巨魁、島津久光が朝議参豫《さんよ》（参与）に加わって、朝廷に睨みをきかせておる。嘆願の時期が悪かったな」

「まっこと、私の、情勢判断が未熟でございました。責任を感じちょります」

慎太郎は悔いていた。

山陽道雄藩有志の及び腰といい、京における、新撰組などに追われる、八方ふさがりの情況といい、あがけばあがくほど泥沼に足をとられるのが、尊攘派の現実ではないか。

「つかもない」

桂は笑顔で首をふる。

「おぬしらの働きは、無駄ではないぞよ。逆境のときに、空しい努力を倦《う》まず積み重ねておれば、それが大きく実るときが、きっとくる。どだい、蒔《ま》かぬ種は生えぬ、のじゃ」

「向後、われらは、どうすりゃいいんですかのう」

「中岡君」

「はい」

「土方さんも、真木先生も、心配してござったが、話というのは、それじゃ」

「………」

「京にいる間、この長州屋敷を、わが家同様に使ってもろうて、かまわん。当座の資金も提供しよう。じゃがのう、くれぐれも、自重してほしい」

「犬死にだけは、してはならんと、自分に言いきかせ、同志にも忠告しておりますきに」

「こんなことまで言うと、おぬしに斬られるかも知れんがのう」

と、江戸の斎藤弥九郎道場で塾頭をつとめた剣士が、別に身構えることもなく、むしろ顔を寄せてきた。もっとも、慎太郎は商家奉公人の扮装のままである。

「二枚舌を使い分けることを、おすすめする」

「なんと」

さすがに、土佐いごっそうは気色ばむ。

桂は、かまわず、言葉を継ぐ。

「世は、尊王、佐幕、攘夷、開国と、たぎり立っておるが、尊王攘夷も佐幕開国も、その真意が単純でないことは、おぬしも気付いておられよう。極言すれば、尊王も佐幕も、攘夷も開国も、根元は同じで、日本国を憂うまごころにおいては、変わりないのじゃ」

「それは、暴論ぜよ」

慎太郎は、刀があれば、斬る、の眼光である。

「さよう、尊攘も佐幕開国も、根は同じだとするのは、暴論である。だが、真実ぞ」

桂小五郎は言い放ち、慎太郎の殺意さえふくむ眼光を、やわらかく受けとめる。

「ところで、おぬし、久坂君といっしょに、信州松代《まつしろ》城下まで出向き、佐久間象山《しょうざん》先生と面談したそうじゃな」

「一昨年、ご在府のご隠居（山内容堂）の身辺警護を志願し、五十人の同志と江戸表へ出ました。その折りに」

「ご隠居から、象山先生を土佐へ招聘《しょうへい》する交渉を、内命されたとか」

「それは、ちくと違いますぜよ。私は庄屋出身のお雇い士分じゃきに、交渉の使者は、ご隠居側近が藩主真田《さなだ》侯へ、お願いにあがっちょります。けんど、佐久間どののご意向を、それとなく探るよう、という指示は、お側役を通じてうけたまわっておりました」

怒りをうまくはぐらかされた慎太郎は、平静をとりもどしている。

「道連れになった、当藩の久坂、山県《やまがた》半蔵（宍戸《しど》璣《たまき》）両人も、同じ使命を帯びていたことは、ご存知であろう」

と、桂は微笑し、

「ことほどさように、佐久間象山は、諸藩怨望の的であった。じゃが、中岡君、先生は勤王攘夷論者であったかのう」

桂の目に、からかいの色が加わる。

慎太郎は、何か言いかけたが、結局、唇をかみしめた。

象山が、有名な蘭学者であり、外国から軍艦を購入して洋式海軍を建設すべしと主張する、佐幕開国論者だったからだ。

「あえて問いつめるが、尊攘激派たるおぬしが、外国かぶれの親王と面談した、そのときの実感をうかがおう」

柔和な面持ちを保つ桂だが、舌鋒は鋭い。

（そうじゃった）

と、慎太郎は胸の内で合点する。

桂小五郎が佐久間象山を先生と呼ぶのは、桂の師であった吉田松陰が、象山を師と仰いでいたからにほかならない。

その松陰の、アメリカ密航企ての罪に連座して、象山は八年間におよぶ蟄居《ちつきよ》の身となったのだった。

当時は、眼光炯炯《けいけい》にして容貌魁偉な象山の、博学と雄弁に圧倒されて、こりゃどうにもならん、と苦笑して退出し、深くは考えなかったが、

（すると、どうなるのじゃ）

慎太郎の頭は混乱する。

尊王攘夷の教祖のごとく崇《あが》めていた吉田松陰先生が、開国論の首魁象山の弟子で、しかも、敵国たるアメリカへ渡ろうとしていたとは。

「わかりかけてきたようじゃな」

桂は、ここぞと、たたみ掛ける。

「真に、日本の将来を考える者には、攘夷論も開国論も同一だと、考え至るはずじゃ。すなわち、早急に開国して通商を盛んにし、富国強兵した上での攘夷、これでなくては、日本は滅びる。これが、真実ぞ」

「それでは、私に、変節せよ、といわれるかや」

中岡慎太郎が悲痛な声をあげる。

「ちがう。その大きな目玉で、時勢の実相を見分けてほしいと、願っているのじゃ」

桂の口調は、一本気の弟を諭すようであった。

「しかし、中岡君。表向きは、尊攘派をつづけるのが、よろしかろう。そうでなければ、味

方に斬られてしまう。天誅、などと叫んでな」

冗談めいた言いようだが、顔面には怒りがみなぎっている。

「はらわたが煮えくり返るぞ。日本人同士が殺し合って、何になる。主義主張がちがえば、話し合えばよい。くちろんぱん（口論）を尽くせばよい。そうじゃろうが」

桂の気迫に、慎太郎の心身がすくむ。

土佐藩内でも、問答無用の闇討ちが頻発した。その最たる事件は、土佐勤王党による、参政吉田東洋《とうよう》暗殺である。

盟主武市半平太の指示で、内内に刺客組が編成された。大庄屋の職務をもっていた慎太郎は、選にもれたが、当時の偏狭な正義心は、機会があれば、天誅をちゅうちょしなかったであろう。

武市は、さらに京においても、妖剣を使う岡田以蔵《いぞう》らを使って、同志である越後の尊攘志士、本間精一郎《せいいちろう》をはじめ、幾多の天誅をやってのけた。その盟主は、政変によって、今は国元土佐の獄舎につながれている。

（たしかに、天誅は、天道大義とは無縁の、釈然としない動機が多いぜよ）

慎太郎は、腹のうちでつぶやき、一度も手を血で汚さなかった、一種の偶然に、ほっとする気持ちであった。

「そこで、話を元にもどすがのう」

桂は、消えかけた燭台のろうそくを、おもむろに替え、部屋がぱっと明るくなったところで、形を改めて慎太郎と向き合う。

「中岡うじ。われらは、おぬしを大器と見ておる。いやいや、黙って聞きなされ」

と、制し、

「それゆえ、狂気の天誅で斃《たお》れないために、また、日本の将来を真剣に考える、真の同志を結集するために、人によっては尊攘論で煽り、場合によっては開国論に耳を傾け、これぞと思う人物とは、大局に立って話し合い、横縦《おうじゅう》連合策を進める、つまり、二枚舌も三枚舌も使う度量と、勇気をもってほしいのじゃ。どうじゃな」

慎太郎は、しばし半眼で、宙をにらんだ。

やがて、特徴と見なされている大きな目玉をみひらき、桂を直視した。

「私は、ぶきっちょな、いごっそうじゃきに、ちくと心もとないが、やってみましょう」

このように述べたのだが、この決意は程なく揺らぎ、慎太郎は自ら天誅実行のための刺客を志願せざるをえなくなる。

池田屋の変

二月三日の夜明け、河原町御池《おいけ》の長州京都屋敷に、ちょっとした騒ぎが巻きおこった。

「おーい、起きろ、惰眠をむさぼっとるときか。この藩邸は不用心じゃのう、容易に入りこめるぞ。長州の守り、危うし、危うし」

傍若無人の大声である。

中岡慎太郎は跳ね起きて、暗い廊下を声の方へ走った。

あちこちの部屋からも、人の起きる物音がする。

薄明かりの台所で、何かを探している、旅装束の若侍がいた。外は雨なのか、ずぶ濡れである。怪漢はふり向きざま、怒鳴った。

「酒はないか、凍えそうじゃ」

「おお、おんしは、高杉うじ」

慎太郎は叫んだ。

高杉晋作《しんさく》は、犬のようにぶるっと、ぶっ裂き羽織の水気を払い、にこっと笑う。

「土佐の中岡さんか。おぬし、ここにおられたか。ところで、酒のありかはどこじゃね」

そこに、桂小五郎を先頭に、潜伏藩士や寄宿の志士たち、五、六人が駆けつけた。

「晋作」

桂の大喝である。

「あっ、これは、お早うさん、でござる」

高杉は首をすくめて、とぼけた挨拶を返す。

「おぬし、無断で飛び出してきたな。藩庁から何の書状もきてないぞ。長州から、はるばる、酒を食らいにきやがったか」

きめつけながらも、桂は、戸棚の奥から大徳利をとり出して、高杉の前に据える。

藩士の誰かが、茶碗をさし出した。

高杉は、悠然と、大徳利を傾けて、なみなみと注ぎ、一気にあおって太い息をつく。

「何があったのじゃ」

すかさず、桂がきびしい目で詰問する。

「わしはのう、政務座役なんぞ、性に合わんぞ」

高杉はわめき、出奔に至るいきさつを語った。

長州では、六卿と藩の汚名をすすぎ、京都での失地挽回を武力で実践する、とする進発論が再燃し、暴発寸前の状態になっているという。

藩主と重臣は、その最先端の、遊撃隊説得を、高杉に命じたのである。

高杉も、藩要職の立場から、進発は不可としていた。挙兵にふみきれば、朝敵となっている長州は、一藩孤立のまま、幕府のみならず朝廷とも戦わねばならなくなる。勝ち目はない。

「わしは、三田尻宮市《みやいち》の遊撃隊陣屋で、隊長の来島《きじま》又兵衛を、三日間、説きに説いた。てしこにあわんぞ、あの石頭。わしは、ばかばかしくなって、そのまま山陽道を東へ駆け出したんじゃ」

「ぼけたれめ、おぬし、切腹もんだぞ」

顔面に朱を注いだ桂は、太平楽に飲みつづける高杉の手から、茶碗酒をひったくった。

しかし、使命放棄、無断出国の罪で、切腹になるかも知れない高杉晋作を、桂小五郎はそのまま京都藩邸に滞在させた。

並みの留守居役ならば、即刻、身柄を拘禁して、本国へ送還するところである。

「何とか、とりなすゆえ、おとなしくしておれ。この上、事を起こすでないぞ」

桂は、引責覚悟で、諭すにとどめた。

だが、屋敷内で謹慎しているような高杉ではない。

桂の目を盗んでは、変装もせず、慎太郎らを無理に誘って外出し、遊興をほしいままにする。慎太郎も、近ごろでは、長州藩士のいでたちで、石川清之助という変名を用いていた。

顔が長いので「馬」「暴れ馬」などと陰で呼ばれている高杉に、慎太郎は好感をもっている。

「高杉さんに、政務座役は、ちくと似合いませんな、やっぱり、奇兵隊総督ぜよ」

と、冗談半分に言えば、高杉も、

「おんしは、もっともらしい顔つきをしとるから、政務座役なんぞ、治政家《ちせい》が似合っとるかも知れんのう」

と、半ば本気で、まぜ返す。

「そんなことより、わしに似合うのは、あっぱい（美しい）おなごのいる、お座敷じゃ」

祇園社《ぎおんしや》下、縄手《なわて》通りの魚品楼《うおしなろう》は、高杉が二、三年前から在京時に愛用している料亭だった。

そこに、祇園新地の、なじみの芸者おりかを呼び、舞子などを交えて、どんちゃん騒ぎをする。

高杉の三味線は、くろうとはだしだった。おりかから三味線を取り上げると、巧みな撥《ばち》さばきで、自作の都都逸《どどいつ》をうたう。

　三千世界の　烏《からす》を殺し
　主《ぬし》と朝寝が　してみたい

これが出ると、かなり酩酊している。

二月下旬のその日、三味線を、おりかの膝に戻すと、いきなり、もろ肌をぬぎ、腹部をおしひらいて脇差の鞘を払った。切っ先が、ぎらりと光る。おりかが悲鳴をあげた。

「わしは、近近、切腹の身じゃ。稽古をするけんのう、中岡さん、介錯のまねをしてつかあさい」

高杉の酔狂に、慎太郎は首をふる。

「せーがないのう。そう、まじめな顔で睨まれたんじゃ、切る腹も切れんぞ」

興ざめして、刀身を鞘に収めた高杉は、隅でおびえている女たちを見やり、

「しばらく退っちょれ」

と、遠ざけた。

残った客は、高杉、慎太郎、それに宇都宮脱藩の、太田民吉である。

「じつはな、おんしらに重大な相談があったのじゃ。共にいのちを捨てうる、同志中の同志と信じた上での、じきろんぱん（膝詰め談判）じゃ」

高杉の全身から酔態が消え、思いつめた眼光になっていた。

「島津久光を、斬る」

高杉は、低い声で、明言した。

慎太郎は息をのむ。

久光は、薩摩国内の抗争のもつれから、藩主の座を逸し、七十七万石の封を継いだ子茂久《もちひさ》（忠義《ただよし》）の後見職に甘んじている。

だが、事実上の藩主であり、現に、一万五千の精鋭を率いて、京都に駐留しており、その無比の軍事力を背景に、朝廷と畿内を制圧していた。

「国元は、京都進撃寸前じゃ。尊王攘夷を訴える正義の軍とはいえ、朝廷工作が成らざる今、兵を挙げれば、袋叩きにあって、長州は滅びる。むろん、長州一国をなげうって、大義が貫徹できれば、もって瞑《めい》すべし、じゃが、事態はそうはいかぬは必定」

高杉は、慎太郎ひとりに向かって、説いている。

同座の太田は、むしろ慎太郎の表情をうかがっていた。

（二人は、下相談をすませとるぜよ）

慎太郎は感づく。

その気配に、太田が膝を進めた。

「ごく少数の犠牲で、早急に、尊攘正義党の八方ふさがりを打破するには、裏切者の島津に天誅を加える、これ以外に、よか方策があっかね」

宇都宮藩士時代、藩主の侍講《じこう》をつとめた前歴をもつ太田は雄弁だった。

「薩摩は、元来、尊王攘夷でござった。おらがの同志じゃった。それを、あの、抜けがけ功

名を狙った久光が、藩内の正義派を弾圧して、幕府に媚《こび》を売り、天下の副将軍をしこばって
（気取って）いるのです。西郷吉之助うじの島流し、寺田屋での上意討ち、会津との同盟。
薩賊会奸《さつぞくあいかん》の元凶は、一に、島津久光にあると思わねえだか」
「それにのう、中岡さん」
高杉が、手酌で杯を口に運びながら、眉間にしわを寄せる。
「わが長州藩はもとより、諸国脱藩の士や招賢閣など草莽の志士諸君が、こらえきれず、
続々と入洛しておる。連中は、三条河原町の池田屋あたりで、密議を重ねているようじゃ」
「中岡さん、軍師と目されて影響力の強い、肥後の宮部鼎蔵《ていぞう》うじが、今朝がた、桝屋へ入っ
たようですぞ」
太田が身をのり出す。
「宮部先生までが」
と、慎太郎は、さすがに動揺する。
三田尻招賢閣で起居をともにした宮部は、尊攘過激派の大立者であった。
「彼らは、もはや手段を選ばんでしょう。御所と京の町に火を放ち、主上（天皇）をお奪い
もうすくらいは、やりかねませんぞ」
「早急に、久光を斬れば、大事を未然に防ぐことができよう。事態が、確実に好転すること
を、志士たちも知っているからじゃ」

　高杉は結論づけ、決意をせまる。

「中岡さん、否やは、ないでしょうな」

　島津久光を亡き者にすれば、薩摩藩が尊攘側へ、返り咲く可能性は大きい。

（しかし、桂さんとの約束がある）

　慎太郎は、表情を変えずに、心の中では煩悶していた。

　桂小五郎は、天誅などと叫んで日本人同士が殺し合って何になる、と力説し、慎太郎に話し合いによる解決を誓わせている。

（ここは、桂さんがすすめる、二枚舌で、当面、切り抜けるほかはないぜよ）

　そう思い定めると、

「やりましょう」

　太い眉をつり上げて、きっぱり答えた。

「案ずるより生むが易し、とはこの事じゃ」

　高杉が、陽気に叫んだ。

「かたじけない、中岡さん」

　太田は、感激の涙をにじませている。

「当初、高杉さんと二人だけで、決行するつもりでした。だけんど、警護厳重の久光の不意を襲い、とどめを刺すには、あと一人はどうでも必要、となったんです」

「じゃがのう、腕が立つなら誰でも、というわけにはいかん」

高杉は、空になった徳利を逆さにして、しずくを悪びれずなめながら、上機嫌で、

「大義名分を知り、冷静沈着、しかも、貝のごとく堅い口の持ち主でなくてはのう」

と、言い継ぐと、腰を浮かせて、途方もない蛮声で呼ばわる。

「もういいぞ、酒を持て、飲み直しじゃい」

嬌声をあげて、芸妓たちが戻ってきた。

高杉は三味線を抱え、率先して、どんちゃん騒ぎを再開する。

慎太郎は、先に魚品楼を出た。酒に淫する質《たち》ではない。ばか騒ぎも好みではなかった。それに、ゆきがかり上、刺客を引き受けたが、それについても熟考したかった。

高杉と太田は、強いて引きとめず、廊下まで送って出た。

高杉は、酔っ払ったふりで、慎太郎ともつれながら、

「桂さんはもちろん、久坂にも内密にな」

と、念を押し、太田は、

「くれぐれも、気をつけてください。薩摩のいも侍や、新撰組がうろつくころです」

と、気遣う。

新撰組は、最近、刀槍の達人を選りすぐって、三百余にふくれあがっていると聞く。

在京の薩摩兵は一万五千。多くは、必殺の剣法といわれる、示現流《じげんりゅう》を身につけていると

いう。

（出るなら出ろ、小手調べにはなるぜよ）

慎太郎は酒の勢いもあって、大胆になっていた。

外は、まだ宵の口である。

やはり用心をして、直に長州屋敷へ向かわず、四条大橋へ迂回し、寺町へ抜けるつもりで、四条通りをゆっくり歩いた。

町屋が切れたところで、突然、後方から明らかに追ってくる足音がする。

（新撰組か）

慎太郎は、そっと大刀の鯉口に手をかけたが、足どりは乱さず、そのまま進む。

尾行者は、意外にも、無防備に慎太郎の前へまわり、宵闇に目をこらす。

先方が声をかけるより早く、慎太郎が気づいた。

「秋田藩の……小野崎さん、かや」

「やがて（やはり）中岡うじ、そうでござるな」

「いつ、こちらへ」

「一昨日、藩命によって、京家老との連絡にまいっとります。んだ、お立ち寄り願いたい。藩邸は、すぐそこでござる。国自慢の、しょっつる鍋をご馳走します。寒い晩は、これが一番です」

小野崎通亮《みちすけ》は、うむを言わせず、慎太郎を柳馬場通り四条上ルの秋田（久保田）藩京屋敷へいざなう。

慎太郎も、秋田の藩情を知る機会だと思い、言葉に甘えることにした。

小野崎とその同僚豊間源之進とは、去年の十月、下津井から三田尻まで同行し、招賢閣で半月ほど同じ釜の飯を食った仲である。

「雷風義塾は、ご発展かや」

「西国にくらべ、北国は、諸事、鈍でござる。そんでも、こたび、砲術館が発議されましてな、平田国学と西洋銃砲術を……」

と、言いかけて、小野崎は口ごもった。

「国粋をとなえるわれらが、夷狄《いてき》の発明を学ぼうとするなど、ご不審でしょうな」

「とひょうもない」

慎太郎は、明快に打ち消す。

「学ぶべきは学ぶ。敵を知り、おのれを知るは、百戦して危うからず、ですきに、進んだ西洋の文物は、とり入れてしかるべきと思いますぜよ」

慎太郎は、桂小五郎の影響で、人を見ては開国論を容認するほどに変化している。

「勇気百倍する心地でござる。弊藩の西洋砲術家で、吉川《きっかわ》という師範が、やはり平田国学の護持者でござるが、和魂洋才を提唱しましてな……」

と、和魂洋才で尊王攘夷の実をあげようと、切磋琢磨《せっさたくま》する雷風義塾の現状を、熱心に語りながら、長屋門をくぐる。

客間に通されると、京家老の戸村十太夫をはじめ、駐在の主だった藩士が次次に挨拶に出てきて、慎太郎をとまどわせる。

どうやら、小野崎、豊間の両人によって、中岡慎太郎は秋田藩でも知名人になっているようだった。

「さよう。それがしが兵八十人を預かり、藩主名代として王城の地にまかりあるは、幕命にあらず、じつに、朝廷のご下命によるものでござる」

宴に移ると、戸村十太夫は、大きな帆立貝を鍋にして煮えたつ、しょっつる料理を慎太郎にすすめながら、誇らしげに藩情を語るのだった。

思いがけず小野崎と再会し、藩邸で秋田藩の、和魂洋才を旨とする純朴な尊攘活動に耳を傾けることによって、慎太郎は心が洗われるようであった。

島津久光暗殺の企ては、理由の如何にかかわらず、慎太郎の胸に澱《おり》となってわだかまっていたからである。

ところが数日後、こんどは宮部鼎蔵から、強引に池田屋へ呼び出された。

宮部の入洛は知っていたが、暴挙の談合に引き込まれないため、こちらから出向かずにいたのである。

「桂さんから、禁足を食っておりましたきに」

慎太郎の、この弁解は、言い逃れではない。

桂小五郎は、尊攘過激派が続続と京に集まってくる形勢を憂慮し、連中の頭領格となりうる高杉晋作、久坂玄瑞、中岡慎太郎の三名に、外出厳禁を言い渡していたのである。

「それは、ようわかっちょる。桂さんは、一藩を背負っとるけん、軽挙妄動を戒《いまし》める立場たい。ばってん、われらは草莽じゃ。たとえ、暴挙とわかっていても、道を切りひらくために、敢えて、屍《しかばね》となって踏み越えてもらう、この決意なくば、回天は不可能ぞ」

三条小橋に近い池田屋は、階下二間、二階五間の、中どころの旅宿である。

その二階を借り切って、襖をはずし、十数人が思いつめた顔を並べていた。

茶菓子を運んでいるのは、勤王の志が厚い亭主惣兵衛《そうべえ》夫妻と、志士世話役を自任する桝屋《ますや》古高《こだか》俊太郎である。

「桂さんはもちろん、私らも、いかなこと、いのちを惜しむものではないぜよ」

一同の注視を浴びている慎太郎は、宮部だけでなく、列座のひとりひとりと目を合わせながら、にこやかに語りかけた。

身を捨てて回天の礎《いしずえ》になるの論は、数ヵ月前までの、慎太郎自身の信念であった。しかし、今は、猪突猛進を否《いな》としている。

「軍学者の宮部先生には、釈迦に説法となって、まっこと、恥ずかしい次第ですがのう、時機を計らって欲しいぜよ。桂さんは、韓信股《かんしんまた》くぐりのご心境で、屈辱と困難に堪えられ、朝廷工作を進めておられる」

背筋を真っすぐにのばした慎太郎の、おだやかだった双眸《そうぼう》に稲妻が走った。

「諸君、よく考えてくれ。朝廷のご赦免なくば、いかに尊王の真心あふれる義挙じゃっても、逆賊の汚名に上塗りをするだけぞ」

低い声だが、慎太郎の語気と眼光に、一同は身ぶるいをする。

「気がはやっているのは、おんしらばかりじゃないぜよ。二十人、三十人で決起して、現実に、どれほどのことができるかや。在京の薩摩兵だけでも一万五千。将軍随従の幕軍と会津藩兵を合わせて、これも一万五千ぞ。それに、新撰組を軽くみてはあかんぜよ」

慎太郎は、涙をにじませて説く。

京洛に花の季節がめぐってきた。

白梅紅梅が屋敷地の庭先を彩ったあとは、東山や鴨川畔に桜霞が出現している。だが、志士たちには、花鳥風月を心ゆくまで賞でる余裕はない。

「ちょいと、壬生《みぶ》村あたりを訪問してみようか」

前関白鷹司《たかつかさ》邸を出た桂小五郎が、中岡慎太郎をかえりみて、にやりと笑う。

桂は、この数日、外出には慎太郎を供の形にして従え、手許で監視するとともに、朝廷要人にそれとなく引き合わせようとしていた。

二人は、堂堂と長州藩士を名乗っている。

桂は、京都守護職や所司代など幕府側と折衝を重ね、藩邸の藩士駐在を認めさせていた。もはや、不逞の輩や浪士扱いではない。

藩は独立した一国である。藩士であれば、新撰組といえども、正規の手続きなしには、手出しはできない。

慎太郎は、長州藩士石川清之助、という手札を、桂から与えられていた。(慎太郎は、いくつかの変名を用いているが、便宜上、中岡慎太郎で統一)

「壬生といえば、新撰組屯所ですかや」

「主だった者のつらを見覚えておくのも、今後のためになろうぞ」

桂は、慎太郎の緊張顔をよそに、小唄など口ずさみながら、都大路を悠然と歩む。

王城の地といっても、堀川の西は、一面、田畑であり、ところどころに寺社の屋根や集落を眺めるだけの寂しさである。

「えらい片田舎に、新撰組はいるもんですのう」

「もともと、江戸の厄介者じゃ。会津の京都守護職も、はなから、責任逃れと使い捨てのきあいで、辺鄙《へんぴ》の地へ遠ざけておるのじゃろう」

大きな伽藍《がらん》が壬生寺で、その周辺の民家に隊士が分宿しており、郷士八木邸が近藤勇《いさみ》ら幹部が起居する本営であった。

桂は、二人を見て身構えた、だんだら染めの羽織を着た門衛に、

「身共は、長州藩留守居、桂小五郎ともうす。近藤うじに、ご挨拶したい。在宅か」

気負いなく、申し入れる。

門衛の方が顔色を変え、母屋へすっ飛んで行った。

現われたのは、着流し、無刀の男である。色白で長身、目鼻立ちは整っているが、無表情で、目に底光りがあった。吟味するような視線を投げかけ、

「ご案内する」

ぶっきらぼうに言い、玄関へ入り、廊下を進むが、一度も後ろをふりむかなかった。だが、隙はなく、異様な威圧を感じさせる。

奥座敷に数人の男が座しており、口が大きく、角張った顔の、やはり眼光の鋭い壮士が、

「拙者が近藤でござる。さあ、どうぞ」

意外に愛想よく、桂と慎太郎を上座に据えた。

互いの紹介がおこなわれる。

色白の整った面立ちだが、無気味な威圧を感じさせた着流しの男は、

「副長をつとめる土方歳三《ひじかたとしぞう》ともうす」

無表情で名乗った。

（やはり、この男が……）

長州藩士になりすましている慎太郎は、胸のうちで、うなる。

土方の名は、むしろ局長の近藤より、志士たちの間で知られていた。人斬り術は新撰組第一と目され、その上、頭も切れるという。何よりも鬼副長に徹し、冷酷無比の聞こえである。

目の細い、猪首、色黒の若い隊士が、これも抜群の剣技で噂によく出る、沖田総司《そうじ》であった。

日暮れに遠い時刻なので、主だった者は出動前のようである。

「桂どののご尊名は、われら存じ上げております」

近藤は、依然、にこやかである。だが、網にかかった獲物を前にしたときに似た、残忍なよろこびの色をにじませていた。

「ところで、曰《いわ》くをお持ちの長州藩のお歴歴の、遠路わざわざのお運びには、格別の子細がありますかな」

飛んで火に入る夏の虫、このまま、からめ捕ってしまえ、という気配が、土方や沖田らにある。

分宿の隊士も、続続と、本営に集まってきているようだ。

「会津中将どのから、長州藩についてのご指示は、きておりませんかな」

桂は、微笑をうかべて、逆に問いかける。

「はは あ、まだのようですな。壬生村は、ごっぽう、遠うござるからのう」

慎太郎がどきりとするほど、大胆な巻き返しだった。言外に、新撰組は、預かりの会津藩にとっても厄介者、まともな扱いを受けていないのではないか、という侮蔑をふくませている。

近藤の両眼に険が立ち、気色ばんだ隊士のなかに、大刀に手をかけた者が数人いるのを、慎太郎は目の端に止めた。

だが、桂に倣《なら》って、慎太郎もくつろいだ姿勢のままである。

「いや、いや、ほかでもござらぬ」

桂は、場の緊迫を、巧みにそらす。

「曰くあり、といわれる長州藩じゃが、その曰くに、いささか変化がありましてな。このたび、京都屋敷の営みが、晴れて、認められましたのじゃ」

近藤は、無言のまま、目だけ光らせる。

「従って、無法の徒にあらず。屋敷周辺の巡視徘徊《はいかい》は、無用に願いたい。藩士が国元の名誉回復に奔走するは、理の当然。貴公も武士ならば、この心情、おわかりになられよう」

桂は、最後も皮肉まじりに、しかし厳然と言い放って、慎太郎をうながし座を立った。

新撰組本営、八木邸の門を出た慎太郎は、冷や汗が肌をぬらしているのに気づく。

会見中は悠然としていた桂の、端正な面も青ざめていた。

「おぬし、肝っ玉が据わっとるのう」

桂が、ほっと息をつき、慎太郎を見やる。

「とひょうもない。膝が、がくがくぜよ」

と、おどけた歩きっぷりをして、

「桂さんこそ、剛胆なるお振舞、たまげましたのう」

感嘆する。

桂が、慎太郎をともなって、人斬り集団を自他共に許す新撰組の、その本拠に乗り込んで行ったのは、むろん、酔狂ではない。

新撰組を、堂堂と牽制することで、長州藩の意気を示し、藩士と尊攘志士の安全を計るのが主眼であった。

同時に、便法とはいえ、慎太郎を長州藩士として印象づけることによって、不逞浪士として暗殺される度合を、少なくしようとする狙いもくみ取れる。

(桂さんは、まっこと、大人物じゃ。胆あり、識あり、情あり、男のなかの男)

慎太郎は、惚れなおす気持ちであった。

桂の行動は、気まぐれのようであって、思慮周密、無駄がない。これにも、慎太郎は感服する。

「ついでじゃ、島原遊郭をひやかしてゆくか。すぐ近間じゃ」

と、南へ向けて、そぞろ歩きをはじめたとき、

（桂さんも、遊び好きが玉に瑕《きず》）

慎太郎は眉をひそめたものだが、これも、前もって決めていた行動だったのである。

大門に近づくと、桂が物知りぶりを発揮する。

「洛中半ば妓院なり、というがのう、この島原だけが公許の遊里ぞ。あとは、祇園も、先斗《ぽんと》町も、三本木も、元来、隠れ里じゃ」

たしかに、堀でかこまれた一郭は、千本格子をもつ風格のある妓楼《ぎろう》が並び、伝統の重みのようなものを、慎太郎に感じさせた。

桂は、勝手知った足どりで、まだ明かりの入っていない櫓行灯《やぐらあんどん》に、角屋《すみや》と読める揚屋《あげや》へ入ってゆく。

若い衆の声で、女将《おかみ》が小走りに現われ、

「桂さま、ようおこしやす。久坂さまがお待ちどす」

この挨拶で、島原行きが、思いつきでなかったことに、慎太郎は気づいたのだった。

奥二階の座敷へ通されると、芸妓の姿はなく、久坂玄瑞が黙然と腕を組んでいる。

今一人、床の間の柱を支えにして、逆立ちをしている侍がいた。

「晋作」

桂が怒鳴った。

「へーい」

ふざけ加減の声で応えて、反転し、あぐらを組んだのは、二、三日行き方知れずになっていた、高杉晋作である。

「久坂が頭を冷やせ、とねしこく（しつこく）いうもんじゃから、逆立ちして、冷えた血を頭へ送っちょりました」

高杉は、ふてくされて、返答する。

睨みつけている桂、腕を組んで怒り顔の久坂、それに高杉、この長州藩士三人の間には、松下村塾《しょうかそんじゅく》の同門ということもあり、実の兄弟以上の親しさがある。

慎太郎は、この光景がまぶしく、正直いって、うらやましい。

「やあ、おそくなりもした」

下野《しもつけ》なまりの若若しい声は、宇都宮脱藩の太田民吉である。

「ちょいら、外出《そとで》をしとったぺが、急用ちゅう言付けで……」

座敷へ入りざま、高杉に語りかけたが、妙な雰囲気と桂の存在に言葉をのみ、慎太郎のそばにきて、目で事情を問う。

高杉、慎太郎、太田の三人は、島津久光暗殺を密約した仲である。

慎太郎は小さく首をふり、同じ問いかけの視線を高杉へ当てた。

「あきまへん、ばれてしもうた」

高杉は座り直すと、慎太郎と太田へ向かって、いきなり大仰な平伏である。

「まさか……」

慎太郎のつぶやきに、

「申し訳ない。わしのほうから、他言無用の念押しをしときながら、久坂に秘密をもらし、計画に加担させせようとしたわしは、じつに、じつに、愚かであった」

高杉は、おのれの頭を二度、三度叩き、その拳を久坂へ突き出した。

「おぬし、ずるいぞ。やぜん（昨夜）は同意のそぶりをみせおって、今日、色よい返事をするかと思いきや、鬼より怖い桂さまのご出馬じゃ。南無三宝《なむさんぽう》、とはこのことよ」

いつもながら、はちゃめちゃといえる高杉の言行だが、どこか愛敬があって、憎めない。

久坂は、ぷいと、顔をそむけただけである。

「そういうことじゃ」

苦笑を殺した桂が、底力のある声を発し、座を立った。

「聞いただろうが、一両日のうちに、国元から定広《さだひろ》さま（毛利家世子《せいし》）ご使者が、晋作を連れ戻すために到着する。おとなしく帰国して、恩情によって命じられるであろう、野山《のやま》獄に入り、牢部屋にて天下回天の策を練り直せ」

次いで、慎太郎と太田へ、厳しい目を向けた。

「ご両人、高杉帰国を説得されよ。われら、別室にて待っておる。解決ののち、心楽しく宴に移ろうぞ」

桂は、久坂をうながして、座敷を出て行った。

残された陰謀組の三人は、気まずく、顔を見合わせる。高杉が力みかえって、言い放つ。

「わしは帰らぬ。脱藩して、あくまで島津を斬る」

「高杉さん、私は、帰国をおすすめするぜよ」

慎太郎が、意を決したように、口をひらいた。

「島津久光襲撃は、私らでやる。のう、太田君」

「そうです。あとのことは、われらにまかせて、国元へ帰ってくだせえ」

太田は、急《せ》き込んだように応じた。ほっとした色を隠し切れずにいる。

久光暗殺は、言うに易く行うに難し、の好例であった。薩摩藩士の警護が厳重をきわめている。それに、大物討ちは、亡き吉田松陰が諫めた、功業狙いであり、忠義大道の行為ではない。そのことを、三人は内心、痛感していたのである。

（あるいは）

慎太郎は疑う。

（こうなるのを、あてにして、高杉は久坂に秘密をもらし、暗に、桂さんの出馬を待っていたのではないかや）

高杉は、慎太郎の視線に堪えられなくなったのか、

「わしは、罪人じゃ。裁量は、おんしらにまかせる。まないたの鯉じゃ」

どたんと仰向けに倒れた。大の字になって口をぱくぱくさせ、その口を鯉の形にひらいたまま、微動だにしない。

結局、

「すっぱり、桂さんの指図に従う」

と、高杉に誓言させて、三人は廊下へ出た。

向こうの端に控えていた仲居が、ここだと知らせる。

表二階の、角屋で最も豪華な、緞子《どんす》の間で、桂と久坂、それに芸妓たちが待っていた。

桂は、報告を聞くと、欣然として、

「それでよし。好都合じゃ。今宵は高杉と久坂の、送別の宴にしようぞ」

と、宣した。

「高杉と私、とはどういうことです」

久坂が、けげん顔である。

「おんしは、高杉のお守り役じゃ。いっしょに帰国し、国元に京都の実情を説いてくれ」

「かんにんどすえ」

悲鳴のような声をあげたのは、久坂にしなだれていた、小柄な芸者である。

「桂さま、えげつないことしゃはる。うちらを、引き裂きはりますのか」

宴席での戯れ事だと、慎太郎は思っていた。だが、幼な顔のその芸者は、本当に涙を流して、桂に抗議しているのだ。

「お辰《たつ》、そう怒るな、心配するな。久坂は直ぐに京へ戻ってくる」

そう笑顔で慰めた桂は、からだを粋に崩して、即興の小唄を口ずさみはじめた。

きれてくれろと　やわらかに
真綿で首の　この意見
八千八声のほととぎす
血を吐くよりも　なおつらい

高杉は、上洛してきた世子特使二名と、久坂に付き添われて、長州へ去った。

暴れ馬の帰国は、慎太郎を、内心、ほっとさせたことは否めない。

公武合体派の天下だった京都政情も、変化のきざしが見える。

朝議参豫に任じられている一橋慶喜、会津松平容保《かたもり》、松平慶永《よしなが》、山内容堂、伊達宗城《むねなり》、島津久光の間に、意見の不一致が目立ち、ついに全員の辞職となった。

次いで、四月になると、禁裏御守衛総督兼摂海防禦指揮に補せられた一橋慶喜と、京都守護職である松平容保の幕府要職をのぞく四侯が、帰国したのである。

（島津久光を討ち逃がしたぜよ）

慎太郎のこの感慨も、安堵をふくんでいた。

久光暗殺の一件は、うやむやのうちに、頓挫《とんざ》した。だが、池田屋での謀議のほうは、盟主格の宮部鼎蔵が同志の暴発を抑えきれなくなっている。

「古高うじの桝屋のう。あの家の床下や物置は、持ち込まれた武器で、いっぱいたい。丸亀からも、あの小橋一族の友之輔どんが宰領して、ぎょうさん、鉄砲と弾薬を運んできおった」

宮部は、慎太郎を寓居の池田屋に呼んで、肥後熊本なまりで苦衷を打ち明ける。

「いんま（今に）新撰組あたりに嗅ぎつけられて、由々しき事態になりもす」

「この宿も、用心してくださらなきゃ。どだい、同志の出入りが激しすぎるきに。大勢で集まっちょるところを踏み込まれたら、取り返しがつかんことになるぜよ」

「ばってん、ここと、縄手三条の小川亭くらいしか、おどんらに部屋を貸すところは、のうなったけんのう」

池田屋は長州人がよく使い、小川亭は熊本人の常宿の感がある。いずれも、亭主、または女将が義侠の人であった。

「古高うじは、桝屋に来いといってくれるが、あん人に、これ以上、迷惑をかけとうなか」

「いっとき、それぞれの国元か、長州に引き揚げて、捲土重来《けんどちょうらい》を期すのが、一番ですがのう」

慎太郎は、根気よく、持論をくり返す。

「中岡うじ、頼み入る」

宮部が、血を吐くような声を発した。

「もはや、後には退かれんたい。事が露顕して、全滅する前に、策を強行するほかはなか」

「まっこと、御所に火を放つのかや」

「混乱に乗じ、主上（天皇）をお奪いもうす」

「ほたえなッ。同志は全部集めて、百人いるかや。禁門の諸藩警備兵は一万に近いぞよ」

「そこじゃ。おどんらは、各自の国元へ密使を送り、有志の大挙上洛を求めとるけん、おぬしも、土佐勤王党を非常呼集してくれ。それから、ご苦労じゃが、長州へ駆け戻り、三条実美卿に拝謁して、招賢閣の同志ともども、ご出陣あるよう、言上してくれんか。数には数たい。今こそ、まさに、剣が峰ぞ」

慎太郎が、同志の山本四郎に檄書を託し、土佐勤王党の総上洛を求めたのは、宮部の御所放火、主上御動座作戦に同意したからではない。

（暴挙全滅の恐れがある同志を、見殺しにできんぜよ）

という気持ちが先立ったのである。

乾坤一擲《けんこんいってき》の望みが、なきにしもあらず、という判断もあった。

島津久光、松平慶永ら有力大名が大軍を率いて帰国しており、将軍家茂も、五月七日に、海路、江戸へ帰府するため、一旦、大坂へ下っている。

京都を守るのは、守護職麾下《きか》の会津兵・新撰組約二千と、残留薩摩軍数千が中心で、諸藩合わせて一万余である。

それも、水戸藩、岡山藩、鳥取藩、秋田藩など、尊攘派に好意を抱いている藩兵は少なくない。味方に引き込めないまでも、中立を期待できる情勢の変化があった。

「同志が大集結するまで、軽挙妄動は慎しんでつかあさい。私が長州へ急行して三条実美卿と招賢閣同志に計るのは、出撃の可否ではないですからのう。兵力を背景に、朝廷に冤《えん》を訴え、復権を願うのが目的ですきに、新撰組などに、つけ入る隙を与えてはなりませんぞよ」

慎太郎が宮部に、くどいほど念を押して、京を発ったのは五月十五日。三田尻帰着は、同月二十七日であった。

池田屋が、新撰組に襲撃されたのは、慎太郎の長州滞在中である。萩の野山獄に高杉晋作を訪ねて会うことができず、三田尻へ戻るその帰路の、六月五日である。

その前夜、木屋町四条の桝屋の戸が、大槌で打ち破られた。

「京都守護職御用、新撰組である。不審あり、検《あらた》める」

大音声とともに、だんだら染めの羽織が乱入し、主人の古高俊太郎を捕縛して、壬生の新撰組屯所へ引っ立てたのである。

物置や床下から、武器弾薬が大量に出てきた。古高が燃やしかけた文箱には、かねて目をつけていた尊攘志士の名が散見する、暗号の多い文書が詰まっている。

「これは、どういう意味じゃ、何の謎じゃ」

近藤勇、土方歳三、沖田総司ら幹部総出の、機密文書を鼻先に突きつけての拷問は、残酷をきわめた。翌朝になって、さしもの古高も、今夜、宮部ら在京志士が会合する池田屋の名を白状してしまった。

宮部らの油断は、この宵が、人でごった返す祇園祭の、山鉾《やまぼこ》曳き初日にあたり、新撰組の出動はないと考えたことにある。

桂小五郎や慎太郎らの忠告で、久しく同志がつどうことはなかった。しかし、結束を維持するためと、古高奪還の緊急議題もでき、予定通り会合を断行したのだった。

「逃げろ、新撰組じゃ」

誰かが絶叫したが、不意を衝かれ、三十人前後の志士は、進退に窮した。

部屋は一面の血しぶきである。

死者は宮部鼎蔵ら七人。重傷者と捕縛された者は、池田屋主人や巻き添えをふくめ、二十七人を数えた。

山陽道有情

中岡慎太郎は、在京の有力志士がほぼ全滅する池田屋の惨事を予測せずに、五月十五日に京を発ち、山陽道を西へ歩を進めた。

桂小五郎の了解をとっての、三田尻一時帰還である。

「諸国に檄を飛ばして、京洛に同志を少しずつ集めるのは、よしとしよう。勢力の釣り合いがとれれば、交渉事も強気に出られるからのう。じゃが、武力進発は、あくまで時機尚早。阻止してくれろよ」

長州屋敷を出るときに、桂は慎太郎に念を押したのだった。

慎太郎が出立にあたって、宮部鼎蔵に、強く自重を求めたのと同様である。

それゆえ、慎太郎が留守の間は、桂が宮部らの軽挙を見張ってくれると信じていた。

その見張りのため、桂が志士会合を知らされた池田屋へ出向き、時刻ちがいから、九死に一生を得ることも、慎太郎は夢想だにしない。

(手は打ってきたきに、当分、何事も起こらんじゃろう)

という安心感が、慎太郎にある。

その気持ちを支える一つに、西郷吉之助の存在があった。

「薩摩の西郷うじが、島流しを赦《ゆる》され、京に入ったちゅう噂がござる。大島三右衛門と称しておるっぺが、軍賦役《ぐんぶやく》という総大将に任じられたようじゃ」

早耳の宇都宮脱藩、太田民吉が風聞をもたらしたのが、三月下旬である。

太田、高杉晋作、慎太郎の三人で、公武合体派の巨魁《きょかい》島津久光のいのちを狙い、高杉の帰国で暗殺計画が頓挫した、その直後であった。

久光は、西郷を二度にわたって流刑に処した、張本人にほかならない。その久光が、西郷を京へ招き、軍事権をゆだねたというのである。

「西郷どんの、まっことの考えを知りたいもんじゃ。会うてだてはないもんかのう」

「まさか、薩摩屋敷を訪ねるわけにはゆくめ。われら、親玉（久光）を狙っとる曲者として、見覚えられとるぺが」

太田は首をすくめる。

そのうち、薩摩藩士が多く出入りしている学舎があることを、慎太郎は知った。

御所に近い、烏丸《からすま》通り竹屋町下ルの、中沼了三《りょうぞう》塾である。

慎太郎は入門を決意、正体を隠し、

「阿波《あわ》の者、西山頼作」

と、偽称して弟子入りを志願したが、問答しているうちに、

「おぬし、土佐人じゃろう」

と、同座していた了三の子、中沼孝太郎に見破られてしまった。

白髪をなびかせた了三は、破顔一笑、

「まあ、よい。ここは奉行所ではないゆえ、身元調べは無用」

と、慎太郎の入門を許したのである。

中沼塾を営む中沼了三は、隠岐《おき》国の出身であった。若いころに京へ出て、学業を重ね、弘化三年に孝明天皇の叡慮《えいりよ》により発足した学習院の、儒官に任じられた経歴をもっている。

尊王の大義を講ずるところから、薩摩藩の門人は、西郷吉之助の息がかかった若侍が多い。

「天の佑《たすけ》じゃ」

と、慎太郎は太田と語らい、薩摩藩との関係を悪化させないため、島津久光暗殺を、きっぱり止めることにした。

憂国慷慨の士だが、太田にも大局を見る目が養われてきている。

「西郷どんの実弟、信吾《しんご》（西郷従道《つぐみち》）という若者と知り合ったぞよ。からだの大きい、元気者じゃが、存外、気がやさしい、よか男じゃ」

数日後、慎太郎は太田によろこびを伝えた。

「中村半次郎（桐野利秋《きりのとしあき》）の名を耳にしちょるじゃろう」

「おお、去年、町奉行所で自害した、あの田中新兵衛と並ぶ、薩摩の人斬り狂いだっぺ」

「田中は、九条家家士で尊攘派の敵、島田左近《さこん》を斬り、尊攘の守り神、姉小路公知《あねがこうじきんとも》卿をも暗殺したといわれ、その無差別ゆえに自刃に追い込まれたがのう。中村は、西郷どんの薫陶をうけとるきに、人斬り狂いではないぜよ。その証拠に」

と、慎太郎は、苦笑というより、独特のいたずらっぽい笑みをもらす。

「中村うじはのう、薩邸をうかがう、おんしと高杉、それに私に気付いちょったそうじゃ。斬ろうと思えば、いつでも示現流の必殺業《わざ》を振えたのじゃが、本物の志士と思うて、見逃がしたのでごわす、と笑っちょったぜよ」

「ひえっ、知らぬがほどけ（仏）とは、このことだわさ」

太田も、大仰に、身震いをしてみせる。

このように慎太郎は、西郷信吾、中村半次郎、川村与十郎（川村純義《すみよし》）など薩摩の若侍と腹を割って話し合える仲となったが、肝心の、西郷吉之助との面談は実現しなかった。

「藩命により、誠忠組の同志、吉井友実《ともざね》（幸輔《こうすけ》）サァと、おいどんが、沖永良部島《おきのえらぶ》へ、兄者《あにじゃ》を迎えに行きもした」

信吾は、純朴な薩摩なまりで、吉之助の京都召還と軍賦役拝命のいきさつを物語り、京都屋敷に駐在していることを認めたものの、

「兄者の離れ島暮らしは、かれこれ、五年でごわす。天下の形勢も、京都の実情も、まだつかめておりもはん。藩内も、ご賢察かと思いもすが、いろいろと難しいことがごわして、他国の人と会うのを控えておるわけでごわす」

と、いかにも申し訳なさそうな面持ちである。

「おはんと、長州藩の真意は、おいどんからも、西郷サァに伝えておきもす」

中村半次郎も、高杉晋作に似た長い顔をほころばせて、口添えした。

このこともあって、慎太郎の山陽道の旅は、忙中閑ありの、漫遊に近い。

山陽道は、徳川の世の今でこそ、五街道に入らぬ、脇街道の扱いである。

だが、王朝時代は、京都より遠《とお》の朝廷《みかど》と称された大宰府に至る、この山陽道が「大路」であった。

山陽道の起点は、天領の西宮《にしのみや》宿である。

「海の守り神様、商売繁盛の神様の、総本社だす、ここの、えべっさんは」

と、番頭が自慢した、西宮夷《えびす》神社の門前宿で一夜を明かした慎太郎は、五月雨《さみだれ》に菅笠をかざし、海沿いの街道へ出た。

立場《たてば》茶屋のあたりで、旅人が騒いでいる。顔が向いている方角をたどれば、

「黒船じゃ」

慎太郎も、思わず、驚きの声をあげた。

雨にけむる沖合いに、高く突き出した煙突から黒煙をなびかせた、外輪付きの大船が、

「一、二、三、四、五、六、七隻もいるぜよ」

黒船の周辺には、帆前船や小早船《こばやぶね》が数多く動き回っている。

「あれは、アメリカか、それとも、エゲレスか」

茶屋の庇《ひさし》の下で、人人の慌てぶりを面白そうに眺めている、前垂れがけの亭主に、慎太郎は急《せ》き込んで問う。

「旦那、ご心配なく。たいそうなもんでしゃろ、あれ、日本の海軍だっせ」

風采の上がらぬ亭主が、わが事のように、胸を張った。

「日本の海軍……」

「まあ、徳川はんが、オランダやエゲレスから買うた軍艦やけどな、この時節……」

と、気負い込んで言いかけ、慎太郎の姿態を、あらためて見直す。

「旦那は、幕府のお役人……では、ありまへんやろな」

「ただの浪人じゃ」

「尊王攘夷の志士さんで?」

「そんな、だいそれたもんじゃない」

慎太郎は、道中、土佐なまりや長州の匂いを出さないように、努めている。脱藩の慎太郎は、土佐藩からはお尋ね者であり、長州は勅勘をこうむっている藩であった。

「そんじゃ、申し上げますが、この時節、幕府だの、薩摩、芸州、長州だの言うとるときやなか。諸藩が、軍船と人材を出し合うて、一大共有の日本海軍を建設せにゃあきまへん」

と、亭主は弁舌をふるったが、慎太郎の、

「うーむ」

目を丸くして感じ入ったまなざしに、へ、へ、へ、と照れ笑いをする。

「これ、軍艦奉行にならはった、勝海舟《かつかいしゅう》はんの口癖でんな。勝先生は気さくなお人でな、すぐそこの、神戸海軍操練所から、大坂や京へおのぼりのとき、この茶屋でお休みで、誰かれなく、日本海軍のことを、お話ししていかはります」

慎太郎は、街道茶屋の亭主までが、日本海軍について弁じる時勢の変化に、

（天下の志士などと、国事を知ったかぶりで飛び回っちょるが、われらは、もしかしたら、井の中の蛙になっちょるんじゃなかろうか）

という疑念にとらわれる。

「見いや、あの一番ごつい、長さ三十三間の蒸気外輪、あれがご座船の、翔鶴《しょうかく》丸だっせ。あの、姿がよろしゅうおます軍艦が、長崎でも神戸でも、練習船で名高い観光丸だす。オランダの王さま、ウイルヘルム三世ちゅう人から贈られた、蒸気外輪どっせ」

茶屋の亭主は、沖に浮かぶ黒船を、一艘ずつ、得意げに説明してゆく。

折りから雨が上がり、笠や蓑をぬいだ旅人が集まってきて、茶屋の前は、さながら即席の

講釈場の感を呈している。

「おやじ、なんで、あないぎょうさん、日本海軍とやらが群れとるんや」

誰かが、ひやかし半分に問う。

慎太郎も、そのことを不審に思っていた。

すぐ近くにあるという、神戸海軍操練所の演習かと考えるのだが、それにしては主要軍艦は停泊のままであるし、あわただしく動き回る小早船の様子が、尋常ではない。

「まあ、知らんのが、あたりまえやろな」

亭主は小鼻をうごめかす。

「このなかに、長州藩士はんや、尊攘の志士はんなんかがいやはったら、おおごとだっせ」

ことさら難しい顔をつくり、一座を笑わせておいて、やや声をひそめる。

「将軍はんが、江戸へご帰還あそばされるところですねん。お護りして行かはる、あの日本海軍を指揮しはるのが、わいと大の仲良しの、勝海舟先生でな……」

慎太郎は、人の輪を押し分けて、往還へ出る。汗をぬぐって見上げる彼方に、薄く虹がかかっていた。

亭主は知らずに、陽気に弁じていたが、尊攘志士である慎太郎の顔は赤らんでいる。

(やはり、井の中の蛙じゃ)

世の動きが、よく見えていなかったことに、恥じ入るほかはない。

それに、上方《かみがた》の庶民が、将軍をはじめ、幕府のお偉方をそれほど恐れず、長州や尊攘志士に対しては、多分におちゃらかしていることも、動揺させられる。

（時勢を見誤ると、置き去りを食うぜよ）

慎太郎の足は、街道を南へそれて、海風が快い波打ち際ぞいに、神戸村へ向かっていた。

去年四月に決まった神戸海軍操練所建設は、幕臣勝海舟が八年にわたる上申の末、将軍家茂を実地検分の軍艦に乗せて、海上で直接説得した成果である、と慎太郎は聞く。

「海舟と号する勝麟太郎《りんたろう》どのは、傑物ぞ」

と、事あるごとに、神戸訪問をすすめたのは、兄事する桂小五郎であった。

桂は、この一年来、勝海舟と海防や国是等を論じるため、数回会っているようである。

「神戸海軍操練所は、表向き、大坂御船手《おふなて》を吸収する幕府機構じゃがのう。勝どのの真の狙いは、藩の垣根をとり払った、一大共有の日本海軍じゃ」

忘れるともなく忘れていた桂の言葉が、寄り道をいとわず神戸村へ足を向ける慎太郎の脳裏に、よみがえっていた。

「それゆえ、幕臣の海軍所とは別に、私塾のような養成所をつくることを、もっともらしい理由を付けて願い出、許されておる。ここが、知謀の将、勝どのの真骨頂でのう、大目的のために、見事、将軍さえ欺いてござる」

そのとき、慎太郎は、勝海舟に傾倒しすぎる桂に、軽い反感と危惧の念を抱いたものである。

（勝は、敵である幕府の、その要人で、しかも、外国かぶれの開国主義者ぜよ）

桂は、慎太郎の不満顔を無視して、問いかけた。

「その私塾の門人を募る布告を、存じおるか」

慎太郎は、そっけなく、首を振る。

「上方居住の旗本、御家人の子弟はもとより、四国、九州、中国の諸藩士、浪人にいたるまで、有志の者はまかり出よ、とあるぞ。その私塾の塾頭が、土佐脱藩の坂本龍馬《りようま》。勤王党出身というから、おぬし、懇意ではなかったのか」

慎太郎は、意外にも、表情をこわばらせた。

自制心の強い慎太郎は、めったに感情をむき出しにはしない。しかし、人並みに、好き嫌いはある。

坂本龍馬とは、土佐勤王党の寄り合いや、高知城下の路上などで、何度か顔を合わせていた。

（虫が好かん、とは、このことぜよ）

いつも茫洋《ぼうよう》としていて、どこを見ているかわからない、すがめである。言行が粗野で、万事、きちょうめんに育った大庄屋の伜から見れば、町人郷士まる出しの、礼儀知らずと言いたい。

不快感を持った最初は、師の武市半平太の道場で、手合わせを願ったときである。

相手は、江戸で名高い千葉貞吉道場で免許皆伝をうけた、北辰《ほくしん》一刀流の達人だった。それが、二、三合打ちあっただけで、龍馬のほうが竹刀《しない》を投げ出し、

「参った、参ったぜよ」

と、おおげさに両手をついたのである。

道場は大笑いだった。

たしかに、慎太郎の振りは鋭い。師が、朝夕千回ずつの立木打ちを指示すれば、不言実行する実直さで、めきめき腕を上げた。

(それにしても、ちくと無礼ではないかのう)

三歳年長の龍馬のあしらいと、同門の笑いは、山村生まれのまじめすぎる若造への、いびくり(からかい)と慎太郎は受け取ったのだった。

河口に行き当たり、橋が見える川上へ戻らねばならない。

陽射しが強くなった。

照り返す雨上がりの新緑が、慎太郎の目にまぶしい。

うっそうとした森は、生田《いくた》神社であった。

「あのお社《やしろ》に、租庸調《そようちょう》でお仕えする神戸《かんべ》やったことから、村を神戸《こうべ》と言い習わされたそうでござります」

橋の手前で、酒樽を積んだ荷車の列に会い、宰領している初老の男に海軍操練所への道筋を尋ねたところ、途中までごいっしょしましょうという申し出である。

少少学があるらしく、このあたりを灘《なだ》五郷と呼ぶ銘酒処であることから始まって、酒の味を決める宮水《みやみず》の由来、御影《みかげ》山から切り出す天下一の御影石の値打ち、そして、神功《じんぐう》皇后ゆかりの生田神社と、土地自慢の数数であった。

「あの海辺の建物が、海軍さんでござります。当地《ところ》の新しい名所になっておりまするが、神戸の梁山泊《りょうざんぱく》と噂されている通り、えたいが知れないご浪人衆などが……」

と言いかけて、口ごもった。

梁山泊とは、中国の物語に出てくる、義賊や豪傑が集まり、斗酒談論する巣窟《そうくつ》である。

「あなたさまも、ご入門なさるんで？」

「いや、私は知人を訪ねるだけじゃきに」

と、つい土佐なまりが出てしまう。

街道を兵庫宿へ向かう酒運送の者と別れた慎太郎は、紺青の海原を背に、真新しい平屋が棟を並べる集落へ歩を進める。

その足どりは、必ずしも軽くはない。

これまで、桂小五郎に何度もすすめられたにもかかわらず、神戸へ行こうとしなかったのは、本心をさらせば、勝海舟にも坂本龍馬にも会いたくないからであった。

桂が傑物だと称賛し、明らかに影響をうけている勝と面談すれば、自分を失いそうな不安がある。

(同志を裏切った龍馬と、同じ穴のむじなになるぜよ)

龍馬は、土佐勤王党加盟も早く、首領武市半平太の片腕と見なされていた。

その尊攘派の先鋒が、幕臣で開国論の親玉である勝と接したとたん、宗旨替えをして、敵である勝の弟子になったと聞いたとき、勤王党の誰もが耳を疑った。

「許せぬ」

と、慎太郎も叫んだものである。

もともと、虫の好かぬ男であった。

龍馬の変節は、およそ二年前である。

(二年ほど、龍馬のほうが、先を進んでいるのではないかや)

天下の実相がわかりかけた近ごろ、慎太郎は内心、そのように考え始めていた。

それだけに、龍馬と会うのも、その師である勝と談論するのも、素直にできない、複雑な心境なのであった。

(われながら、男らしくないぜよ)

慎太郎は、素直になれないおのれを恥じる。

(たかで、空き巣ねらいじゃないかや)

足が重くなるのは、海軍操練所に寄り道しようと思い立った心底に、勝も龍馬も不在であろう、という推量があるからだった。

西宮宿近くで見た、勝海舟指揮の日本海軍は、将軍の江戸帰還のための出動という。そうであれば、勝はもちろん、塾頭の龍馬も、あの軍船に乗っているはずである。

（とにかく、敵を知ることじゃ）

この目で、日本海軍の本拠を、見るだけ見ておきたい、そういう気持ちで、慎太郎は操練所へ近づいていた。

勝と龍馬とは、今、顔を合わせるのは避けたい。だが、会ってみたい人物はいる。

「たしか、政太郎という名じゃった」

慎太郎はつぶやく。

脱藩して、丸亀から下津井へ渡った、その回船に、異国かぶれの名物水夫《かこ》がいた。勝海舟が艦長の咸臨丸に乗り組み、アメリカを見てきた塩飽《しわく》の若者である。

そのことを、後日、親しくなった下津井の回船問屋、荻野屋久兵衛に語ると、

「あの大助は、荒っかもんですけん、こんぴら船の人気者どまりでしょう。じゃけんど、政太郎という兄が人物でのう。やはり咸臨丸でアメリカへ渡ったんじゃが、引きつづき、大公儀（幕府）の御用をつとめ、今は、神戸にできた海軍操練所に出仕しとるそうじゃ」

と、話題がひろがったものである。

政太郎も、おそらく、勝軍艦奉行に随従して、不在であろう。

だが、操練所を訪ねる口実にはなる。

「エルカム、エルカム」

そのように聞こえる呼び声がする。

塀も門もない敷地の、本棟の手前に苫《とま》掛けの小屋があり、そのなかで洋風の机を前にした若者が、慎太郎を手招きしている。

髪は武家風に結っているが、二の腕の半ばしかない白い筒袖に、やはり白のパッチ姿であった。

「ウエルカム、とはの、ようこそおいでやす、というアメリカ、エゲレス共通語じゃ」

この異国かぶれめ、と慎太郎は、目尻が下がりぎみの、しかし怜悧そうな面立ちをしている若者をにらむ。

「まあ、まあ、短気は損気。当節、これくらいの外国語を知らずば、時勢遅れになりますぞ」

と、軽妙に制しておいて、

「拙者、当海軍操練所留守居役、紀州徳川家脱藩の伊達《だて》小次郎（陸奥宗光《むつむねみつ》）ともうす」

胸をそらせて、威儀を正す。

だが、直ぐ、にこっと笑い、帳面をひらいた。

「入門のご仁とお見受けする。海軍は、これから有卦《うけ》に入りますぞ。食いっぱぐれがない。さあ、ここに必要事項を記入されよ」

「入門の者ではない。人を訪ねてきた」

慎太郎は、不機嫌な表情を和らげない。

「さよか」

伊達小次郎と名乗った、白い筒袖の若侍は、がっかりして、姿勢をくずし、

「わしが留守居を仰せつかって、まだ一人も入門せずじゃ。勝先生に申し訳、立たへん」

と、ぼやきである。

「政太郎という人は、いませんかや」

「どこの政太郎かな」

「塩飽出身の、咸臨丸に乗り組んだという……」

「オッケー。それなら、石川政太郎じゃ」

伊達は、首をのばして、船着場の方を見やり、

「ヘーイ、ミスター、石川」

奇妙な異国なまりで、呼ばわる。

桟橋に、帆船が数隻つながっており、白い筒袖の男たちが、その一艘に乗船しつつあった。

そのなかの一人が、こちらを振り向く。

「あの男じゃ。用があるのなら早く行きなされ。練習航海に出てしまいますぞ」

慎太郎は礼を言って、桟橋へ駆けた。

政太郎は、慎太郎より八つほど年上の、三十五、六歳に見えた。全身赤銅色の肌は同じだが、弟の大助とは全くちがう、温厚な学者の風貌である。

「私は、土佐の郷士、大山彦太郎といいます」

慎太郎は、とっさに、誰も知らない変名を用い、こんぴら船で弟の大助を見たことなどを述べて、

「アメリカが、まっこと、どういう国か、それを聞きたくて、やってきました」

率直に、用件を切り出した。

「困りましたのう」

政太郎は、本当に、困惑顔になっている。

「今朝方から、勝先生をはじめ、アメリカへ渡った主だった人たちは、江戸へ出航しておりますけん。ひと月ほどでお戻りじゃろうから、出直しておいでなされませ」

「いや、私は、おんしから聞きたいのじゃ。幕府のお偉方や役人ではなく、われらと同じ、いわば、しもじもの目から見た、異国の実情を教えてもらいたいのじゃ」

これは、慎太郎の本心であった。

政太郎の、赤銅色の面が、さらに紅潮したように感じられた。

「そんなら、少少、お話できましょう。じゃけんど、やっぱり、困りましたのう。間もなく出帆ですけん」

銅鑼《どら》が鳴って、ともづなが解かれようとしている。

「いっそ、船に乗んしゃらぬか。わしの幼いころからの庭じゃった、下津井から塩飽の島島をめぐってくる、四、五日の航海になりますがのう」

下津井の名が出たとき、慎太郎の胸に温かいものが流れた。

「しんたろう兄ちゃん、と呼んでいい?」

と、つぶらな瞳で問うた、小鶴の面影がよみがえる。

練習船は、三本帆柱の横帆に風をはらんで、松原が美しい須磨《すま》沖を疾走していた。

「蒸気軍艦ちゅうても、いつも外輪を回して走っとるわけではないですけん。燃料の石炭がもちません」

こう語る、塩飽水夫《かこ》出身の石川政太郎は、神戸海軍操練所では、教授方手伝並雇、という奇妙な肩書きである。

だが、士分の船長や教授は名目だけで、実際に入門初心者を指導しているのは、政太郎を頭とする、塩飽や長崎などで海運を業《なりわい》としてきた男たちであった。

「なるほど、黒船にも三本、帆柱が立っちょりますのう」

「外海へ出ますと、順風じゃったら、帆だけで航海しますけん、帆の扱いや操り方が、海軍演習の基《もとい》になりますのじゃ」

いそがしく飛びまわる合間に、政太郎は慎太郎のそばにきて、律儀に話の相手をする。

「アメリカでのう、めっそう感心したこと、つまり、夷狄《いてき》ながら、わが邦が学ぶべきこと、それがありましたかや」

慎太郎は本題に入った。

「色色ありましたがのう、第一番は、身分の上下がないこと、これに驚きました。かの国の、将軍さまといいますか、国の主は大統領ちゅんですが、これが四年交代でのう、しもじもが、てんで（各自）に入札《いれふだ》で選ぶんですじゃ」

「まっことかや」

政太郎は、誠実な目で、大きくうなずく。

「その大統領でも、政庁のお役人でも、わしらのような船乗りでも、仕事のときは別ですがのう、普段は着るものが同じ、言葉づかいも同じ、出会っても平伏などはせずに、大統領も奉公人も、友だち同士のような付き合いをしとります」

「士農工商の別がない、と言わるるか」

「はい。それに、向こうでは、男より女のほうが威張っておりますなぁ」

「……かかあ天下の国かや」

「というより、平等ちゅうことのようで。人間は、皆同じ。上も下も、男も女もない、そのように聞かされましたじゃ」

慎太郎は半信半疑である。

どこの領国でもそうであろうが、土佐では特に身分制度が厳重であった。藩主は雲の上の人であり、家老、馬廻り、小姓組……と序列が細かく、それぞれ作法がある。

それら上士と郷士、足軽ら下士、さらに奉公人や農民の差は、天と地ほどもあった。

慎太郎ら郷士は、上士と行き合えば、雨の日でも土下座しなければならない。

「うらやましいことじゃのう」

「さようで」

政太郎の相槌に、武家というだけで無能者が船長や教授の地位を占め、実力を有する者が、教授方手伝並雇、であることの怒りが秘められていた。

航海第一夜は、室津《むろつ》で船中泊であった。

播磨《はりま》国室津は、古代、高僧行基《ぎょうき》がひらいたと伝わる、姫路領の良港である。

室津女郎衆の　髪の毛　強い
上り下りの　船つなぐ

と歌われる、瀬戸内《せとうち》有数の遊女町の誘惑から、海軍入門の若者を守るためのようであったが、上陸禁止を命じた船長ら士分の者は、灯火の町へくり出して行った。

慎太郎は、帆の手入れを手伝いながら、政太郎からアメリカ事情を、飽かず聞く。矢のごとく早い蒸汽車、男と女が組み合って踊るダンスのこと、機械工場の壮大なさま、大砲や鉄砲の精度と強力な軍備……。

「戦争をすれば、たかで、勝ち目はないかや」

「お前さまも、機会をつくって、外国へ行きまあせ。百聞は一見にしかず、ですけん」

これには、慎太郎は沈黙せざるをえない。しかし、攘夷再考の気持ちは強まっていた。

航海第二夜は、牛窓《うしまど》港泊まりである。

練習船の夜間航行は危険なので、日が沈むと帆をおろし、最寄りの入江へ漕ぎ入れるのだった。

備前国牛窓は、下津井同様、岡山藩が灯ろう堂（灯台）を設置しており、将軍代替わりに来日する朝鮮使節を迎える御殿があるとかで、港町も華やいで見える。夜景が美しい。

「ここには、優れた船大工が、ぎょうさん住まっておりましてな。この練習船に似た、スクーナーと呼ばれる洋式帆船をつくっとるそうじゃ」

政太郎の説明である。

美しい夜景の灯火が、一つ一つ消えてゆく夜半、慎太郎は海風が快い甲板に出て、物思いにふけっていた。

アメリカは、日本とは逆で、女性を大事にする、女尊男卑の風俗という。

(そういえば、わしも、身勝手じゃ)

慎太郎は、在所の北川郷に置きざりにしたままの、妻への仕打ちを反省している。

脱藩して、およそ八ヵ月。女は男に従うもの、女は家を守るもの、という慣習に甘えて、兼《かね》には手紙一本出していない。

家と家との結婚で、格別の情愛で結びついたわけではないが、

「許せ」

慎太郎は、土佐の方角の星空へ、つぶやく。

同志の多くは、妻の存在を無視していた。のみならず、京で女をつくっている。

高杉晋作には祇園新地のおりか、久坂玄瑞は師の吉田松陰の妹を娶《めと》りながら、島原遊郭のお辰とねんごろである。桂小五郎は、目下離縁の身とはいえ、三本松の幾松と相愛であった。

(そのことに関しては、わしは潔癖じゃ)

そう思ったとき、かすかに女の叫びを聞いた。

「兄ちゃーん、しんたろう兄ちゃーん」

空耳にちがいない。

牛窓の港町に、小鶴がいるはずがないではないか。親しい同志の、情人のことを思い描いていたので、おのれの唯一の女っ気といえばいえる小鶴が、夢幻となって現われたのであろう。

「やちがない（ばかばかしい）」

慎太郎は、苦笑して、船室へ戻ろうとした。だが、今度は、風向きの加減か、はっきり可《か》憐《れん》な声が耳に入った。

「兄ちゃーん、しんたろう兄ちゃーん」

声は、岬の突端の、灯ろう堂のあたりである。船は、灯ろう堂から二町ほど手前の船留め岸につないであった。

慎太郎は、船室の戸口に掛かっている、オランダ渡りの望遠鏡に目をあて、岬を探る。望遠鏡の取り扱いは、政太郎から習っていた。

輪に、人影が入る。灯台もと暗しだが、月明かりに、唐人風の装いをした幼童が映っている。照準を懸命に合わせるが、鮮明にならない。

だが、口を大きくあけて叫んでいる顔を拡大すれば、小鶴に似ている。

「いや、小鶴じゃ」

慎太郎は船室へおりて、政太郎に、

「知り合いがいるのを、思い出したきに、陸《おか》へ上がらせてもらえませんかや」

と、頼んだ。

政太郎は、慎太郎の常とはちがう様子に、余分な口はきかず、

「承知しました」

身軽に船尾《とも》へ出て、ともづなを引いた。慎太郎も力を貸す。

接岸したところで、

「またご乗船でしたら、明け六つに、ここにきまあせ」

と、にっこり笑い、慎太郎を岸へ飛ばせると、太棹《ふとざお》を使って、船を元の位置に戻した。

「お気をつけなすって」

政太郎は、慎太郎が尊攘派の志士であることに、気づいているようである。しかし、素振りに表さず、いつか海軍の仲間になってくれるのを、胸のうちで祈っている感じだった。

「よか男じゃ」

慎太郎も、いつの日か、政太郎のような人物と、国事に献身できればと思う。

慎太郎は、船上へ一礼すると、岬の道を灯ろう堂のほうへ走った。

明かりがほとんど消えた店舗が、細長くのびた丘を背に、建ち並んでいる。

「兄ちゃーん、しんたろう兄ちゃーん」

沖へ向かって、同じ叫びをくり返す、唐風の幼童服を着た人影は、目の前であった。

「小鶴」

慎太郎は、胸がいっぱいになって、呼びかける。

小鶴は、一瞬、すくみ上がった。そっと、こちらを見て、大きい目をまん丸く見ひらく。

唇がわななき、そのまま気を失ったように倒れかかる。

「しっかりしろ」

慎太郎は、小鶴を急ぎ抱き支えた。

ふっくらと、まる味を帯びた、もはや子供のからだではない。

「誰じゃ、あんごうもんめ」

悲鳴のような声をあげて、ころげ寄ってきたのは、小鶴の相方であり、母親と思われる女太夫であった。

灯ろう堂の台石でうたた寝していたとみえる。

「私です。慎太郎ぜよ」

女太夫は、あっと喉を鳴らし、やはり目を丸めたまま、へなへなと崩れ座った。

「あ、あ、あ」

と、何か言おうとするが、言葉にならない。

慎太郎の腕のなかの小鶴が、我に返り、何を思ったか、つかつかと女太夫のそばに行き、頬をつき出す。

「おかん（母さん）、つねって」

「わたしも」

母娘は顔を寄せて、互いに、つねり合う。

「いたい」

「おお、いた」

「夢じゃない、ね、ね」

「お前、本気でやるけん、あざができたんやないか」

女太夫は頬をなで、慎太郎を見上げた。

「驚きましたのう。いえね、この子は、せびらかされ（からかいいじめられ）たり、つらいことや悲しいことがあると、あなたさまの名を呼ぶんですよ。大声で呼ぶだけで気が晴れるし、そのうち、きっと助けにきてくれはる、と言い張っておりましてね。そぎゃーなこと、あるはずがないと諭しても、きっと、助けにきてくれはると……」

泣きじゃくってしまう。

小鶴のほうは、慎太郎のまわりを、うれしそうに跳ね歩き、無邪気に威張っている。

「うちの願いは、通じるんよ。やっぱり、兄ちゃん、助けにきてくれはったやないか」

今夕、この牛窓の船造り場で、三本帆柱をもつ洋風回船が完成し、そのお祭りがあったという。

嘉永《かえい》六年九月、黒船来航の困難に際し、大船建造禁止令が解かれ、各地で洋船の進水が競われていた。

腕利きの牛窓船大工衆が、スクーナーをつくっていることは、政太郎も語っていた。

「そのお祝いに招かれましたんやけど、この港町の名物の、唐子《からこ》踊りを所望されましてね」

唐子踊りは、神功皇后が凱旋時、伴った唐の子に踊らせたそれ以来の、土地の伝統芸能だという。

「しゃーけど、ここの子供らが、踊りがちがうの、歌がちがうちゅうて、うち一人を、せびらかすんよ」

小鶴は、涙ながらに訴える。

母親のほうは宿へ戻ったが、小鶴と慎太郎は、灯ろう堂の下で、たわいない話に興じながら、夏の短夜を明かしたのだった。

禁門戦争

中岡慎太郎の忙中の閑はつづく。

明け六つの清らかな鐘の音は、彼方の石段の上に伽藍を重ねる、本蓮寺《ほんれんじ》からであろう。

本蓮寺は、朝鮮使節来日の折りの宿所で、

「お泊まりの御殿（客殿）は、それはそれは立派やて。お床の間は、けやきの一枚板やさけに、これには唐人さんも、びっくりひゃくりしはったと」

昨夜、小鶴が慎太郎に、とりとめのないお喋《しゃべ》りのなかで、語ったのだった。

その小鶴を、一番鶏の声をしおに、無理に宿へ送り届け、再会の指きりげんまんをして、船留め岸にやってきたのである。

鐘の音とともに、出帆準備の練習船から顔を出した石川政太郎へ、

「陸路を、岡山へ出ようと思いますきに」

と、断り、重重礼を述べて、彼とも再会を約し、慎太郎は夜明けの町並みを、一睡もしていないにもかかわらず、元気よく西へ向かう。

牛窓《うしまど》から岡山城下までを、牛窓往来と呼び、六里二十八町。

（正午前《うまのこく》には、楽に着くぜよ）

慎太郎は健脚である。

七歳のときから、往復三里の険しい山越え道を、野友《のとも》村の塾へ通っており、長じては片道十五里の高知城下へ、事あるごとに、駆け付けていた。

歩くことは苦ではない。速歩で書を読み、走りながら考える習性も、身についていた。

岡山を目ざすのは、知己の藩士森下立太郎《りゅうたろう》が、

「ご城下のお屋敷で、毎日毎日、お顔の毛を抜いてなさるけん、ぼっこう、色男に変わりはったそうじゃ」

と、小鶴が、ころころ笑って、近況を教えてくれたからである。

森下は、いかつい顔面に毛が濃かった。朝剃っても、夕方には無精ひげになるので、むさくるしい感じを与える。

それが、美男子に化したというのは、政変によって無役になり、毛を抜くほかはない、たいくつきわまる日日だからであろう。

（藩主に、尊攘の本家ともいうべき、水戸烈公の若君を迎えながら）

慎太郎は、期待していた岡山藩の、因循《いんじゅん》への逆戻りが、悔しい。

（水戸は徳川御三家、ひっきょう、幕府あっての尊攘ぜよ。外様の岡山池田家とて、お偉方

は、特権をもつ今の体制が崩れるのを、恐れちょる。内情は、どこの藩も皆同じじゃ）

慎太郎は、早足で考えつづけている。

（因循を打ち破るには、実りのない議論をくり返すより、その大本の幕府を倒すほかに、道はないぜよ）

倒幕は、真木和泉ら尊攘過激派が口にしていた。しかし、慎太郎ら大多数の志士には、正直いって、実感がもてずにいたのだった。まず、幕府の力を押え、朝廷の権威復活が、当面の目標だったのである。

「倒幕」

慎太郎は、足を止め、声に出した。

汗が、全身を濡らしているのに、初めて気づく。

まだ梅雨は明けていない。雨が来そうな空模様で、草いきれとともに、歩みをやめると蒸し暑さが、まとわりつくように襲ってきた。

だが、気力充満の慎太郎に、不快感はない。

樹間から吉井川が見下ろされ、向こうの木立に見えがくれする堂塔は、会陽《えよう》の裸祭りで名高い、西大寺《さいだいじ》観音院であろう。

「徳川幕府を倒す」

言い放ったが、すぐに慎太郎は首をふり、溜め息をついた。

「とひょうもない、やはり、不可能ぜよ」

現に、長州藩でさえ、当面、尊王の真意を訴えて勅勘の解除を願うため、朝廷と、さらに怨敵の幕府に、ひたすら頭を下げている有様ではないか。

長州藩士や草莽の志士が闘魂をみなぎらせるのは、毛利家追い落としの先鋒であった会津と薩摩、いわゆる薩賊会奸であり、大本の幕府を倒そうとはしていない。

「強大すぎる」

人影のない山道である。慎太郎の自問自答は、しばしば、語勢の強い独白となった。

始祖家康以来、十四代、二百六十余年つづいている政権である。

全州三千万石と称されている石高のうち、旗本知行地をふくむ徳川天領は、七百万石と言い伝わっていた。

これに、親藩、譜代という一門の領地を加えれば、日本の大半は徳川の勢力圏ではないか。

さらに、京都、大坂、佐渡、堺、長崎などの主要地を直轄支配し、商業、貨幣鋳造、貿易等の利を、ほとんど独占している。

対する長州藩は、わずか三十七万石。

「一藩で倒幕など、これこそ、蟷螂《とうろう》の斧《おの》ぜよ」

慎太郎は、力なく、歩きはじめた。

だが、次第に、足どりが早まり、ふたたび大地をふみしめながら思索する。

（げに、巨犬へ斧をふり上げて立ち向かう、かまきりの無謀じゃったとしても、その肥大し、老い病んだ犬は、倒さねばならんのじゃ）

そして、アメリカを見てきた塩飽船乗り、石川政太郎が語った、大統領も奉公人も、友だち同士のような付き合いをする、身分の差別のない、新しい世の中をつくらねばならん、と考え進める。

（こりゃ、夷狄《いてき》の、攘夷の、と言っておれん事態ぜよ）

正午前に、慎太郎は岡山城下に着いた。

外壁に黒漆《くろうるし》をぬり込んでいるので、日の光に烏《からす》の濡れ羽色の美しさを輝かせる岡山城は、烏城《うじょう》の別名をもつ。その風格のある城郭を見上げながら外堀を兼ねた旭川に架かる見事な京橋を渡り、目抜き通りをしばらく行くと、武家屋敷に入る。

森下立太郎の屋敷は、すぐに訪ね当てたのだが、邸内が異様である。

森下家は、享保の世まで農民であった。曾祖父が下士に取り立てられて、以来、気骨ある文武の家柄として、筆頭家老伊木長門《いきながと》の覚えがめでたかった。

しかし、岡山藩も身分制に頑《かたく》なで、森下の屋敷は広いとはいえない。

その屋敷の簡素な門はひらいたままであり、玄関におびただしい履き物が見える。

衝立の向こうは、部屋からはみ出したように人人が詰めており、奥から何やら大きな声が響いているのだ。

（捕り物か）

慎太郎が、とっさにそう思ったとしても、奇抜ではない。

森下は、岡山藩では尊攘派の中心人物の一人であった。自堕落の正規兵、頼むに足らずと、領内に農民、浪士をふくめた、奇兵隊をつくりかけた。それを、逸脱暴挙とそしる俗論派によって、目下、役職を奪われている。

土佐藩でも、勤王党捕縛投獄は、突如としておこなわれた。

（じゃが、召し捕りにしては、ちくと変ぜよ）

屋敷内に、突然、大きな笑い声が渦巻き、やがて、玄関から人人が出てきたのである。

「ありがたいのう」

「ありがとうて、なりませなんだ」

「ああ、ありがたい、ありがたい」

農民風、職人風、武士、商人風と、さまざまな階層の老若男女が、ごっちゃになって門へ向かいながら、笑顔で言いあっている。

何人かが、爪先を立てて伸びをし、雲間からもれる陽の光を、吸いこんでいた。

門前で、呆然とそれらの光景に見とれる慎太郎へ、老婆がにこにこ顔で、

「もうし」

と声をかけた。

「お席ぬしさんが、お呼びじゃ。早よう、行きんちゃい」

見ると、式台に座って客送りの森下が、相好をくずして、手招きしている。

小走りに駆け寄った慎太郎は、最後の客を、森下とともに見送って、

「これは、何事かや」

「黒住教《くろずみきよう》の会席でござる。朝、おいでじゃったら、講釈が聞けましたのにのう」

と、森下は残念がった。

備前国一帯で、黒住教という、黒住宗忠《むねただ》が興した神道がひろまっていることは、慎太郎も聞き知っている。

森下は、二十年前の弘化元年（天保十五年。十二月二日、弘化に改元）、二十一歳のときからの信者だという。

「天地《あめつち》を等しく照らしたもう太陽と、天照大神の神慮を、ありがたやと崇める黒住教は、四民平等でのう。見られたじゃろう、会席でも士農工商、男女の別なく、人と人の交わりができますのじゃ」

このため、身分制を墨守しようとする藩庁は、藩士の信仰を禁止していたのだった。

「建て前としては、藩士の黒住教宣布は、依然、禁制じゃ。しゃーけど、それがし、お役を召し上げられておる。今は、いのちのほかは、失うもののない、恐いもの知らずの身……

と、まあ、そんなわけでのう」

　森下は、屈託なく、豪快に笑った。

　小鶴の聞き伝えでは、森下はなすこともなく、屋敷で毛ばかり抜いて、ぼっこう色男に変った、ということであったが、そのようには見えない。

　慎太郎は、思い出し笑いをしてしまう。

「なんじゃな」

「いや、その、四民平等というのが、いいですのう。王政復古を希《こいねが》うのも、四民が一様に皇民《おおみたから》になるからですきに、黒住教は尊王運動と一致するぜよ」

「その通り。天照大神は、天皇家のご先祖といいますけんのう」

　森下は、黒住教の真義を、ひとしきり講釈した。その端端に、四民平等に目覚めた信者を、藩政改革の底力にしたい、という意図をにじませている。

　慎太郎も、胸中でうなずく。

（しもじもの苦しみを黙殺し、おのれの利と逸楽のみを追う藩主や上士は、幕府同様、本来、われらの敵じゃ。維新回天の夢は、まっとうに生きようとする民草が手を結び、宿敵を倒すことで実現するぜよ）

　しかし、このことを、今は公言できない。

　しもじもの結集は、農民一揆同様の、反乱と見なされかねない。打ち首、獄門にもなる重罪である。

以心伝心、森下もそのように想念をひろげているのかも知れなかった。

急に、首筋をなでながら、話題を変える。

「ところで、京や長州の情勢は、どのようでござるか。おぬしが、飄然《ひょうぜん》と、無為徒食の拙宅をお訪ねくださったそのご様子、小康を得ているかに見受けられますな」

「ご明察ぜよ。長州の京都留守居役、桂小五郎うじなどの、懸命の奔走でのう、暴発は避けられましょう」

慎太郎は、さわやかに、断言した。

「私の旅は、同志内では、三条実美《さねとみ》卿ご一統に、京都出兵を督促することになっちょりますが、その実、血気にはやる連中の、その気をしばし抜き取る期間にするのが目的でしてな」

「ほう、貴殿は、ぼっこう、策略家でござる」

「いや、いや。これは、桂うじの知恵ぜよ」

慎太郎は、きまじめに、打ち消す。

「それでのう、時を稼ぐため、忙中閑を楽しむわけではござらぬが、ちくと、道草を食っちょりますのじゃ」

慎太郎は、三条卿をはじめ、長州藩本隊や諸国志士が大挙上洛しなければ、宮部鼎蔵《ていぞう》ら京都の尊攘過激派は動かない、と信じている。

流血の惨事が、目睫《もくしょう》の間に迫っているのを、知る由もない。

中岡慎太郎が、防府三田尻に帰着したのは、五月二十七日の夕刻である。

招賢閣では、真木和泉を総督とし、幹部に弟の真木外記《げき》、土佐脱藩の松山深蔵、福岡脱藩の中村円太らを配した、忠勇隊と称する義軍を結成していた。

兵力は二百余人。見知らぬ顔も多く、彼らに限って、肩をそびやかし、天下の志士を気取って徒《いたずら》に気勢を上げている。

慎太郎は、早速、伍長以上四十数人を、厩《うまや》跡の会議所に集め、夜を徹して、京都情勢を説いた。

明け方、飽きをあらわにした座のざわめきに、慎太郎は大きな目をかっと見ひらき、

「わかっちょる」

荒壁がゆれるほどの、大喝を発した。

「諸君は、耳に胼胝《たこ》ができた、と言いたいじゃろう。じゃがのう、私は千回でも、万回でも、くり返すぞよ。まっこと、まっこと、作戦の要《かなめ》じゃきにのう。時機を待て、はやる気持ち、悔しい心魂を、乾坤一擲《けんこんいってき》の、その日のために、蓄えちょいてくれ」

総督の真木は、腕を組み、目を閉じたままである。時折、眉間が険しく寄るのは、不満のあらわれにちがいない。だが、ついに意見は述べなかった。

兄より冷静で、諸国の形勢に通じている真木外記が、

「中岡うじの力説されること、もっともと存ずる。言わるる通り、京の桂小五郎さまからご指示が出るまで、今しばし、待とうではなかか」

と、会議を締めくくり、付け加えた。

「兵を動かすには、格別のきっかけが必要たい。天下を納得させる、新たなる大義名分なくば、敵の思う壺じゃ。それでのうても、防長に不穏の動きありの名分を掲げて、会津や薩摩は、長州征伐をしきりに朝廷へ上奏しとるちゅう話じゃけんのう」

忠勇隊説得が成ると、慎太郎はしばし仮眠ののち、湯田温泉郷へ走り、毛利家別邸の何遠《かえん》亭御殿で、三条実美卿に拝謁した。

京都落ちの当時、七卿であった尊攘公卿は、沢宣嘉《さわのぶよし》の出奔に加えて、この四月二十四日に錦小路頼徳《にしきこうじよりのり》が、下関の砲台巡視中に発病して、病死しており、五卿に減じていた。

「おいたわしゅう」

そのことを聞いたとき、慎太郎は涙を禁じえなかった。

(さぞ、お淋しく、そして無念の思いで、息をお引き取りあそばされたことじゃろう)

錦小路卿は、享年三十歳、慎太郎より三つ年上である。温和明敏の誉《ほま》れが高かったが、虚弱の質であった。

松田屋の、石づくりの湯殿で拝した、卿の裸体がよみがえる。

骨が浮き出た、透き通るような肌であった。それでも、湯つぼのなかで、無邪気に狐拳《きつねけん》に興じておられた。

久方ぶりに見る何遠亭の内部は、公卿一行の逗留が長引きそうなためであろう、調度や屏風などが京風に改められ、雅《みやび》やかな景観に変わっていた。

しかし、三条実美卿をはじめ五卿は、慎太郎の目には、いずかたも憔悴《しょうすい》の態に拝される。

「そうか、まだ、時が満たぬか」

三条卿は、慎太郎の、京都進発今しばし、の報告に、力なく溜め息をつく。

「ああ、京へ帰りたいのう。鴨川のせせらぎ、東山の緑、重なり聞こえる入相《いりあい》の鐘、夢にまで現れるわ」

切なさがにじむつぶやきは、最年長の、五十四歳になっている三条西季知《すえとも》卿であった。

慎太郎は、地道な朝廷工作が功を奏しつつある桂小五郎の努力を後押しするため、今一度、ご使者派遣を進言した。

「よろしい。そなたがよいと思うたことは、何でもやろうぞ」

三条卿は喜色をよみがえらせ、前回と同じく、丹羽出雲守と河村能登守の上洛を即決したのである。

朝廷嘆願使両名の湯田出発は、六月二日であった。

慎太郎は五日遅れで京へ向かったのだが、防長滞在の十日間、多忙をきわめた。

招賢閣で諸国志士との懇談、助言。山口政事堂で京坂情勢の諮問答申。湯田御殿からのお呼びで夕食の相伴。恩になった、松田屋の女将や植木屋喜助とも、旧交をあたためた。

下関へ足をのばして、奇兵隊屯所で桂の意向を伝えるのも、重要な仕事である。

六月五日には萩城下へ走り、無断出奔の罪で野山獄に投じられている高杉晋作に会おうとしたが、これは獄吏から峻拒された。

六月七日、慎太郎は三田尻寄港の回船を利用して、上洛の途につく。

（すべて、順調ぜよ）

必要な手は、適宜、打っている。このままゆけば、今年うちには勅勘が解けて、五卿の帰京が成り、長州藩も朝政に参与することができる、という見通しを、慎太郎は立てた。

回船は、瀬戸内の港港に寄るので、慎太郎は、ふたたび忙中閑の旅となる。

六月十日の夕暮れ、西の崎の灯ろう堂の灯が輝きを増してゆく、下津井に入港。

出港は夜明けというので、慎太郎は上陸して、なつかしい祇園社裏の、それぞれ屋号を入れた掛《か》け行灯《あんどん》がなまめかしい色町通りを、そぞろ歩く。

「うちら、門付けやけん、お座敷へ上がれんの」

と、無邪気に訴えた小鶴が思い出される。

あの親娘《おやこ》が下津井で稼いでおれば、この道筋で出会うはずだ、と心がはずむ。

だが、行き逢わずに、吹上の萩野屋に着いた。

「あっ、中岡さま。ご、ご、ご無事でございましたか」

半白髷《はんぱくまげ》の主人久兵衛が、慎太郎を見たとたん、何とも奇妙な叫びを上げたのである。

「何かありましたかや」

慎太郎は、鳩に豆鉄砲といった表情である。

「それでは、ご存知ないので？」

荻野屋久兵衛は、動悸が容易におさまらない様子で、

「京の池田屋が、新撰組に襲われましてな、長州や土佐の人が大勢、死んだり、捕らえられたりしましたのじゃ」

慎太郎の顔面から血の気が失せた。

回船問屋は、商売柄、諸国の風聞に敏感である。とくに、京坂の形勢や変事は、なまじの大名より早く知る、といわれる。

「死んだのは、誰か、わかっちょりますか」

「肥後の宮部鼎蔵《ていぞう》さん……」

「宮部うじが」

慎太郎は絶句する。

「長州の吉田稔麿《としまろ》さん、杉山松助《まつすけ》さん。土州の北添佶磨《きたぞえきつま》さん、望月という方、それに石川というお人。あなた、石川清之助という変名を用いておられましたじゃろう。それで、てっき

り……」

「石川潤次郎《じゅんじろう》どんじゃ。足軽の子でのう。土佐勤王党の同志じゃ。それにしても、狙われちょる池田屋に、なして、大勢で集まったぜよ」

慎太郎は歯ぎしりする。

「なんでも、前の日に、桝屋喜右衛門という人が新撰組に捕らえられて、その桝屋さんを取り戻す相談をしておった、と聞いとります」

慎太郎は、上がり框《がまち》に両手をついて、しゃがみこんでしまう。

「この世に、神も仏もないのかや。古高《こだか》どんも、無事ではあるまいのう」

うめくように言った慎太郎は、きっと面を上げた。

「事は、いつ起きましたのじゃ」

「六月五日の、夜半のようで」

その日、慎太郎は萩の野山獄に高杉晋作を訪ね、会うことができずに空しく、萩往還を夜通し歩いて三田尻へ戻ったのだった。

その三田尻招賢閣も湯田の何遠亭御殿も、山口政事堂も萩城も、池田屋変事の報で沸き立っているであろう。

二十数人と伝わる犠牲者のなかで、長州藩士が十人近く、斬り死にしたり、捕縛されているのだ。

藩の面目上、黙止することはできまい。

真木外記の弁舌がよみがえる。

「兵を動かすには、格別のきっかけが必要たい。天下を納得させる、新たなる大義名分なくば……」

慎太郎は、はじかれたように、立ち上がる。

「こりゃ、戦争になるぜよ。長州藩も招賢閣忠勇隊も、京へ攻め上るぜよ」

荻野屋久兵衛は、さすが大商人である。じっと慎太郎の顔色をうかがっていたが、

「早船を仕立てましょう。どちらへ向かわれますするか」

三田尻か、京洛か、どちらへ駆けつけるかを問うているのだった。

慎太郎は、しばし、迷う。

三田尻か、京か。

「無理じゃろう」

ややあって、慎太郎はつぶやいた。

三田尻へ引き返しても、火がついているにちがいない山口政事堂や奇兵隊、忠勇隊など草莽諸隊の決起の気勢を鎮めることは、もはや、できまい。

すでに、先鋒隊は進発しているかも知れない。

「桂さんは、桂小五郎どのは、どうなっちょりますか」

「池田屋へ、一度は顔出しされたようですがのう、新撰組が斬り込んできた時刻は、近くの対馬《つしま》屋敷におられて、ご無事と聞いとります」

荻野屋久兵衛は、八方手をまわして、風説を収集しているとみえる。

「京へ戻ります」

慎太郎は決断した。

「桂さんと相談するのが、一番だと思いますきに、早船を頼みます」

「承知しました」

久兵衛は番頭を呼び、指示を与えた。

夜の航行になる。それに、帆に頼ってはおれない。十数人が交代で漕ぐ小型船が、早船仕立てであった。

水夫《かこ》が集まる間に、慎太郎は用意された膳に向かい、腹ごしらえをする。

久兵衛は提灯をもって、船着場まで送ってきた。

「些少《さしょう》ですが、軍資金です」

渡された巾着《きんちゃく》は、かなり重い。

慎太郎の両眼が熱くなる。

「何から何まで、礼の言いようもないぜよ」

「礼を申し上げねばならんのは、私らのほうです」

久兵衛の声も潤んでいた。

「私ら商人は、たしかに、金は儲けております。ぜいたくざんまい、かさ（調子）に乗っているようにも見えましょう。じゃが、身分は低い。士農工商、人間扱いにされない場合もございます。武士の都合次第では、闕所《けっしょ》（財産没収の上追放）や斬り捨てごめんの憂き目にもあいまする。また水夫や下働き、農民の皆さんも、時には、虫けら同様のあしらいを受けております。中岡さん、これは、間違っとります」

慎太郎は大きくうなずく。

「尊王、攘夷の議論は、私らには、本当のところ、ようわかりません。じゃが、あなたたちが、家を捨て、妻子を捨て、いのちまで捨ててかかっておられる維新回天《いしんかいてん》の志は、正しいと思っとります。私らにできるのは金儲けだけですから、その金が、少しでもお役に立てば、お上に冥加《みょうが》金などといって巻き上げられるより、金もよろこびましょう」

と、乗船をうながし、久兵衛は自ら慣れた手つきで、ともづなを解く。

「中岡さん、あなたはいい男じゃ、死に急いではなりませんぞ」

久兵衛は、離れ行く船に、提灯を振って呼びかけた。

慎太郎が、間道を縫って、慎重に京へ入ったのは、六月十三日の早朝であった。

夜明け前にもかかわらず、伏見口一帯に、だんだら染めの羽織でそれとわかる、新撰組の巡邏隊《じゅんらたい》が見え隠れしている。

（まっすぐ長州屋敷に向かうのは、けんのんぜよ）

慎太郎は、東本願寺裏通りを抜けながら、どこかで探りを入れる必要を痛感する。

これまでは、木屋町四条の桝屋で、いったん草鞋《わらじ》をぬぎ、情況をうかがうことになっていた。だが桝屋主人古高《こだか》俊太郎は、新撰組に拉致《らち》されているのだ。

あれこれ場所を考えているうちに、ふっと、小野崎通亮《みちすけ》の純朴な面貌がうかんだ。

「そうじゃ、秋田藩邸に、ちょっこり厄介になろうぞ」

小野崎は在国であろうが、京家老の戸村十太夫と懇意になっている。

三田尻へ一時戻る折りに、その旨挨拶しておいたことも、好都合といえる。

柳馬場通り四条上ルの秋田屋敷を訪れると、いつもの通り歓迎された。

戸村は、遠国勤王藩の耳目となっている人物であるだけに、察しは早い。

「ここにお寄りなされたのは、賢《さかし》い判断でおざった」

長州屋敷は、御所の焼き討ちを企んだ凶徒の隠れ家と決めつけられ、厳重な監視下にあるという。

「三条卿のご使者が、伏見口で捕えられ、六角牢に投じられおるのを、ご存知だが？」

「丹羽どのと河村どのが。……まさか」

「桂小五郎うじと、石川清之助、つまり貴公は、新撰組が目の敵《かたき》にして、探しまわっとるそうじゃ」

過日、桂に伴われて、白昼堂堂、壬生《みぶ》の屯所へ乗り込んでいったが、それで連中は気負っているのだろう、と思い当たる。

「桂さんは、今、いずこに？」

「それが、皆目」

と、京家老は首をふり、

「まんつ、拙者のほうで様子を探らせますゆえ、二、三日、骨を休めてくだされ。なんせかんせ、戦争は避けられますまい。いっそ、このまま秋田へお越しになり、わが領国にご潜伏なされるのも、兵法のうちかと存じまするが」

「ご好意は、かたじけないがのう」

それは、できない相談である。

桂小五郎は、そのころ、三本木芸者が使っている箱回し（箱屋）の家に、弟子の体裁で住み込み、幾松の後から三味線箱を持って、大胆にも新撰組の座敷にも出入りしていた。頬に綿をつめて人相を変え、慣れない所作は性来の愚鈍のこととし、通称、グズの源助。

近藤勇に怪しまれたとき、幾松が、

「なんぞ、また粗相をしはったか、このグズ、すかたん」

と、桂を平手打ちにして、切り抜けたこともあった。

幕府側も、長州勢大挙上洛必至とみて、兵力増強を急いでいるという。洛中洛外の警戒は、日に日に厳しさを加えてゆくようだ。

慎太郎の、秋田藩邸潜伏は四日目を迎えている。

「長州屋敷へ入る抜け道を知ってますきに、行かせてくだされ」

と、あせりの色を強める慎太郎に、

「今、町中へ出れば、捕らわれに行ぐようなものでござる」

頑として許さなかった京家老戸村十太夫が、六月十六日の午後になって、

「へでぐ（非常に）ご無礼なことじゃが」

と、慎太郎の前に、中間《ちゅうげん》が着る、お仕着せ法被《はっぴ》を置いた。

「守護職に、お墨付きを出させたゆえ、堂堂と長州屋敷さ乗り込みましょう」

戸村は、不敵な笑みを浮かべている。

間もなく、槍を立てた二十数人の武者行列が、河原町通りに現われた。

馬上豊かに行くのは戸村十太夫であり、その手綱をとっている中間が、慎太郎であった。

四条界隈は、この時分から、新撰組の巡邏《じゅんら》が頻繁になる。

一隊の、先頭に立っていた眼光鋭い長身の壮士が、行列を認めると、さっと寄ってきた。

（あかんぜよ、土方歳三じゃ）

慎太郎は、全身が硬直する思いである。

新撰組随一の切れ者の土方とは、一度、壬生の屯所で、じっくり顔を合わせていた。

土方は、しかし慎太郎に気付かず、戸村を見上げて、

「お役目、ごくろうに存じまする」

と、うやうやしく頭を下げたのである。

「うむ。おのおのがたも、大儀」

戸村は、悠揚迫らぬ口調で声を投げ、馬を進める。

実は、戸村は、京都守護職松平容保《かたもり》の依頼を受けた形で、長州屋敷へおもむいているのであった。

「洛中での争乱は、皇国の一大事、軍勢進発を思いとどまるよう、説得したい」

という口上は、中立的な勤王藩として知られている佐竹《さたけ》二十万五千石の、藩主名代の申し出だけに、時宜にかなっていた。

松平容保は、戸村の労を謝し、戸村の求めに応じて戒厳下安全通行証ともいうべき、お墨付を出すとともに、長州屋敷内の実情探索を依頼したのである。

守護職支配下の新撰組副長が、丁重な挨拶をしたのは、このためにほかならない。

戸村は、長州屋敷に入ると、行方知れずの桂に代わって京都留守居役に任じられている、乃美宣《のみのぶる》と正式に会談している。

戸村は、長州藩に同情を抱いているが、戦争は絶対不可の信念を持っており、乃美説得は

真剣であった。

「ご高説の趣は、早急に、国許へ申し送りまする。今後とも、なにとぞご周旋くださいまするよう」

という留守居役乃美の答辞があって、秋田藩京家老戸村十太夫は行列をととのえ、馬上豊かに長州屋敷を去って行く。

その行列に、慎太郎の姿はない。

あとあと、いざこざの種にならぬよう、いつの間にか消え、誰も知らぬうちに長州屋敷内に潜入していた、ということにしようと、戸村と慎太郎は内談していたのである。

屋敷の内外は深閑としていた。

門番二名と、留守居役乃美のほかは、人影は認められない。

京都守護職松平容保が知りたがっていた、藩士や志士達の密かなる集結は、ない模様である。戸村は感知したままを、守護職に伝えるであろう。

慎太郎は、潜んでいた庭園の木立を出て、屋舎へ近づいた。

「おっ」

慎太郎は目を丸め、棒立ちになる。

まるで、湧き出たように、八方から人が現われて、口口に歓迎の声を投げかけてくるではないか。十人、二十人、三十人……百人をこえる数であった。

「こりゃ、たまげたぜよ」

「ごっぽう、心配しちょったぞ。じゃが、佐竹家の行列に送られてくるとは、豪気よのう」

その暖か味のある口振りは、

「桂さん」

慎太郎は、よろこびの叫びをあげた。

「ここにおられたのかや」

あわただしく情況の交換がなされる。

「久坂《くさか》とは、行き違いだったようじゃのう」

高杉晋作を伴って国許へ帰った久坂玄瑞《げんずい》は、五月下旬、京へ戻ってきたが、池田屋の惨事を知ると、また長州へ急行したという。

その久坂からの早飛脚によると、

「領内、一度に沸騰、決戦の気勢、何人も抑えがたし」

であり、すでに進撃を開始しているであろう、と桂は沈痛な面持ちで語った。

事実、長州藩は、軍編成をおえており、前日（六月十五日）、進発論の急先鋒であった来島《きじま》又兵衛が四百人の遊撃隊を率いて、出陣していたのである。

六月十六日、家老福原越後《ふくはらえちご》指揮の、正規兵第一陣二百人が山口を進発。

同日、真木和泉を総督とし、久坂玄瑞を参謀に配した招賢閣忠勇隊三百余が、三田尻を出港。

　家老国司信濃《くにししなの》、家老益田弾正《ますだだんじょう》（右衛門介）も進発準備を急いでおり、藩主父子（敬親《たかちか》、定広）の出馬も内定していた。

　先発諸隊が、京都を包囲する形で、山崎天王山、伏見、嵯峨《さが》の三方面に布陣したのは、六月二十五日である。

　長州藩邸に潜伏し、戦闘訓練を受けながら待機していた、中岡慎太郎ら諸国志士百数十人に、

「嵯峨天龍寺の陣に移るよう」

　という指令が発せられたのは、六月二十六日の夜である。

　屋敷内が出発準備で沸き返るなか、桂小五郎は慎太郎を自室に呼び入れた。

「われらは、最後の最後まで、話し合いによる解決の道を求める。万が一、戦争になっても、その経緯をこの目で確かめ、戦後処理に尽力する。これが、留守居役の本分と心得ちょる」

　と、胸中を披瀝《ひれき》し、

「おぬしは、家中の人ではないことでもあり、藩の枠組みを越えて、大局を見失わずに、同じ働きをしてもらいたい」

　じっと、慎太郎の目を見つめた。

慎太郎は、無言のまま、うなずく。

桂の眼光は、生き恥をさらすのも勇気じゃ、と語っているようである。

即刻、隊伍を組んで、深更の都大路を粛粛と北上、相国寺《しょうこくじ》の北より西へ折れて、保津川沿いに嵯峨野へ出た。

多くの銃は種子島《たねがしま》であり、火縄に点じた火が、ほたるの列のように闇にゆれ、近づけば抜き身の槍を林立させた殺気を放つ行軍に、幕吏も新撰組も手出しはできない。

嵯峨方面の大将は、家老国司信濃《くにししなの》である。国司が未着のため、先発隊長の来島又兵衛が、天龍寺境内の陣営を預かっていた。

目付役を兼ねた参謀に、佐々木男也《おとや》が配されている。

佐々木は、佐保八十郎《やそろう》とともに、招賢閣の世話掛をしていた一時期があるので、慎太郎とは親しい。

「お屋敷（長州藩邸）に籠りっぱなしじゃったきに、情勢がつかめんぜよ。真木先生は、いずこかや」

「山崎の天王山で、勝手な気勢を上げちょるわい」

佐々木の語調が意外に冷たいのは、藩外過激派に引きずられて挙兵に至った実情を、憤っているのかも知れない、と慎太郎は感じ、

（こりゃ、いよいよの時に、足並みが乱れるかも知れんぞよ）

と、憂慮する。

国司信濃が手勢を率いて到着し、塔頭《たっちゅう》第一の妙智院《みょうちいん》を宿所に定めて間もなく、慎太郎は召し出された。

国司は当年二十三歳、若若しく、はっと息をのむほどの美貌であった。気鋭の家老として知られており、暴れ者で鬼又兵衛の異名をもつ遊撃隊長来島を属させたのは、来島も国司にだけは従順になるからだと伝わっている。

国司は、さわやかな笑顔で、慎太郎のこれまでの働きを賞《め》で、

「さて、このたびは、予直属の使番《つかいばん》を勤めてもらうゆえ、さよう心得よ」

という任命であった。

長州諸隊の京都包囲は、表向き、長州藩の尊王攘夷の真情嘆願、三条実美ら五卿および藩主父子の冤罪を哀訴するため、と宣布している。

諸隊は、山崎天王山、伏見、嵯峨に陣を構えると、軍事行動は一切つつしんだ。日日、朝廷と諸卿に特使を送って、意を通じようと努力し、在京諸藩にも使者を派遣して、周旋を依頼している。

嵯峨陣営の大将、国司の使番に任じられた慎太郎は、各陣営の連絡を主務として、日夜、京都市中を潜行しているが、

(これは、いかんぜよ)

と、危惧《きぐ》をつのらせる。

先発軍が京周辺に布陣したのが六月二十五日。それから、二十日ほども、長州側は無為にすごしているのだ。

その間、禁裏御守衛総督一橋慶喜は、近国の諸藩に緊急出兵を命じ、迎撃体制を日日刻刻、整えている。

市中に兵力が満ち満ちてくるさまが、潜行する慎太郎に、脅威をもって実感されるのだった。

長州側の各方面への嘆願や工作は、暖簾《のれん》に腕押しの状態であり、反面、朝廷と幕府は、再三、長州勢に帰国を命じている。

「このような半端な戦略じゃ、自滅ぜよ。いったん、軍を退くのが上策。早急に五卿および藩主と総軍の上洛を求め、一大決戦にもちこむのが中策。今直ぐ奇襲をかけ、局面打開に賭けるのが下策。どだい、どうする気かや」

天王山麓の陣営にいる久坂玄瑞に、慎太郎は詰め寄った。

家老益田弾正を大将に戴き、真木和泉を軍事総督とする草莽志士主体の山崎天王山陣が、気勢の強さから大本営の感がある。

この陣営には、久坂のほか、松山深蔵ら土佐勤王党の同志、招賢閣の仲間、宇都宮脱藩の太田民吉と岸上文治郎など、慎太郎の知己が多い。

久坂の顔面にも苦悩と焦燥の色が濃い。

「今となっては、退かれんじゃろう。中村さんが、五卿と世子《せいし》長門守（毛利定広）さまご進発を請うため、長州へ走っておる。国を捨てて、決戦を挑むしか、方策はあるまい」

だが、この中策も間に合わなかった。

長州総軍の上洛を予知した一橋総督は、

「十七日を期して、撤兵せずば、朝敵として誅伐する」

という最後通告を発したのである。

その十七日、薩摩、土佐、久留米の三藩が長州征討の議を朝廷に上奏した、と長州陣営に伝わった。

「もう主軍の到着を待っておれんばい。機先を制して、御所へ突入じゃ」

真木和泉《まきいずみ》の獅子吼《ししく》で、緊急軍議は、総攻撃と決した。

「敵は、天朝を誑《たぶら》かしおる会津じゃ、他藩の兵との戦いは、なるべく避けよ」

という軍令である。

薩賊会奸の片割れである薩摩を攻撃目標からはずしたのは、ふたたび行方知らずになっている桂小五郎らの、

「外様雄藩の薩摩とは、いつか手を結ばねばならぬ」

という日頃の主張と、軍事総督の真木が、

「軍賦役になった西郷吉之助は、信用でけるけん、なんとか味方に引き込みたいものじゃ」

と、軍議で述べたことによる。

会津藩主で、京都守護職の松平容保は、この数日来、御所内に本営を構え、主力を蛤門《はまぐり》に配していた。

「蛤門の会津を蹴ちらし、御所を制したてまつり、天朝に正義を奏上す」

という作戦である。

各陣営は十八日の夜、進撃を開始した。

国司信濃率いる嵯峨隊八百人も、一路、蛤門へ向かう。

十九日の未明、途中の中立売門《なかだちうり》で、進軍を阻止する福岡藩兵と戦端がひらかれた。

その緒戦で、慎太郎は足に弾丸をくらい、転倒する。ふくら脛《はぎ》の皮ぎわを貫通しており、血が手をべったりと濡らした。

「こりゃ、はなから、ばっさりじゃ」

無念のうめきを上げ、手拭で傷口をしばって、這って友軍を追うが、取り残される。

国司軍は、中立売門の、さして戦意が認められない福岡藩兵を敗退させ、隊長来島又兵衛の雄叫びとともに、白刃をきらめかせて蛤門へ突撃して行った。

会津軍の反撃がはじまったとみえ、味方の鬨《とき》の声に加え、それを上回る喊声《かんせい》とすさまじい一斉射撃の響きが、慎太郎の耳を聾《ろう》する。御所九門と都大路の要所を警備する諸藩の軍勢が、主戦場となった蛤門へ救援に向かうのであろう。武具のふれあう音と足音が地鳴のように近づいてくる。

（危ういぞよ）

まごまごしていると、敵に討ち取られてしまう。

「そうじゃ、この近くに」

慎太郎は、中沼塾で知り合った、佐土原《さどわら》藩士鳥居大炊左衛門《とりいおおい》の寓居があったと思いつく。日向《ひゅうが》佐土原藩は、薩摩藩の支藩である。

（薩摩藩と西郷うじが、この戦争でどう出るか、それを探るのも、今後のためじゃ）

早朝のことであり、鳥居は他藩応接掛で非戦闘員だったので、在宅していた。

鳥居は、慎太郎の正体を知っている。だが、その真情を尊しとしていたので、

「戦場見物に出て、流れ弾に当ってしまいました」

という口実を、信じたふりで、傷の手当と休息を承知したのであった。

軍賦役西郷の真意は、鳥居にもわからないようである。

しかし、昼前に、その西郷指揮の薩摩藩兵の奮戦によって、長州諸隊が惨敗したことを、慎太郎は知らねばならなかった。

（長州の命運、ここに尽きたかや）

幕府側の兵力は、御三家の尾張、紀伊、水戸をはじめ、会津、薩摩、彦根、桑名、津、福

井、仙台、熊本、福岡等四十藩に近い藩兵で七万とも八万とも称されていた。対する禁門突入を計った長州勢は、全軍二千余だったのである。

雌伏

七月下旬（旧暦）の京洛は、秋とはいえ、残暑がきびしい。

左ふくら脛《はぎ》の銃創は、深くはないが、膿《う》んでしまった。

中岡慎太郎は、鳥居家の狭い庭を、杖を用いて歩く稽古をするが、痛みが全身をつらぬき、脂汗がにじむ。

「そげん格好で、町へ出れば、落人《おちうど》とわかりもす。鈍《どん》なこっでごわすぞ」

温厚な鳥居大炊左衛門が、いとまを請う慎太郎を、本気で叱った。

縁先に立てば、南の空が黒煙でおおわれ、あちこちで火炎が舞っているのがわかる。

会津兵を中軸とする幕府軍が、長州兵とそれに与《くみ》する不逞浪士を狩り出すため、退路に火を放っているという。

「何のかまいもできもはんが、ここは、安心でごわす」

鳥居は、会津と同盟の薩摩藩連枝、佐土原藩の家中である。たしかに、隠れ家としては、これほど安全な場所はない。

それだけに、慎太郎としては、仇敵に庇《かば》われているようで、同志に顔向けできない思いに責めさいなまれるのだった。

潰滅したという長州軍と、同志の、安否と行く末が気にかかる。

(国司《くにし》さまは、来島隊長は、真木先生や久坂どのは、みんなご無事じゃろうか。桂さんは、どこにおられるかや)

それを探りに、町へさまよい出ても、この傷を負った姿では、すぐに掃討隊に捕まってしまうであろう。

(今になっては、犬死にはできんぜよ)

こうして生き残っているのは、

(天命)

慎太郎はそう考え、堪え難きを堪えて、雌伏《しふく》する決意を固めた。

雅《みやび》の町並みが、三日にわたる猛火で、御所の一部と公卿邸数十家をふくむ、半分近くが焦土と化していると聞く。

その火煙と叫喚が鎮まった七月二十一日の夕方、出仕から帰宅した鳥居が、慎太郎が潜む奥座敷にかけつけ、

「西郷どんの本心が、わかりもした」

と、目を輝かしている。

「長州や志士諸君を憎んで攻撃したんじゃなか、と、おいどんに明言しましたぞ」

慎太郎が属する国司信濃の嵯峨隊は、会津兵が守る蛤門に突入し、激戦の末、援軍の桑名《くわな》藩兵ともども撃ち破った。

だが、転戦してきた薩摩軍が、側面から銃を乱射しながら襲いかかったので、国司隊は寸断され、この潰走が長州軍全体の惨敗につながったのである。

憎みてあまりあるのが、またしても長州を痛めつける薩摩であり、それを指揮しているのが、信じていた西郷吉之助であった。

「それは解せんぜよ。西郷うじは、詭弁《きべん》を弄するかや」

「腹かかる（腹を立てる）お気持ちは、わかりもすがのう」

鳥居は、持ち前の、おだやかな口調に戻っている。

「まあ、聞かれよ。西郷どんは、こげん言われたのじゃ。藩として宮門守衛の大命を拝している上は、御所を侵す凶賊あらば、いのちにかえて、打ち払うほかはなか」

おだやかだが、凶賊ということばに力をこめ、目が怒っていた。

「長州方は、早まりもしたのう。このたびの宮門突入は、天朝に弓を引く、と断じられても仕方がない振舞ではごわはんか。重ね、重ね、残念でごわす」

慎太郎は、面を伏せるほかはない。

「島から召し出されて、軍賦役に任じられた西郷どんが、最初にしようとしたのは、暴挙の噂が高い長州藩説得じゃったと聞きます。長州とは戦うべきではなか、薩賊会奸《さつぞくあいかん》なる恨みごとは、早く解いておきたい。そげん考えじゃったと聞きます。死を覚悟して、単身、長州に乗り込む決意だったそうじゃが、これは藩の重職方に押し止められ、実現しなかったのでござるがのう。じゃが、西郷どんは、まこと、長州を憎んでおりもはんぞ」

慎太郎は、面をふり上げた。

「西郷うじに、お目にかかれませんかのう」

おのれの目と耳で、西郷の本心を質《ただ》したい、という思いつめた表情である。

「戦後の、ごたごたのさい中でごわす」

鳥居は、だだっ子を慰めるような目になっている。

「人と人が会うのも、よか頃合というものが、ございもそ。ご無礼ながら、おまんさあは、落人でござるぞ」

「これは、まっこと、とろこい（愚かな）ことを申し上げました」

慎太郎は、率直に頭を下げて、詫びた。

「ところで、お願いしちょった人たちの、消息は、まだ、つかめませんかのう」

鳥居には、その後、一切を打ち明けた。その上で、共に戦った長州勢の、知己の生死を調べてほしいと、名を書き出して頼んでいたのである。

「大体は、知れもしたがのう」

鳥居は、沈痛の色をにじませて、言いよどむ。

「ぜひ、お聞かせ願いたい」

「確かめたわけではごわさぬゆえ、風説は間違っておるかも知れもはん。間違っていると、よろしいのじゃが」

と、懐から覚え書きをとり出し、ひろげた。

「福原越後、益田弾正、国司信濃の三家老は、無傷にて帰国の途についたようでごわす」

慎太郎は、かすかに安堵をうかべる。

「来島又兵衛うじ、蛤門で戦死。重傷の久坂玄瑞、寺島忠三郎《ちゆうざぶろう》、入江九一《くいち》の諸氏は、鷹司邸内で自刃《じじん》。御所周辺に残された長州方の遺体は、二百数十を数えたと聞きまする」

慎太郎の顔面から、血の気が引く。

とりわけ、久坂玄瑞の自刃には、断腸の思いである。たしか、二十五歳だったはずだ。

「かんにんどすえ」

と、悲鳴のような声を上げた、島原遊郭の芸妓、お辰の涙顔がよみがえる。

桂小五郎の指示で、脱藩同様の高杉晋作を伴って長州へ発つことになった、その夜の宴席であった。

「桂さま、えげつないことしやはる。うちらを、引き裂きはりますのか」

そのようにも抗議したお辰だったが、戦争が、二人を永久に離別させてしまった。

お辰の、芸妓には見えない幼な顔が、自分を兄と慕う小鶴に似ているだけに、慎太郎の涙腺はゆるむ。

最後の軍議の模様を、慎太郎は大将国司信濃から聞いている。

久坂は、「朝廷の命に従い、いったん大坂へ退き、世子率いる主軍の到着を待って、最善策を講ずべき」と強く主張したという。だが、騎虎《きこ》の勢いは、真木和泉の御所突入論に乗り、決戦と定まったのだった。

慎太郎は、その直後の、久坂の行動を、後日、知ることになるのだが——。

久坂は軍議がおわると、山崎天王山の大本営から、ひととき姿を消したのである。

酒代をはずんで、駕籠を一路京へ飛ばさせ、島原遊郭の角屋《すみや》へ駆けこんだ。

女将は、緊迫の時期だけに、顔色を変え、

「厳しいお達示がおす。新撰組の屯所も近いさかいに、どうか、このままお戻りやす」

手を合わせ、お辰と合わせようとしない。

「そうか」

久坂は唇をかみ、二十両を収めた紙入れを女将に託《ことづ》けて、立ち去った。

しばらくして、紙入れを渡されたお辰は、

「久坂さま」

と、叫ぶや、足袋はだしのまま、大門を走り抜け、狂ったように久坂の後を追う。

二人は、八条通を過ぎた東寺《とうじ》の近くで会うことができた。

戒厳下の、この寸時の逢瀬《おうせ》が、今生《こんじょう》の別れとなる。

しかし、この出来事を、佐土原藩士の寓居に潜伏する慎太郎は、知るよしもない。

ただ、久坂の死と、お辰の嘆きを思い、そっと目頭を押さえたのだった。

「真木和泉どのは……？」

慎太郎は気を取り直して、問いをつづける。

鳥居は、同情の色を濃くして、

「今朝方、集結の地、天王山本陣にて、敗戦の責めを負い、火を放って腹を召されたようでごわす。ともに自決した士は、お国（土佐）の松山深蔵、千屋《ちや》菊次郎、安藤真之助、能勢達《のせたっ》太郎《たろう》。おたずねの、宇都宮脱藩、岸上文治郎と太田民吉、両人の名もごわす」

慎太郎は、あまりの犠牲の大きさに、暗然として声が出ない。

（岸上さんよ、太田君よ、遠い関東の宇都宮から大義を奉じ、その中途で、死に急ぐことはないぜよ）

両人との交友の数数が、瞼《まぶた》に去来し、慎太郎は居たたまれない気持ちである。

土佐浦戸の熱血漢、伊藤甲之助《こうのすけ》も、禁門近くで負傷し、自決し果てたという。二十一歳だ。

あの讃岐高松の勤王一族、小橋友之輔までも、蛤門で戦死していた。十九歳である。

慎太郎の、膝に爪を立てての沈黙に、鳥居《とりい》大炊《おおい》左衛門は、しばし、ためらっていたが、

「いずれ、わかることでごわすゆえ、申し伝えておきもそ」

と、覚え書きをめくる。

「六角の獄舎に囚《とら》われの身でごわした志士が、戦火が及ぶの理由にて、急ぎ処刑されておりまする」

「なんと」

慎太郎の声はかすれている。

「生野挙兵の平野国臣《くにおみ》。池田屋騒動の因をなした桝屋古高俊太郎。三条卿ご使者、丹羽出雲守、同じく河村能登守……」

がっくり、慎太郎は片手をつき、堪えきれず男泣きをもらす。

ややあって、はっとしたように顔を上げた。

「桂さんは、桂小五郎うじは、無事ですかや」

鳥居は、はじめて片頬に笑みをうかべた。

「訴え出る者に十両の褒美、なる触れを出して、血眼になっちょるようでごわすがのう。桂うじに十両は、ごぶれいでごわしょう」

どうやら、畏兄は、信念に従い、生きのびているようである。

（あの人が健在なれば、長州は立ち直るぜよ。われらの働き口も、ひらけてくるじゃろう）

慎太郎は、鳥居の厚情に甘え、あと二日、足の銃創を癒し、京をひそかに離れたのは、七月二十三日の夜であった。

身にそぐわない変装は、訊問にあえば疑いを深めるので、諸国遊学の阿波国郷士、西山頼作で通すことにする。

この変名は中沼塾入門時に用いて、土佐人と見破られ、あっさり白状したが、生地北川郷から阿波の国境まで、わずか数里である。何とでも、ごまかせるのだった。

足が思うにまかせないので、高瀬川を舟で下るほかはない。

「堂堂と、一ノ舟入りから乗りますぜよ」

「ほんなこつ、大火のあとで、わっぜ（大変）混雑しちょるゆえ、よか狙いでごわそう」

鳥居も同意し、佐土原藩の、丸に十の紋入り提灯をかかげて、河岸まで送ってくれる。

二条通りから南は、ほとんど焼け野原だった。

突然、闇のなかから「誠」印の提灯が現われ、一隊が小走りにやってくる。

「新撰組ぜよ」

慎太郎は緊張した。

鳥居は、慎太郎に寄りかかって、急に千鳥足になり、何か小唄を口ずさむ。

「京都守護職ご支配、新撰組である。役儀柄……」

言い終らぬうちに、

「この家紋が目に入りもはんか」

鳥居が、ろれつを乱して、丸に十の提灯を先頭の男につきつける。照らされて、細い目をさらに細めた色黒の隊長は、沖田総司にちがいない。壬生の屯所で、そう名乗っていた。

「おいどんは、島津一門、佐土原藩士、鳥居大炊左衛門。これは、甥《おい》っ子じゃ。何ぞ不審か」

一町四方に響く大声である。

隊長は辟易《へきえき》したように、

「これは、ご無礼つかまつった。平に容赦を」

と一礼し、部下をうながして、御所の方へ去って行った。

鳥居は、ふくみ笑いをもらし、慎太郎にもたれたまま、しばらく千鳥足をつづける。

慎太郎は、その重みと肌の暖さに、胸が熱くなるのだった。

彼方が、漁火《いさりび》のように、点点と明るい。

「焼け出されて、行き先のない何千という老若男女が、鴨川の河原で、火をたいて夜を明かしちょるのでごわす」

鳥居の声に義憤がふくまれていた。

「まっこと、罪なことですのう」

つぶやく慎太郎は、撤兵論の側であったが、長州と志士の正義貫通の意地が、とてつもない惨状をもたらしている現実に、恐れおののく。

犠牲は長州勢ばかりではない。幕府方の会津、薩摩をはじめ諸藩の士も、多く倒れているのである。のみならず、無関係の人人が、巻き添えをくって死傷し、あるいは家を焼かれ、財を失い、家族離散して、市中や河原で泣き暮らしているのだった。

河原のあたりで点点とゆらめく火影は、

「たかで、恨みの人魂ぜよ」

慎太郎は慄然とする。

一ノ舟入りは、高瀬川開削者、角倉了以《すみのくらりょうい》の子孫で、河川奉行の角倉家河岸であり、運河の始まり所である。その角倉屋敷も、舟溜まりと道一本へだてた向かいの長州屋敷も、黒黒と残骸だけを折り重ねて、灰燼《かいじん》に帰していた。

慎太郎は、暗澹《あんたん》として、思い出多い藩邸跡を見渡す。

舟着き場は、夜にもかかわらず、ごった返していた。救援物資の荷揚げと、避難民や肉親捜しの人人の乗り降りが、主のようである。

周辺の焼け跡に、問屋や船宿の高張提灯が林立していた。

「あれは」

慎太郎は、その一つの屋号に目を止め、喜色をうかべる。

ひときわ大きい高張提灯である。

「こんなところに」

慎太郎が目を疑ったのは、無理もない。

下津井　荻野屋
と、大書されてあるのだ。

提灯の竿を股にはさんで、所在なく石段の端に腰をおろしているのは、見覚えのある荻野屋の印半纏《しるしばんてん》を着た、初老の男である。

「おまさん、荻野屋の人かや」

勢いこんだ慎太郎の声に、男は驚いたはずみに竿を倒しかけ、立ち上がってようやく支える。

「ええと、ええと、合言葉や。なんやったかのう。そやそや、あんたはん、小鶴、知っとらはりますか」

「知っちょるとも、三味線弾きの小娘ぜよ」

「あたりっ」

男は奇声をあげた。だが、周辺の騒音にまぎれて、そう目立たない。

鳥居は、わけがわからず、あっけにとられて二人のやりとりを見守っている。

「旦那、五日間どっせ。まだ、このあたりが燃えとる十九日の夕暮れから、夜も昼も、相棒二人と交替で、あんたはんだけを、お待ちもうしておりました」

涙声である。

「荻野屋の久兵衛さんのお指図かや」

「いえ、あっしは、伏見の船宿から頼まれましたんやけど、女将はんが、下津井からのお使いで、手配りなされたようで」

言い付かったのは、半纏か提灯をみて、荻野屋かと声をかけてきた者のうち、小鶴を知っている二十七、八の男ひとりをお連れもうせ、小鶴が合言葉や、というだけで、あとは何も教えられておらず、

「そりゃ、心細うおしたえ。もうあきまへん、今夜でおしまえにさせてもらいます、と、ぎりぎりの時に、まあ、お互いに運がようおしたなァ」

男は、しわ顔の目を赤くしていた。

慎太郎も、思いがけない荻野屋久兵衛の、それも念入りの配慮に、感きわまっている。

「どうやら、おはんは、隠れた贔屓《ひいき》筋を持っとるようでごわすな。運が付いとる男は、こげなものよ。よかことでごわす」

鳥居も顔をほころばせ、祝福を送った。

「あの舟に乗りまひょ」

伏見の船宿の息がかかっているのであろう、出かかった荷舟を呼びとめて話をつけた初老

の男が、慎太郎を手招きする。

鳥居と再会を約し、慎太郎は船頭に迎えられて、高張提灯をもったままの男と並んで、荷の間に腰をおろした。荷は、水をかぶった焼け残りの家財で、煙の匂いが抜けていない。

三間余の幅をもつ高瀬川は、片側を上りの舟が掛け声に合わせて綱で曳き上げられており、片側を下りの舟が棹を使って進んでゆく。

焼けて見通しがきく鴨川の河原には、どこまでも、罹災者が焚く火影《ほかげ》がつづいている。

「あの三条大橋の下でな、今日の暮れ方やけど、大捕物がありましたんや」

荷舟が小橋をくぐったところで、案内の初老の男が、倒した高張提灯を持ち直して語りかけた。

大橋と河原には、提灯が重なり動いて、避難民や肉親を探し求める人人が右往左往しているさまが、うかがい知れる。

「なんでも、長州の大物はんが、家を失った俄《にわか》物乞いの仲間に入りはっておりましてな、なじみの芸子か何かが握り飯の差し入れをしはっているところを、新撰組が襲ったちゅう噂どす」

慎太郎は、高鳴る動悸を抑えて、何げないふりで問う。

「その大物は、捕まったかのう」

「なんの、京すずめは、判官贔屓《ほうがんびいき》どすねん。勤王ひとすじの長州はんが、みんなしていじめられるのを、気の毒や思ってます。京を焼いたのも、新撰組一味のしわざと睨んでますさかいに、わいわいがやがや騒いで、逃がしてやったちゅう話どす」

男は、慎太郎が長州にかかわりのある落人と見抜いているようで、長州に肩をもった言い方をしている。

「芸者のほうも、大事なかったんじゃろうのう」

慎太郎は、大物が桂小五郎、芸子というのが幾松にちがいないと直感していた。

「へー、あんじょう、姿をくらましはったそうどす」

男は、おのれの手柄のように、小鼻をうごめかせて答える。

事実、件《くだん》の二人は、桂と幾松であった。

桂は、慎太郎を嵯峨天龍寺の陣営へ送り出すとき、

「万が一、戦争になっても、その経緯をこの目で確かめ、戦後処理に尽力する。これが、留守居役の本分と心得ちょる」

と、胸中を披瀝し、暗に、慎太郎も生きのびて再起を計るよう求めていた。

桂は、戦端がひらかれると、あえて渦中に飛び込まず、ひとり行方をくらませている。

その後、罹災者にまぎれて、東山の寺社などに潜んでいたが、幾松と連絡がとれると、彼女の援助を受けながら二条大橋や三条大橋の下を塒《ねぐら》にして、情況把握につとめていたのだった。

桂と幾松が荷舟に乗って京を脱出しようとしているその時、新撰組の追跡をかわした桂と幾松も、京での最後の夜を送ろうとしていた。

京の西のはずれ、北野天満宮そばの造り酒屋此《こ》の花が、落ち合った場所で、ここは長州藩邸御用達大黒屋太郎右衛門の縁者にあたる。

長州屋敷の向かいにあった大黒屋の店舗が類焼したので、此の花屋の広い酒倉に家財や藩邸から託された機密文書などを移しており、危急の際の集合地に決めていたのだった。

此の花の離れ座敷で、行灯《あんどん》に覆いをかぶせて暗くし、額を寄せているのは、桂小五郎、幾松、大黒屋（今井）太郎右衛門、その雇い女お里、対馬藩留守居役大島友之允《とものじよう》、藩邸出入りの甚助《じんすけ》という中年男の六人である。

お里は、大黒屋の奉公人だが、機転がきく大年増で、太郎右衛門の指示で桂と幾松のつなぎに当たったり、幾松に代わって鴨川河原で食物を桂に渡したりしていた。

甚助も、大島の意をうけて、同様の働きをしている。

「とにかく、皆、これ以上、京にとどまるのは危険じゃ。わしはともかくとして、それぞれの縁者にまで累を及ぼすことになろう」

結論づけるように、低い声で言ったのは、年長の大島友之允である。

桂は、対馬藩で継嗣問題にからんだお家騒動が起きた二年前、大島ら正義派を助けて大いに奔走し、長州藩の力で穏便に解決していた。

以来、桂と大島は刎頸《ふんけい》の交わりをつづけている。

「ひととき、散り散りに潜伏するとして、それぞれの行き先は、拙者に一任願いたい」

思案があるようであった。誰も異存はない。

とくに、桂は数日来の逃亡生活で疲労困憊《こんぱい》しており、幾松も心労の重なりと新撰組の追っかけを振り切って、ここまでたどり着いた息ぎれが収まっていなかった。

その様子を見てとった大島は、大黒屋にめくばせをし、

「今夜は、ご両人、ここでゆっくり、くつろがれよ。われらは、母屋で厄介になるゆえ」

と、座を立つ。

大黒屋、お里、甚助も、それぞれ挨拶を残し、そそくさと座敷を出てゆく。

二人きりになった桂と幾松は、しばし目を見合わせ、無言のまま激しく抱きあった。

これらのことを、高瀬川を荷舟で離京している慎太郎は知らない。

伏見の船宿備前屋に着いたのは、夜半である。

飛び起きてきた女将の、心づくしの夜食をとりおわると、

「お休みいただきたいのは山山ですが、お急ぎにならはったほうが」

と、女将は、新たに仕立てた八挺櫓《はっちょうろ》の伏見舟に、案内の初老男に替えて、船番所に顔がきく番頭を付け、直ぐに出立させた。

宇治川を経て淀川へ入り、川筋に幾つかある番所も無事通過して、大坂八軒屋《はっけんや》（天満）に出店を構える荻野屋の引き堀に接岸したのは、白白明けのころである。

番頭の急報に、転がるように駆け出てきたのは、いつか虫明《むしあけ》の町で小鶴探がしに付き合ってくれた、回船の舵取りであった。

「旦那、ご無事で……」

あとは言葉にならない。

荻野屋久兵衛は、慎太郎が生き残って京を脱出するとすれば、大坂八軒屋の出店に立ち寄るかも知れないと考え、顔見知りの舵取り佐平を配していたのだった。

「おやじ（主人久兵衛）さんも、ぼっこう、およろこびじゃろう。善は急げじゃ。お疲れでござんしょうが、船でひと眠りしてつかあさえ」

佐平は、慎太郎を駕籠に押しこみ、河口の回船溜まりへ走らせる。

早船が、いつでも漕ぎ出せるように、用意されてあった。

「私、ひとりのために……」

慎太郎は、京、伏見、大坂、そのほか多方面に手配りしたであろう、荻野屋の労力と出費に、恐ろしささえ覚える。

「なあに、おやじさんは、それがうれしいとですけん。男が男に惚れたちゅうことでござんしょう」

佐平は笑いながら、左ふくら脛の銃創がまた痛みはじめた慎太郎に肩を貸し、急な渡し板を慣れた足どりで踏んで、船に乗りこむ。

帆と櫓を併用した早船が下津井の浦に入ったのは、灯ろう堂に火が点じられた、黄昏どきであった。

「旦那、着きました」

と、少し前に起こされた慎太郎は、航海中、安心しきって熟睡していたのである。

船着場が見えてくると、佐平は印半纏をぬいで、大きく振った。

岸の一人が、これも半纏を振って応じ、吹上への坂道を駆けのぼってゆくのが認められた。荻野屋へ注進するのであろう。

舟が桟橋に接する前に、久兵衛が半白の髷を突き出すような格好で、坂道をおりてきた。

「いやあ、手前は信じとりました。あなたが、死ぬはずはない。きっと、この下津井に戻ってきなさると、信じとりましたぞ」

桟橋で、慎太郎と手をとり合った久兵衛は、冷静を装っていたが、その手がぶるぶる震えている。

「おまさんのためにも、どだい、犬死にはできませんぜよ」

震える老人の両手を、生気あふれる両手でやわらかく包みこみ、強く握り返すことで、万感を伝える慎太郎であった。

その夜、荻野屋の座敷で、船頭や舵取り佐平も加わって、内輪の祝宴がもたれた。

無役をかこっていた森下立太郎が、急にお城に呼び出され、そのまま領内から姿を消しているという。

「大方、京の情勢探索を命じられたのでしょう。あるいは、長州あたりへ密行しましたかな」

久兵衛は、旧知の消息を伝え、

「そうじゃ、小鶴はのう、しんたろう兄ちゃんのことが心配で、心配で、とうとう瑜伽《ゆが》大権現さまへ、お百度参りへ行きましたぞ」

からかうような笑顔である。

瑜伽大権現は、下津井から陸行すれば北東へ三里、田の口まで船でゆけば北へ一里、同じ児島半島の由加《ゆが》山にある。讃岐の金毘羅《こんぴら》大権現と対になった庶民信仰の中心地で、慎太郎も、霊験は折り折りに聞かされていた。

小鶴はその瑜伽に参詣し、慎太郎の無事を祈願して、お百度をふんでいるという。

「まあ、太夫《たゆう》といっしょじゃけん、ついでにちゃっかり、お稼ぎでござんしょうがのう」

舵取り佐平が茶茶を入れる。

「それにしても、小鶴の、しんたろう兄ちゃんへの思い入れは、どえろうもんじゃ」

慎太郎生還のよろこびで、久兵衛の酔いは早く、口も軽くなっていた。

すっかり一座の酒の肴にされた慎太郎は、照れかくしに、急いで話題を変える。

「長州は、どういうことになっちょるか、風説は届いておりますかや」

「三条実美卿をはじめ諸卿と世子毛利定広さまは、風待ちの讃州《さんしゅう》多度津《たどつ》で敗報を聞かれ、主軍を率いて撤退のご様子、長州は当分、混乱がつづきましょう」

「招賢閣の忠勇隊は、どれほど生き残っちょるか」

つぶやく慎太郎は、それを思うとじっとしておれないという風に、姿勢をあらためた。

「荻野屋さん、たび重なるご無心で、まっこと心苦しいが、明朝、早船を仕立ててくださらぬか。三田尻へ急ぎたいきに」

「それは、お受けしかねます」

久兵衛は、意外にも、きっぱり拒絶した。声も冷たく、表情も厳しい。

「こすい根性で、申し上げているのではありませんぞ。三田尻も山口政事堂も、今は敗戦の責任や何やらで、荒れ狂っておりましょう。その渦中に身を投じて、何となされます。ここは、年寄りの言うことに従って、まずは、足の治療に専念しまあせ」

叱るような口調である。

「人間、突っ走るばかりが能ではありませんぞ。ひとり、ぼけーっとして、来し方、行く末を考えながら、将来にそなえるのも、肝要ではないですかのう」

一座の者も杯を置き、息をつめて、二人の様子を見守っていた。

慎太郎は、理屈抜きに、三田尻へ飛んで行きたい。同志の安否を確かめ、三条卿にも拝謁したい。だが、人生の大先輩であり、恩義のある久兵衛には逆らえなかった。

うつむいてしまった慎太郎に、久兵衛は膝を進め、

「北浦《きたうら》というところに、傷によく効く霊泉がありますのじゃ」

と、もとの笑顔にもどっている。

「沸かして、温泉と称しておりますがのう、土地の人しか知らん、隠し湯じゃ。そこで、半月ほどお過ごしなされ。そのころには、情勢もつかみやすくなっておりましょう」

翌朝、慎太郎は、岡山城下に荷を運ぶ荻野屋の回船に便乗し、湯治のため北浦へ向かった。

荻野屋久兵衛は、案内役に気心が知れ合っている、舵取り佐平を付けた。

（監視役を兼ねちょるぜよ）

と思う慎太郎は、逃げ出して長州へ走る気は失せている。

（たしかに、久兵衛さんが言わるる通り、突っ走るばかりが能じゃない。考える時も必要じゃきに）

足の銃創治療を天命と考え、全快するまで雌伏する決意を固めたのだった。

北浦は、下津井と地つづきの、児島半島が東へ突き出た北側にひらけた港町である。対岸が、三十一万五千石の城下に通じる旭川の河口で、北浦は岡山藩の外港の役割を担ってい

た。年貢米や物産を大坂蔵屋敷に回漕する問屋が、山脈《やまなみ》を背に軒を並べている。

「隠し湯はのう、あの金甲山《きんこうざん》の中腹にありますのじゃ」

佐平が、まだ緑が濃い山脈を指さした。

森にさしかかると、つくつく法師が鳴き競っている。

およそ十町ほどの木こり道を、足の傷跡をいたわりながら、慎太郎は時時、佐平の手を借りて登ってゆく。

くぼ地に、十数軒の集落があり、その一軒に佐平は慎太郎をともなって入った。

薪炭《しんたん》、生漆《きうるし》、木の実、しいたけ、山菜などを集散する問屋を兼ねた長《おさ》の家らしい。

土間に、それらの産物が種分けして積まれてある。壁には、極印付きの鑑札や帳面、大小の鋸《のこぎり》、なた、漆取りのかき鎌などが、ところ狭しと掛かっていた。

「なつかしいのう」

慎太郎は、思わず、声をもらす。

土佐北川郷の実家は、ここほどの山奥ではないが、辺鄙《へんぴ》の地にあった。郷内に耕地は少なく、山の産物が年貢や生計の足しになっている。

慎太郎は周辺の土質を調べて、村人の家のまわりに、ゆずを栽培させ、現金収入の道をひらいたものであった。

「ゆずは……」

今年も実をつけているだろうか、と慎太郎は大庄屋の気持ちにもどって、しばし、三千人に近い郷民の暮らしに思いをはせる。

荻野屋と懇意だという当家の主人は、委細承知して、二人を離れ座敷に誘った。

「山の中じゃけん、たきぎの心配はなか。いつでも湯を沸かしますがのう」

と、中年の主人は笑顔で、林の間に見えかくれしている渓流に目を向ける。

「まだ日中は暑いさけ、あの霊泉が湧く淵に身を沈めたり、傷をもつ足をつけておくだけで、ごっぽう、効き目がございます」

早速、渓流に慎太郎を案内した舵取り佐平は、霊泉が湧く淵で、さっと汗を流すと、

「わしは、これで山をおりますけん、そうして、のんびり養生しまあせ」

と、岩に腰をかけて傷のある足をなまぬるい流れにひたしている慎太郎に、声をかけた。

「ほんまかや。おんしは、私の目付役で、ずっと、くっついとるのかと思っちょったぞよ」

「いまらかす（からかう）のは、こらえてつかあさえ。それとも旦那、まだ長州へ走る気をお持ちで?」

からだを拭きながら、佐平の表情は安心しきっており、むしろ慎太郎をいまらかしている。

「いや、いや。年寄り（荻野屋久兵衛）の言い付けを守って、半月は、ぼけーっとさせてもらうぜよ」

「お約束通り、京や長州で大事《おおごと》がおきましたら、すぐお知らせしますさけに、迎えに上がるまで、くれぐれも無茶はなさらぬようにしまあせ」

佐平は行きかけて振り返り、何か言いかけたが、にやりと笑い、

「いそがし、いそがし。わしには、あと一仕事残っとるんじゃ」

と、渓流沿いの道を、足早に去って行った。

日は西へ傾きはじめたばかりである。

見上げれば、森林が覆いかぶさるように迫っている。目を戻せば、わずかな平地とゆるやかな斜面は、ことごとく耕されて、畠になっていた。

眼下には、渓流を集めた川が蛇行している。

(どうしちょるかのう)

慎太郎は、やや寂しい顔になって、つぶやく。

生国に似ている目の前の風景が、故郷の老父や妻、血縁の人人、村人の一人一人の顔を思い起こさせるのだった。

突っ走ることを中断して、考える時を持ちはじめた日から、慎太郎は不安のようなものに捕らわれている。それは、

(家族を捨て、大庄屋という職責をなげうって、どだい、何をやってきたぜよ)

という反省になり、

（志士と呼ばれる者のやっちょることは、まっこと、大義かや）

という、疑念にもなった。

父の病気にともない、慎太郎が十四ヵ村を束ねる北川郷大庄屋を、見習いという形で継いだのは、二十歳の安政四年九月である。

翌安政五年一月五日、土佐一帯は大地震に見舞われた。想像を絶する被害が急報される村村を、慎太郎は寝る間も惜しんでまわり、救済と復興に全力をつくした。

（あのころは、人のため、村のために働いちょるという、実感があったぜよ）

その年は、春から夏にかけて長雨の追い撃ちがあり、冷夏である。その上、コロリ（コレラ）が蔓延《まんえん》し、秋の収穫期はさんたんたる有様となった。

未曾有《みぞう》の飢饉である。

慎太郎は病床の父を説き伏せ、中岡家の山林や田畑を質にして、近隣の豪商から食糧を借り入れ、窮民へ配った。

（年貢減免の嘆願のため、城下へ何度おもむいたことか）

慎太郎は、霊泉にひたしていた脛《すね》を引き上げ、六年前、急いでも半日はかかる高知城下へ歩きづめに歩いた、二本の足を、いたわるように撫でる。

左ふくら脛《はぎ》の銃創は、霊泉の効験か、若さによる治癒力か、傷口はきれいにふさがっている。

「そうじゃ」

慎太郎は、追憶に戻り、独りごつ。

「年末には、藩庁から、八百両もの大金を出させたもんじゃ」

「農は国家の根元、民を殺して国の存続があるかや、と口角あわをとばした強談判の成果であった。

返済は、有るとき払いの催促なし、を藩吏に承知させた。

「村人はよろこんだぜよ」

狂喜し、感泣して、若い大庄屋見習いを称えたものである。

二年後の万延元年も、天変地異による大凶作であった。

「打ち首、覚悟じゃった」

慎太郎は城下へ走り、知人宅で、下着を白むくに、上を裃《かみしも》に着替えると、家老桐野蔵人《くらんど》の役宅へ向かった。

だが、暮れ六つを過ぎていて、門番は頑として、取り次ごうとしない。

「三千人に近い村人の、いのちにかかわるのじゃ」

と、土下座しても、

「明朝、出直してこい」

をくり返すばかりで、門を閉ざしてしまった。

慎太郎は寒風のなか、門の前に端座して、夜を明かしたのである。

桐野家老は早起きであった。習慣になっている屋敷の一巡をはじめると、表門前に裃姿が正座している。

慎太郎の捨て身の言上は、家老の心を動かし、北川郷にある藩の非常蔵から備蓄米を出して、村民を救済する許可を得たのだった。

（その翌年、わしは土佐勤王党に加盟した）

慎太郎は、三年前を振り返る。

勤王党は、大和魂によって日本を夷狄《いてき》から守るとともに、王政復古の大義をめざすという。

さすれば、四民は一様に天朝の臣となり、士農工商の身分差もなくなる、という世直しの論法が、慎太郎を格別、奮い立たせたのだった。

（じゃが、王事につくせばつくすほど、戦乱が起き、人が多数死に、天朝の敵とされるのは、どういうことぜよ）

ここに、慎太郎の苦悩の根がある。

（この、ひと月余りの間に、多くの優れた人人が、御所近辺で死んでいったぜよ。逆賊の汚名を着せられたまま）

中岡慎太郎は、親しかったそれら同志の面貌や言行を思いうかべ、あらためて、言いようのない悲憤を覚える。

宮部鼎蔵、真木和泉、丹羽出雲守、古高俊太郎、伊藤甲之助、小橋友之輔、太田民吉……。

あの陽気な、壬生脱藩の剣士那須唯一も、蛤門で戦死している。そして、久坂玄瑞。

「久坂さんよ、吉田松陰先生からうけ継いだ、おんしの志は、どうなるぜよ」

慎太郎は、うめくような声で、問いかける。

すると、切れ長の目の童顔が、まぼろしとなって現れ、

「なに、高杉がいる。桂さんがいる。おぬしも生きているではないか」

と、答えたように感じるのだった。

「ああ、まだ、ここじゃったか」

長《おさ》の大きな声が、慎太郎の幻想を破った。

「お客人に、万が一のことがござったら、荻野屋さんに会わせる顔がのうなるけん」

それとなく監視を依頼されているにちがいない長の惣兵衛《そうべえ》は、仕事にかまけて、ついうっかりしていたらしく、ほっとした顔色を隠さない。

「飯の支度ができとります。早う、あがりまあせ」

あたりを見回すと、山端に陽が沈もうとしており、渓谷には夕霧がたなびいている。

山里の夕食は早い。灯油を惜しむからだ。

「これは、ぼけーっとしすぎて、めっそう、ご迷惑をかけちょります」

慎太郎は、霊泉の岩場から道へおりて、惣兵衛と肩を並べて、家路につく。

「お休み前に、湯を沸かしますさけ、温泉に入りまあせ。よう寝られます」

その言葉通りに、その夜、慎太郎は熟睡した。故郷に帰ったような心のなごみが、前後不覚に眠らせたのであろう。

鳥のさえずりとともに目を覚ますと、前日の悩みは、きれいに払拭されている。

「正しい道は、正しいんじゃ。なにも、くよくよすることはないぜよ」

慎太郎は声に出し、

「死んだ人は、帰ってこんきに、その無念千万の分まで、働けばいいんじゃ」

と、力強く、自分に言い聞かせた。

午前中は、荻野屋久兵衛から借りた、吉田松陰の『講孟劄記《こうもうとうき》』などの書物をひもとく。

午後になると、淵へ行き、霊泉療養をつづける。

きびしい残暑に、慎太郎は下帯一つになり、胸ほどもある深みへ行き、童心に戻って泳ぎはじめた。

「あっ、いはった、しんたろう兄ちゃん」

いきなり、はずんだ小鶴の声である。

慎太郎は、あわてたはずみに手足がもつれて、淵に沈みかける。

「助けてぇ、しんたろう兄ちゃんが溺れる」

小鶴が、振り返って、絶叫した。

お鶴太夫《つるたゆう》は、口に手をあてて、笑いをおさえ、

「お前、ご無礼ですよ」

と、巨木の向こうに引っぱりこむ。

慎太郎はすぐにふんばり立ったが、浅瀬にきており、水はへその下で、女性《にょしょう》を前に、まごついていたのだ。

二人が姿を隠したので、慎太郎は岩場に戻り、手早くからだを拭いて、借り物の浴衣を着る。

「もう、いいぞ。よく、ここがわかったのう」

現れた両人に、声をかけた。

小鶴は、母親から無作法をきつく叱られたのか、あらためて男性を意識したせいか、妙にはにかんで、問いに答えない。

お鶴が小腰をかがめて、

「おみ足のお傷、いかがでございます。お泳ぎなされるほどでしたら、よほど、ご回復のようで」

丁寧な言葉遣いのなかに、さきほどのおさえた笑いが残っている。

「ゆうや（昨夜）、荻野屋さんの、佐平さんが教えにきてくれはったの」

お鶴の挨拶に、小鶴はもどかしそうに足ぶみしていたが、ついに口を出した。

そうか、と慎太郎はやっと、昨日、舵取り佐平が別れぎわ、何か言いかけて、にやりと笑った、その意味をつかむ。

「おまさんら、瑜伽《ゆが》大権現に行っちょったとか」

「そうよ。うち、おにいちゃんの無事をお願いして、生まれて初めて、お百度ふんだんよ」

「これっ」

あけすけな打ち明け話に、お鶴太夫は困ってしまう。

「そうか、おかげで、治りがめっぽう早いぜよ」

慎太郎は、快活に、歩きはじめる。

「今日は、泊まってゆくじゃろうのう。私から、長《おさ》に話してもよいぞ」

「ありがたい仰せでございますが」

お鶴太夫は立ち止まった。

「お元気なお姿を拝見しましたさけに、このまま、北浦へ下りまする。荻野屋さんの船に乗せてもろうて、今夜は下津井で、稼がせてもらうことになっておりますけん」

深深と頭を下げた。

見れば、小鶴は今にも泣き出しそうな表情で、別れを惜しんでいる。

恐らく、朝早く瑜伽大権現の門前町を発ち、山越えでここにたどりついたにちがいない。それを一休みもせずに、集落を離れようとしているのだった。

慎太郎ら郷士や農民、商人も身分上の制約に苦しんでいる。同じように、芸能の者も種種の掟《おきて》に縛られているのかも知れない。

そう思うと、慎太郎は、太夫や小鶴たちのためにも、初心通り、維新回天の世直しに献身せねばならぬ、と決意を新たにするのだった。

馬関燃ゆ

半月は、治療を兼ねて金甲山霊泉に潜伏し、情勢の推移を見守るつもりであった。

それが、予定の半分ほどの八月二日の午後、

「慎太郎さま、このあたりと聞いたが、おらるるか」

独特の太くて柔らかい声は、荻野屋久兵衛にちがいない。

中岡慎太郎は、桃畑の突端の、児島湾が見下ろせる斜面の木陰に大の字に寝て、来し方、行く末を考えるひとときを過ごしていたのだった。

果てしなく広がる天空には、悠然と雲が流れており、海をへだてた正面には、旭川が白く光って蛇行している。

目を彼方に転ずれば、烏城《うじょう》の異称をもつ、黒く塗られた岡山城の天守閣が、軒下の白壁をうき立たせて、くっきり望めた。

「ここぜよ、久兵衛さん」

慎太郎は身を起こして、呼びかける。

「ご主人自らのお越し、さては、大事が出来《しゆったい》しましたな」

「まずは、一服」

久兵衛は、さげてきた箱形の煙草盆を草むらに置き、並んで腰をおろすと、引き出しから煙管《きせる》を二本とり出した。

葉をつめ、小壺の火縄の火を移し、一本を慎太郎に渡す。

二人は、ゆっくり紫煙を吐き出した。

「幕府は、いよいよ将軍にご出馬を願い、長州征伐にふみ切るようでございますな」

「禁門戦争の翌日に、西国二十一藩に出兵準備を命じたが、各藩、動きはきわめて鈍いということじゃったが」

「薩摩島津家は別として、西国の雄藩は、広島、岡山、鳥取、福岡、佐賀、熊本、いずれも外様大名さけに、多大の軍費と藩士を失う参戦には、笛吹けども踊らずを、しばし続けましょう」

「各藩には、大義に目覚めた志士や領民たち、長州藩に同情をもつ上士も少なくないぜよ。外国の脅威がますます強まっちょる当今、幕府が大軍をもよおして、内乱をおこすなど、やれるものではなかろう。やれば、日本人全体からそっぽを向かれ、徳川幕府は自滅するぜよ」

慎太郎は言い切った。

幕府は、結局、長州征討を実行できまい、と慎太郎は推量している。

「それはそれとして、長州藩は幕府軍を迎える前に、外国から攻められそうでございます」

「例の、四ヵ国軍艦かや」

「さようで。昨年五月十日に長州藩が馬関《ばかん》（下関）で決行した攘夷発砲の仕返しを、外国側は予告しとりましたがのう。ついに、四ヵ国の軍艦が二十隻近く、豊後の姫島に集結したという風聞が、今朝方届きました。お知らせしたいのは、この事で」

慎太郎は、眼光を強めて、しばし思考していたが、すっくと立ち上がった。

「走りまするか、馬関へ」

久兵衛も立ち上がって、慎太郎を凝視する。

「わざわざ知らせにきてくれたからには、止めるお気持ちはないじゃろうのう」

「ほんまの気持ちは、今しばし、自重して欲しい。足の傷は、おおかた治ったということじゃが、万が一、夷狄《いてき》の流れ弾に当たったんじゃあ、泣くに泣けませんけん」

「相手が軍艦なら、大砲の撃ち合いじゃきに、ごつい（大きい）弾の飛んでくるのは見えるぜよ」

慎太郎は、大きな目玉をむいて、飛弾をとらえ、身をかわす格好をしてみせる。

久兵衛は笑って、

「とにかく、山をおりましょう。今夜は、手前の家に泊まって、走るとしても明朝じゃ。それまでには、情況も、いま少し、くわしく知れますじゃろう」

と、煙草盆を持ち上げた。

下津井に帰り着いたのは、亥《い》の刻（午後十時）である。

荻野屋には、豊後姫島に集結している四ヵ国艦隊の内訳が、飛脚早船で届いていた。

イギリス艦船が十隻、フランス艦が四隻、オランダ艦が三隻、アメリカ艦が一隻、計十八隻である。

「イギリス軍艦が、めっそう（非常に）多いのは、解せぬのう」

慎太郎は目を据える。

「去年の五月、長州藩が攘夷発砲したのは、アメリカ船、フランス船、オランダ船で、イギリス船はなかったぜよ」

「さようで。六月に、アメリカ軍艦とフランス軍艦が反撃してきましたがのう」

久兵衛が当時を思い起こすように応じた。

「馬関を守る毛利正兵は逃げまどうばかり。それを見た高杉晋作さまが、怒り心頭に発しなされて、奇兵隊を結成されたのじゃった。イギリス艦隊は、そのころ、生麦《なまむぎ》事件を抗議して薩摩へまわり、間もなく鹿児島湾で戦争を始めましたな」

「その後、薩摩はイギリスと仲が良うなったというが、それじゃあ、直接関係のないイギリスが、軍艦を十隻も姫島へ向けたのは、薩摩の差し金かや」

またしても、薩摩に裏切られたか、というやり切れない思いが慎太郎の声にこもっている。

（西郷吉之助という人は、まっこと、信用できるのかや）

久兵衛が、おだやかな口調だが、辛辣《しんらつ》に言い放った。

「差し金は、薩摩ではありますまい。日本国を統《す》べておられる大公儀（幕府）が、同じ日本の領国である長州が夷狄《いてき》に攻められようとしておるのに、指をくわえて眺めてござる。ひょっとすると、裏で、長州をやっつけるようイギリスに頼んだのは、大公儀かも知れませんぞ」

「まさか」

幕府の、度はずれの没道義と腐敗ぶりを側聞している慎太郎だが、久兵衛の大胆すぎる憶測には、すぐさま同調しかねる。

「屋台骨がゆるんできた大公儀は、外様雄藩が手を組むのを、どえろう恐れておるそうな。なかでも、関ケ原合戦の遺恨をもつ長州と薩摩を、とりわけ警戒しとるさけに、長州がますます薩摩を憎み、薩摩が長州を見捨てるよう、イギリスをけしかけておるんじゃなかろうかのう」

長州藩と薩摩藩が、およそ二百六十年前におこなわれた、天下分け目の関ケ原合戦の怨念を隠しもっていることは、慎太郎も聞き知っている。

当時、毛利家は山陽山陰八ヵ国、百二十万石を領していた。

関ケ原合戦では、毛利輝元が石田三成によって西軍の総大将に祭り上げられた。しかし、戦意はなく、決戦の日も毛利本隊は動かず、一族の小早川秀秋《こばやかわひであき》が東軍に寝返って、家康に勝利を贈ったのである。

にもかかわらず、家康は六ヵ国八十四万石を奪い、毛利家を長州と防州二国三十六万石に封じ込めたのだった。

この恨みは、萩城本丸で正月、毎年おこなわれる、『御小座敷の儀』に残っている。元旦、藩主と重臣たちは、御小座敷において一年の計を立てるが、冒頭で筆頭家老が、

「討幕の儀、今年こそ、いかがでございましょうぞ」

と、決断をうながすのであった。

「今しばし、時機を待て」

藩主はおごそかに命じる。

薩摩藩は、関ケ原合戦では、家康の求めに応じ、東軍の最前線、伏見城に入ろうとした。だが、なにゆえか、矢玉の挨拶で追い返されたのだった。

やむをえず、西軍に属したが、中立を保つため、乱戦の中を突破して、戦場を離脱したのである。島津義弘《よしひろ》率いる千二百人は、わずか八十余名に減じて帰国した。

家康は、戦後、西軍に属した島津家を取り潰そうとした。だが、伏見城の手違いを言い立

てて、島津家はかろうじて本領を守ったのである。

「家康は、初めから島津を滅ぼす魂胆で、伏見城に入れず、西軍へ追いやったのじゃ」

義弘は、こう言い遺して没した。

その大将の憤怒を忘れまいと、薩摩藩士は毎年、関ケ原決戦が始まった九月十四日の深夜、甲冑《かっちゅう》に身を固め、城下から往復十里の義弘の墓所、妙円寺へ駆け足で参詣する。

「なるほどのう」

慎太郎は、大きくうなずいた。

「これは、ちくと面白くなったぞよ。幕府が外国の力を借りてまで長州と薩摩の敵対を煽《あお》るならば、それを暴《あば》いて両藩を結びつけ、討幕のための大同団結を計ることもできる道理ぜよ」

討幕など、慎太郎とて、つい数ヵ月前までは、とひょうもないと思っていた。

だが、ともに徳川幕府へ積年の恨みをもつ、長州藩と薩摩藩を連合させれば、

（不可能ではないぜよ）

そう見通しを立てると、四ヵ国艦隊襲来の昂《たかぶ》りは収まり、慎太郎はその夜、安眠することができた。

未明に目が覚めると、刀掛けの前に、真新しい陣羽織が置かれてある。

慎太郎は、跳ね起きて身支度をし、ありがたく陣羽織を着用した。

「外国相手のご出陣でございますゆえ」

久兵衛も裃《かみしも》の正装である。

食膳とは別の折敷《おしき》に、素焼の杯と、打鮑《うちあわび》、勝栗《かちぐり》、昆布が乗っていた。打ち勝って、よろこぶ、という古来からの縁起三品だった。

久兵衛の酌で、縁起肴をかじりながら、厳粛に三献《さんこん》の式をおこなう。

湯漬けをかきこんで腹ごしらえをすると、慎太郎と久兵衛は浜へ急ぐ。

「四ヵ国の狙いの一つは、馬関開港じゃと評判ですけん、戦場は、あの瀬戸になりましょう。この凪《なぎ》では、早船でも一昼夜はかかりますさけに、間に合うかどうか」

久兵衛は、道道、しきりに語りかける。

「おんしは、戦争に間に合わんほうがよい、と思っちょるんじゃろうが」

慎太郎は軽口を返す。

「その通り。あなたは、刀や鉄砲で戦うお人じゃない。もそっと大本《おおもと》の働きをなさるお人じゃけん、戦場を避けたとて、決して、卑怯ではござんせんぞ」

陽が昇りはじめたところで、海面は黄金色に輝き、そのまぶしい光りに照らされて、船着場に、お鶴太夫と小鶴の姿があった。

小鶴は、慎太郎を目にとめると、何かを胸に抱いた手つきのまま、駆け寄ってくる。

慎太郎が声をかける前に、久兵衛が、

「朝寝坊の小鶴坊が、よう起きられたのう」

と、大声でからかった。

小鶴が、あまりにも、思いつめた顔つきをしていたからである。

「いやだ、荻野屋の旦那さま、こんなときに、いまらかして」

生来、陽気なのであろう、小鶴はたちまち固い表情をくずし、身をくねらせて笑う。

「差し上げるものがあったら、早くしまあせ、船はすぐ出るぞ」

久兵衛は、小鶴の胸元を見て、せかせる。

「おにいちゃん、これ」

受け取って見れば、錦の小袋に入った瑜伽《ゆが》大権現の護符である。

そばに、お鶴もきていて、

「先日、お渡しするはずが、二人とも、のぼせてしもうて」

慎太郎と久兵衛双方へ、何度も頭を下げた。

早船は、鞆《とも》、御手洗《みたらい》、上関《かみのせき》の各港に寄り、風聞を仕入れながら疾走する。戦争は、まだのようである。

三田尻に接岸したのは、八月四日の夜であった。長州藩お舟倉一帯は篝《かがり》がたかれ、ものものしいが、軍船の動きはない。

「おかげさんで、間に合ったようじゃ」

慎太郎は、船頭衆に幾重にも礼を述べて上陸し、同志の許へ急ぐ。

お茶屋（毛利家別邸）は、意外なことに、ひっそりしている。

（大事を前にして、どうしたことぜよ）

いぶかりながら、招賢閣専用のくぐり戸をひらくと、

「おお、生きとったかえ」

覚えのある野太い声が飛んできた。

「正傑先生、おんしも無事だったかや」

慎太郎も、よろこびの声を返す。

越後の、慎太郎と同じ大庄屋出身の、長谷川鉄之進（正傑）であった。

番所では、七、八人の壮士が、妙に湿っぽく、茶碗酒をあおっている。

「中岡さん、まずは一献」

真木外記《まきげき》が、慎太郎を番所に呼び込む。

外記は、禁門戦争で自刃した、招賢閣の長老真木和泉の弟である。

「お初に見参、佐川領の、浜田辰弥《たつや》（田中光顕《みつあき》）ともうしまする」

若侍が挨拶をし、大徳利を捧げ持って、慎太郎に酌をした。

「先月の十四日、同志五名と脱藩、同二十一日に中岡さんを頼って、ここ招賢閣の門を叩い

たんじゃけんど、生死不明とのこと、げに、心細う思っちょりました」

浜田は敬慕のまなざしである。

佐川領とは、土佐藩宿老深尾家が治める一万石の地で、勤王党加盟者も多い。

「それは、ご苦労じゃったのう。その同道の同志諸君は……」

慎太郎が目で探すと、

「われらは新入りじゃきに、私が皆に代わって、番所に詰めさせてもろうちょります」

どうやら、進取の気性のようである。

「おい、佐川の者」

ろれつを乱した濁声《だみごえ》は、明らかに喧嘩を売っている。見れば、鍾馗《しょうき》ひげを生やした田所壮輔《そうすけ》であった。

(相変わらず、悪い酒ぜよ)

慎太郎より二歳年下である。だが、土佐藩砲術師範の家柄で、本人も脱藩前は師範役に任じられていた。志士の間では出色の出自《しゅつじ》といえるが、酒が入ると、その家柄身分を露骨に出し、同志を愚弄する癖がある。

「招賢閣の土佐人はのう、中岡だけが偉物《えらぶつ》じゃないぞよ。陪臣《またもの》とはいえ、庄屋風情に、ぺこぺこするな」

浜田と慎太郎は、ぐっと堪えたが、大庄屋出身で、招賢閣の頭領格である長谷川鉄之進が、太い眉をつり上げた。

「田所うじ、なんちゅうことじゃ」

長谷川が怒鳴った。

「幹部の身でありながら、礼譲を基《もとい》とし、陣中口論を禁じる忠勇隊の掟を、ないがしろにするのか。部屋で謹慎しかっしゃえ」

「ほたえな」

田所は酒乱になっている。

「京から、どんくさく逃げ帰っちょりながら、総督づらをするなや」

「なんじゃと」

長谷川は顔面を朱にして立ち上がり、腰の刀に手をかけた。

「聞き捨てならぬ雑言《ぞうごん》じゃ。出征したわれらを、残留者があざけるのか」

狭い番所内は騒然となる。

「静まれや」

全身を震わせて大喝したのは、陣羽織の慎太郎だった。平常、穏やかだけに、ひとたび発する怒気はすさまじい。

「どだい、どうしたことじゃ。邪悪なる幕府は長州征討の号令を発し、一方、夷狄《いてき》四ヵ国艦隊は馬関に迫ろうとしちょる。この危機に、仲間割れかや」

眼光をまともに受けた田所は、酔いが醒めた顔つきになった。

「正傑先生」

慎太郎は、内争の一方である長谷川へ向き直る。

「忠勇隊は、別命を待っちょる態勢ですかや」

「なんの、俗論派支配の長州藩からは捨て置かれ、天下の形勢はわからず、皆、悶悶の情を抱いとるところじゃ」

招賢閣の意外な陰気は、このせいだったのか、と慎太郎は得心がゆく。

「そげなことなら、夜番二名を残して、余人は休息してはどうですかのう。明日にでも戦争になるやも知れんきに」

穏やかな表情に戻っているが、慎太郎の語調には、有無を言わさぬ力がこもっていた。

「一人は私が勤めましょう。相役は、現状を聞かせてもらいたいきに、どなたかを指名してつかあさいませんかや」

真木和泉亡きあとの、忠勇隊総督に推されているらしい長谷川の、その立場を重んずる気くばりを忘れない。

「ほんだら、ご苦労じゃが、外記さんに頼みますか」

適任は、和泉の弟であり、温厚で内外の形勢に通じている真木外記以外にない。慎太郎の意中がそうだし、長谷川もそれを察して、指名したのだった。

慎太郎の鮮やかな捌《さば》きに、いっそう敬慕のまなざしを強めて何か言いたげだった浜田辰弥を最後に、一同が宿所の方角の闇に吸いこまれると、

「三条卿はじめ五卿の方方は、今、いずこに？」

慎太郎は、居残った外記へ、第一の気掛かりを口にした。

「公卿さま方は、今日の昼すぎまで、大観楼におられましたばい」

外記の声に、口惜しさがにじんでいる。

大観楼は、この毛利別邸内の主殿であり、そこに、以前の通り、三条実美ら五卿が宿泊していたというのだ。

「ひと足ちがいぜよ」

慎太郎は地団太を踏む。

「藩侯の親書をたずさえた一隊が、いきなり来《き》おらしてのう、湯田の御殿へご動座たい」

「お付きは？」

「水野丹後、土方楠左衛門、中村円太の諸君じゃ。田所壮輔は遠ざけられたばってん、あの荒れようたい」

真木は苦笑した。

田所は傲慢と酒癖の悪さから上洛先鋒軍からはずされ、招賢閣留守居役の名目で長州に残された。それを恨みに思ってか、先鋒が撤退してくると、その敗走を嘲笑う毎日という。

「招賢閣の同志は、長州藩から捨て置かれておる、と長谷川うじは言われちょったが、どういうことぜよ」

「正義派はこのたび（禁門戦争）の責任をとらされ、福原越後、益田弾正、国司信濃の三家老は流罪ですたい。執政周布政之助《すふまさのすけ》（麻田公輔）どのは蟄居《ちっきょ》を命じられたまま、その右腕の桂小五郎どのは行方不明、久坂玄瑞どのは討ち死になされ、今は、幕府に戦戦恐恐の、俗論派の天下ですたい」

「高杉晋作どのは、どうなっちょるかや」

「お父上の嘆願で、野山獄から出され、萩の屋敷で謹慎中という風の便りじゃがのう、この情勢やから、また獄中へ戻されとるかも知れんばい」

「毛利公は、どういうお考えじゃ。気骨の士をことごとく罰し、幕府と外敵に当たれるのかや。長州は、正に、前門の虎、後門の狼ぜよ」

「あの殿様は、そうせい公じゃけん。正義派の執政が建言すれば、そうせい、と仰せられ、俗論派の重臣に具申されれば、そうせい、と同意を与えられる。正義派がせっかく山口に移した政事堂を、また辺鄙《へんぴ》の萩へ戻すという噂も専らたい」

「そうなると、五卿も萩へ連れて行かれるぞ。そのあと、どうなることか」

　慎太郎は小さく叫ぶ。

「さよう。幕府は、五卿のお身柄を差し出させ、京か江戸に閉じ込めてしまいたい考えを持っとる。俗論派のやつばらなら、取り引きをしよりますばい。長州藩が五卿を失えば、まるっきしの朝敵逆賊になってしもうて、滅亡するのが、やつばらにはわからんのか」

外記の両眼に血涙がにじんでいる。

「同じことが、われらにも言えるぜよ。五卿を擁しての、招賢閣志士じゃ。忠勇隊が五卿と無関係になれば、俗論派によって、ただの暴徒の集まりにされてしまう。酒をくらって、内輪もめをしちょるときじゃないぜよ」

慎太郎の眼光が鋭くなってゆく。

翌朝慎太郎は、厩跡《うまや》の会議所で、伍長以上の忠勇隊幹部と協議を重ね、昼前に、総督長谷川鉄之進の特使として湯田温泉郷へ発った。

ふたたび何遠亭《かえんてい》御殿に動座した、三条実美ら五卿との緊密を、あらためて計るためである。

昨夜の、陣羽織に身を固めた軍装のままである。明け方、番所歩哨を交代し、暫時仮眠をとっただけだが、残暑のなか、慎太郎の足どりは力強く、速い。

佐波《さば》山の峠を越したところで、陽は中天である。

「飯にするか」

慎太郎はつぶやいて、谷川へおりた。

握り飯の包みをひろげ、まず喉をうるおそうと、流れを両手ですくう。そのとき、胸元から何かがこぼれ落ちる。

「おっ、小鶴坊に叱られるぜよ」

首にかけていた、錦の小袋である。

小鶴が、「ひもを通しといたからね」と、目の前で肌身に着けさせた護符であった。

濡れたお守り袋を拭うと、澄んだ水面に、小鶴の可憐な顔がゆらめき浮かぶようである。

「まっこと、小鶴たちのためにも、しっかり働かにゃ」

慎太郎は、おのれに気合いをかけ、腹ごしらえをすると、すぐに歩きはじめた。

湯の香りがただよう湯田郷に入っても、陽はまだ高い。

何遠亭に近づくと、門をはさんで、険悪な光景が目に入る。藩士の一隊と対峙している門の外の三人は、水野、土方、中村の五卿付き同志ではないか。

「またもや、藩庁の横車かや」

慎太郎は、思わず大声を発して、駆け寄った。

振り返った三人は、それぞれの表情で慎太郎を迎え、口口によろこびの奇声を投げる。

やはり、またもや俗論派は、五卿と志士の隔離をたくらみ、

「われらの宿所を松田屋に定め、御殿への出入り差し止めの暴挙じゃ」

年長の水野丹後が、憤然と、事情を語った。

立ち話もできかねるので、四人はすぐ近くの松田屋に入り、策を講ずることにする。

「中岡さま、まあ、まあ、ご無事で」

恰幅のいい女将が、転がるように奥から走り出てきた。

「便りのないのは、よい便り、と信じて、お待ちもうしておりました。これで、公家さま方も、ごっぽう、お心強いことでございましょう」

「おい、女将、それじゃあ、わしらは、頼りにならんちゅうことかや」

土方が口をとがらせる。

「いえ、いえ、中岡さまのご帰還で、鬼に金棒と申し上げたいのですよ」

「すると、女将、わしらは鬼か」

中村の、頭に指で角《つの》をつくっての抗議に、玄関口は嬌声と大笑いの渦であった。

さきほどの騒ぎようとは別人に見える深刻顔の四人が、松田屋の奥座敷で膝を寄せていた。

「忠勇隊、それに奇兵隊や近隣の草莽諸隊にも協力を求め、力ずくで五卿を三田尻へ奉ずる非常手段もなくはない」

そう語る水野の表情は暗い。

「ばってん、いったんは成功しても、長州正兵との全面戦争になってしまう。幕府軍と四ヵ国艦隊襲来を前にして、これこそ、共倒れの愚挙たい」

「五卿、とくに三条実美卿のご本心は、現今、どのようでおわすのかや」

慎太郎は声をひそめている。

「長州藩に失望しておられるのは、事実ぜよ」

土方も殺した声である。

「京都の先鋒惨敗の急報に接したのは、讃岐の多度津じゃった。公卿方は、本隊進撃を主張なされたが、総大将の世子長門守（毛利定広）さまの軍船は、早早に長州へ向けて撤退ぜよ」

「主軍は藩士正兵じゃが、初手から士気は低く、武士のくせに戦場を恐れとったばい」

中村が慨嘆した。

「多度津で、長門守さまに置いてきぼりをくったときじゃがのう」

土方が苦笑をもらして、話を戻す。

「三条卿は、対岸は備前である。いっそ岡山藩を頼ろうぞ、と仰せられてのう、中岡はどこじゃ、中岡を呼べと、大騒ぎぜよ」

突然、自分の名が出て、慎太郎は目をむく。

「おまさんが、いつか、岡山藩の尊王攘夷ぶりや、森下とかいう同志のことなどを言上しちょったが、三条卿はそれを思い出されたのじゃ」

「この動きを知った長門守さまは、たいそう驚かれたようじゃ。重臣どもが次次にやってきて、われらに執り成しを哀願する始末たい」

水野が引き継ぎ、

「それとも、あのとき、池田公（岡山藩主）を頼るべきだったかのう」

と、慎太郎に問いただした。

「私が脱藩したころの岡山藩は、げに、尊攘の意気が上がっちょりました。けんど、当節は、やはり俗論派の天下ですきに、五卿の受け入れは、ちくと難しかったでしょうのう」

慎太郎は考え考え答える。

「それに、池田公は、将軍家茂より権勢を誇っちょる禁裏守衛総督一橋慶喜の実弟じゃ。一橋総督は、長州に在って、こたびの京都進発の大義名分となった五卿を、憎んじょる。血は水より濃し、とか。長州へ還御《かんぎょ》なされたのは、よかことじゃったと思いますぜよ」

その時、遠くから、異様な響きが伝わった。遠雷にしては鋭く、音は幾重にもかさなって、間断なくつづく。

「大砲の撃ち合いばい」

生粋の武士である水野が叫んだ。

四人は血相を変え、腰を浮かせていた。

「いよいよ、四ヵ国艦隊の襲来ぜよ」

慎太郎の全身にふるえが走る。武者震いにほかならない。

「やはり、馬関かや。大砲の音ちゅうもんは、あげな遠くからでも、聞こえるもんかのう」

土佐郡秦泉寺《じんぜんじ》村の郷士の出である土方は、首をかしげる。

「西洋の大砲は、ごつく堅牢じゃ。火薬を多く使うけん、射程も長いが、音もふとかぞ」

久留米藩宿老家の出である、水野が説く。

「さよう、あちらの撃ち手は、その轟音のせいで目は青く、耳が少しずつ伸びてのう、うさぎのごたるというぞ」

福岡藩士だった中村が、両手を頭の上にあげて、うさぎの耳をつくっておどけ、緊張の場をやわらげる。中村の持ち味であった。

「ばってん、よう聞こえるのう。戦争は、思いのほか、近間かも知れんばい」

両手のうさぎ耳を、音の方角へ向ける。

慎太郎が膝をたたいて、跳ね立った。

「よし、偵察へ行ってくるぜよ。戦場へ突っ走る」

「おい、五卿へ拝謁せずにかや」

「よろしくお伝え願いたい。三田尻の忠勇隊にも、偵察のことを知らせといてつかあさい」

四人が表へ走り出ると、彼方の何遠亭御殿の門内は、藩兵が右往左往し、立ち番の姿は認められない。

慎太郎は指さし、

「おんしらは、門を突破して、五卿をお譲りしてくだされ」

言い残すや、湯田街道を小郡《おごおり》へ向かって脱兎の勢いである。

半里ほども走ると、さすがに息切れがし、地蔵堂の陰に腰をおろし、汗をぬぐう。

陽は西の山端に掛かろうとしている。大砲の響きは、依然、つづいていた。

襟からさし入れた手拭が、護符袋に当たる。

「心配するな、小鶴、おにいちゃんは死にはせん」

慎太郎は声に出して微笑んだ。

「旦那、旦那、中岡の旦那でござんすか」

山駕籠が、替わり手二人を脇につけて、駆け寄ってくる。

「そうじゃが」

慎太郎は、いぶかしげに立ち上がる。

「松田屋の女将の言い付けでさぁ。早く乗ってつかあさい」

有無を言わせず、駕籠に押し込む。

「ふんづかまっとけや」

前棒の気合に、慎太郎は吊り綱をにぎりしめる。あの女傑といえる女将が剛の者を選りすぐったのであろう、駕籠は飛ぶように早い。

これも女将の指図とかで、宿場宿場で早駕籠が引き継がれ、夜っぴて山陽道を西へひた走る。

明け方、海沿いの道に出ると、馬関のあたりが赤く、黒煙が空を覆っていた。

朝霧が晴れて海面の見通しがよくなったころ、天地をゆるがすような砲撃戦が再開された。

海岸が湾曲していて、味方の砲台も四ヵ国艦隊の姿も視界に入らないが、彼方の空に巨大な火柱が立ち、轟音が重なり伝わってくる。

「また、火薬庫がやられたんじゃろ」

早駕籠の前棒が叫べば、後棒も、

「敵の大砲はよう当たるぞ。こっちは、弾が届かんのじゃから、せーがない（がっかり）よのう」

やけっぱちの声で応じる。

慎太郎は、さきほどの小月《おづき》宿で、駕籠の引き継ぎの間、土地者の何人かから昨夕来の戦況を聞きとっていた。

「半時（一時間）ほどで、串崎、前田、壇之浦の、ご自慢の砲台がな、ほとんど全滅じゃ」

「そうしといて、前田砲台に、背の高い異国の軍勢がぎょうさん上陸してきおってのう、十四、五あった大砲の口を壊して、射てんようにして、その上、村に火をつけおった」

「ごーがにえる（腹が立つ）のは、そんとき、こっちの侍は誰もいやせん。山の中に逃げこんで、震えとったそうじゃ」

そのように、口口にののしり語ったものである。

長府の城下町へ入る大木戸で、慎太郎は駕籠をおりた。すでに数町手前から、駕籠が走れないほどの混雑を呈している。主として、家財を背負って避難する老若男女であった。

（戦争で、いつも泣きを見るのは、この人たちぜよ）

慎太郎は、禁門戦争での京洛の惨状を、思い出さずにはいられない。

武家屋敷にさしかかると、担架で運ばれる負傷者の数が増える。

燃える人家の間に海がひろがり、火門全開の四ヵ国艦隊が見えた。

「これは、ごついぜよ」

慎太郎は、思わず、感嘆の声をもらす。

敵艦は、数ヵ月前に西宮の沖合いで見た日本海軍の黒船とは、ひとまわり大きく感じられる。その巨艦十数隻が滑走しながら、舷側に並ぶ大砲を速射しているのだ。

味方の砲台は沈黙したままである。

「おい、そっちは危い、引き返せ。どこの隊の者じゃ」

海の方へおりかけた慎太郎を、鎧兜《よろいかぶと》の武士が怒鳴った。

部下の一隊も具足をつけ、鉄砲ではなく長槍と弓矢をたずさえている。

「奇兵隊に馳せ参ずる者でございます」

慎太郎は、とっさに、そう答えた。

「なんじゃ、農民隊か」

武将が侮蔑を放った次の瞬間、

「うわっ」

当人と部下の一隊が、いっせいに身を伏せた。目の前の小屋が、火炎を噴いて、飛び散ったのである。

間近の着弾に、中岡慎太郎も、うずくまった。

「ここで、粉粉になったんじゃ、小鶴坊が泣くぜよ」

胸の護符をにぎって、身を起こす。

風を切る異様な音とともに、次次に砲弾が頭上を飛び、遠く近くで火柱や土煙を巻き上げる。

慎太郎は、からだを丸めて小道を走り、谷を渡って山へ分け入った。

四ヵ国艦隊の砲手は、望遠鏡で目標を確めているのであろう。山林には弾は飛んでこなかった。山を越えた向こうの道には、撤退した藩士隊や諸隊の者が、あちこちに群れている。

「奇兵隊の人は、いないかや」

慎太郎は歩きながら呼びかけるが、返事はない。どうやら、前線でまだ戦っている様子である。

山裾を、慎太郎は迂回してみた。

砲声は止んでいる。

台地の端に出た。兵営らしい建物が全焼しており、無人だった。

「おっ、奇兵隊じゃ」

慎太郎は眼下の光景に息をのむ。

「忠義」と大書した隊旗を中心に押し出す、雑多な具足をつけた一隊と、銃剣をふりかざした白い制服の、明らかに異国の軍勢が、今まさに、白兵戦を始めたところである。

制服の別の一隊が、後方で銃列を敷いているが、乱戦のため、発射することができない。

(飛び込むか)

慎太郎は、腰の大刀をつかみ、目で台地の降り口を探す。

「お待ちなされ」

背後で、物柔らかい声がして、肩を押えられた。振り返ると、やせた初老の男である。具足は身につけているが、戦士とは思えない面貌と体軀の持ち主だった。

「加勢をいただくとしても、あれをごろうじませ。敵は、私らに気付いて、鉄砲を構えましたぞ」

言い終らぬうちに、銃弾が雨のように飛んできた。

身を伏せた慎太郎は、初老の男の誘導で、窪地に到る。そこには、奇兵隊の鉄砲組が眼下の浜に銃口を向けて、潜んでいた。

「さきほど、敵さんが上陸してきましてな、これで三度目の突撃です。じゃが、引き際がむずかしい」

そうささやいた初老の男は、隊長の目の問いに、うなずき返す。

「撃て」

隊長の号令で、鉄砲隊が掩護《えんご》射撃をはじめた。同時に、乱戦の抜刀隊が引き上げる。

我に返った慎太郎は、参謀格の初老の男をみつめ、

「私は、土佐人、中岡慎太郎ともうします」

「これは、これは、申しおくれました。手前は商人の、白石正一郎《しらいししょういちろう》という者でございます」

「おんしが、白石さんかや。お名前はよう知っとります」

慎太郎の鋭い眼光が溶けて、百年の知己に出会ったような微笑に変わる。

「土佐の中岡さん、またの名は石川清之助さん。あなたのご活躍は、高杉晋作さんや佐世八《や》十郎《そろう》さん、それに亡くなられた久坂玄瑞さんから、たびたび聞かされております」

と、白石も、しわを刻んだ細面の目尻をさげて、慎太郎をしげしげと見直す。

「なるほど、高杉さんが言われる通りの、快男児ですな。これは困った。いっそいけん」

白石は頭をかかえる風情である。

「どだい、どうなされました」

「いえね、手前は、惚れやすい質でして、そのたびに、商人のくせに財産を減らしてしまいます。仲間からは、ししを食った報いと笑われちょりますが、しし好きは治りません」

まじめ顔で、おどけているのだった。

堅物の慎太郎とて、ししが志士と肉《しし》の掛けことばであることはわかる。肉は猪肉であるとともに、女体の隠語でもあった。

いずれにしても、白石はおのれの志士援助を茶化して、慎太郎の世話も引き受けることを伝えているのだった。

「退け」

隊長の号令が響く。

鉄砲組の十数人が、窪地からとび出し、一目散に山へ走る。白石と慎太郎も、遅れじと山裾の道を迂回して、斜面をよじ登った。

頭上で轟音がとどろく。

慎太郎が思わず身を伏せると、

「味方でございますよ」

白石が指さす、すぐ目の前の鞍部に、すでに抜刀隊が別の道からたどり着いており、大砲を発射しているのだった。

眼下に、追撃してくる四ヵ国艦隊の上陸兵が逃げまどう姿が見える。

鞍部陣地に入ると、轟音を発しているのは大砲ではなく、持ち運びのできる木砲で、棒火矢を放っているのだった。

「天保の大坂騒動で、大塩《おおしお》平八郎先生が用いたそうでございますな。火が飛びますから、鉄玉より敵さんは怖がります。ごろうじませ」

その通りで、上陸軍は渚《なぎさ》まで後退し、小舟《カッター》に分乗して軍艦へ撤収する模様である。

「また、新手が繰り出してきましょう」

白石は溜め息をつき、我が物顔に瀬戸を制している敵艦隊の威容を見やる。

「万里の波濤を越えてやってきた、あの十数隻の異国の軍艦に、父祖の地が蹂躙《じゅうりん》されております。頼りになる戦力は、奇兵隊など草莽諸隊、数百人にすぎません。中岡さん、この日本の現状をどう考えられます」

慎太郎も唇をかみしめる。

馬関の防禦線は静まり返っており、あちこちで町並みが赤赤と燃え、黒煙が空を覆っていた。

講和

勝敗は、誰の目にも、明白であった。

決着は、昨夕の砲撃戦でついていたといえる。

「たかで、差がありすぎるぜよ」

中岡慎太郎は、山腹の、しばし休息をとる奇兵隊陣地から、沖の四ヵ国艦隊をにらむ。

「たしかに、そうじゃ」

もう敵を見ようとせず、慎太郎の左横で仰向けになっていた山県小輔《やまがたこすけ》(有朋《ありとも》)が、むっくり身を起こした。

山県は、赤根武人《たけと》率いる奇兵隊の軍監で、壇之浦支営の司令をつとめ、最後の抵抗といえる白兵戦を指揮している。

赤根は医者の子であり、山県は卒と称される下級武士の出であるが、ともに吉田松陰門下であり、慎太郎と同じ、当年二十七歳であった。

「とくに大砲、鉄砲の差が、大人と子供の喧嘩にしてしもうた」

「けんど、解せんですのう。白石さんも言うておられたが」

と、慎太郎が右横をかえりみると、当の白石正一郎は、豪胆というべきか、年のせいなのか、軽い寝息をたてている。

「あの艦隊は、万里の波濤を越えてやってきちょるきに、たいがい、くたばりそうなものじゃが、武器も人数も、限りなしに見えるぞよ」

「そこじゃ」

山県が座り直し、射るような目で、沖を凝視した。

「あの軍艦に、それぞれ大砲が十五から三十、兵士を三百人ずつは積んどるようじゃ。大砲総数は、およそ三百、兵士は五千余と見る」

山県は、蘭方医《らんぽうい》出身の村田蔵六《ぞうろく》（大村益次郎）と並ぶ軍学者として知られており、敵情にもくわしい。

「対するわが方は、海岸線の大砲総数が、およそ百二十。兵力は、奇兵隊三百を主力に、本藩、長府《ちょうふ》支藩、清末《きよすえ》支藩の正兵に草莽《そうもう》諸隊を合わせても、わずか二千に足りない。これは、どねえなことじゃね」

泥にまみれた山県の顔面に、憤怒の色がみなぎる。

「敵は、さよう、万里の波濤を渡ってきた、出先の異国軍隊じゃ。わが方は、神代の昔から住みついとる、地元の軍隊ぞ。それが、わずか二千、最後まで戦っとるのは、わが奇兵隊だけとは、どねいなことじゃね」

「早よう指令があれば、三田尻忠勇隊、少なしといえども五十余人、馳せ参じたぜよ」

慎太郎の口調に、非難がこもっていた。

「中岡さんが腹かく（怒る）のは、もっともですがのう」

眠っていたはずの白石が口をひらく。

「長州藩の仕組みが、なっちょらんのですよ」

「さよう、われらは奇兵じゃから、藩庁の意向が直《ちょく》に伝わらん。また、諸隊の要望は、まずもって無視される。この政事堂の、えーころはちべー（でたらめ）が、昨日今日の惨敗を呼んでおるのじゃ」

山県は、視線を、発砲を再開した艦隊に戻した。

艦砲の再開は、上陸軍の出陣合図でもあった。

白い制服の兵士を満載した小舟《カッター》十数艘が、各艦からの援護射撃のもと、波をけたてて押し寄せてくる。

海岸線の砲台は沈黙したままだった。

「味方の大砲は、残っちょらんのかや」

慎太郎は、躍起になって叫ぶ。

山県小輔は冷静だった。

「奇兵隊の持ち場だった前田と壇之浦砲台は、集中砲撃をくらってのう、ほぼ全滅よ。その上、上陸軍が砲門を砕いてしもうた。あの木砲二門を抱えてくるのが、やっとじゃった」

木砲は、筒が焦げ、巻きつけた竹の箍《たが》がゆるんでいた。それを隊士が懸命に修理している。

「じゃがのう、本藩や支藩の正兵が守る砲台の幾つかは、ろくに撃たんと逃げとるから、仕返しもうけず、無傷じゃ。それを使わせろと掛け合ったんじゃがのう、触るな、とえらい剣幕じゃから、てしこにあわんぞよ」

苦笑をもらした山県は、波打際まで迫った敵の小舟群を見下ろしていたが、

「ほほう、今度は、手持ち砲を積んできとるぞ。おやじさん、どうするね」

と、白石に相談する。

白石は、司令の山県から、おやじさんと呼ばれるにふさわしい年齢であった。

「鋭兵には攻むることなかれ、と孫子《そんし》の兵法にもございますゆえ、例の、みてくれだけのおもてなしにとどめて、一の宮の宿所で昼飯にしてはいかがでございましょう」

商人白石は、あくまで謙虚な言葉遣いである。

当の奇兵隊創設者は、高杉晋作である。だが、育成してきたのは、白石正一郎といっても過言ではない。

一年二ヵ月前の文久三年六月、馬関防衛役を命じられた高杉は、藩兵の怯懦《きょうだ》に憤激して、

身分にとらわれない義軍結成を決意し、回船問屋白石家で募兵をおこなったのである。当主正一郎は、弟廉作《れんさく》と最初に入隊し、会計方を引き受け、以後、奇兵隊の台所を支えているのだった。

(荻野屋どのに似た義侠じゃが、それより、ちくとふといぜよ)

慎太郎は、出費を惜しまず自分を援助してくれる下津井の回船問屋を思い起こし、それより一枚上手を白石に感じる。

今年の三月に、三条実美卿ら六卿が馬関砲台を巡視したとき、その宿所は白石家だったと聞く。

(錦小路卿が、途中、病に倒れられ、手厚い看護を受けられたのも白石家で、その奥座敷で亡くなられたとか)

これまでに耳に入れた、白石に関する美談が、慎太郎の脳裏によみがえってくる。

その白石は、参謀格ながら、一兵卒として最前線で戦っているのだ。

(そうじゃ、白石どのは、西郷吉之助と懇意と聞いたことがあるぞよ)

慎太郎にとって、薩摩の西郷は、最も気になる人物となっている。同時に、伝えられる言動は、ますます謎を深めていた。

幕府の長州征討令のもと、薩摩藩は禁門戦争に引き続き、会津や佐幕諸藩と連合して、長州と草莽志士へ銃口を向ける形勢である。

島津一門である佐土原藩の、鳥居大炊左衛門は、「西郷どんは、まこと、長州を憎んでおりもはんぞ」と明言した。

しかし、西郷は禁門戦争での長州勢撃退の功績から、このたびの征長軍の、総参謀に任じられるという噂がある。

（どだい、西郷とは、どういう男ぞ）

慎太郎は、その本性を確かめようと、

「白石どの」

今までそばにいた白石を呼んだが、土塁内に特徴のある痩身は見当たらない。

奇兵隊士は、八方へ散って、木の枝や崖などに、しきりに何か細工をほどこしている。

見下ろせば、四ヵ国艦隊がくり出した千余と見られる上陸軍は、狭い砂浜に展開しつつあり、幾つかの岩陰に、陸揚げした小型砲を据えつけていた。

「くちび（導火線）に火を移して、退けっ」

山県の号令である。

隊士は、いっせいに、斜面を転がりおりる。

慎太郎も、身を丸くして、谷へ走った。

背後で、鉄砲の発射音と火花が連続する。

すぐに、応じる敵の銃声が響きわたった。

「次は大砲弾《だま》がくるぞ、急げ」

　山県の声である。

　今までいた土塁内に火柱と土煙が次次に巻き上がり、艦砲照準の精度に、慎太郎は舌を巻く。

　味方陣地での発射音は、広い範囲でつづいていた。

「あれは、花火と爆竹ぜよ」

　慎太郎は、走りながら吹き出してしまう。

　さきほど、白石が山県に進言していた、「例の、みてくれだけのおもてなしにとどめて」

というのは、このことだったのか、と笑いがとまらない。

　艦隊と浜からの大砲は、ますます激しさを加えている。だが、峠を一つ越えた山裾まで
は、飛んでこなかった。

「ああして、敵に弾丸を無駄づかいさせるのも、奇兵戦略のうちでのう」

　山県が、慎太郎のそばにきて、のんびり並んで歩きながら語りかける。

「この戦略を、防長《ぼうちょう》二州の全軍が用いれば、無尽と思われる敵の弾薬も、早急に尽きてし
まう。向こうは、補給のままならぬ遠征軍じゃ。こっちは地の利をもつ、本国の軍勢ぞ。勝
敗は明白ではないか。じゃがのう、この作戦を受け入れようとはせず、政事堂のぬけさくど
もは、はなから講和を考えとるんじゃ」

「こん時点での講和は、降伏同様ではないかや」

慎太郎は色をなす。

「講和の潮時を知らん、と言いたいがのう、俗論派が牛耳る政事堂は、四ヵ国艦隊が姫島に集結しはじめたころから、和平交渉を始めておるのじゃ」

山県の精悍な顔面に、疲労の色が濃い。

「なんと、攘夷の本家本元の長州藩がのう」

慎太郎の声にも、生気が失せている。

慎太郎は、今は以前のままの尊攘論者ではない。むしろ、進んだ西洋の文明や風俗を取り入れて、維新回天の実益にしたいと考えていた。

咸臨丸《かんりんまる》の水夫《かこ》に加わってアメリカを見てきた塩飽出身の石川政太郎は、「第一番に、身分の上下がないこと、これに驚きました」と語っていた。

文明国では、将軍に相当する国王も、しもじもの入札《いれふだ》で選ぶという。人間は、皆同じ。上も下も、男も女も、その差別はなく、平等だという。

（それでいて、新奇の機械をつくり出し、軍隊の統制はとれ、大和魂を誇る日本の武士団よりも強い、というのは、えらいことぜよ）

目の当たりに彼我の実力の差を見て、慎太郎は鎖国攘夷の愚を、痛感せずにはいられない。

さりとて、戦わずして和を乞うとは、あまりにも腑抜けではないかと、憤りも湧く。

「もっとも、藩主父子に和平を強く献言したのは、イギリス帰りの井上と伊藤のようじゃ」

山県は、苦笑まじりで言った。

「両人は、五年間のお暇を許されて、西洋へ密航したのではないかや」

慎太郎は、井上聞多《もんた》（馨）や伊藤俊輔《しゅんすけ》（博文）ら長州藩の若手五名が、正義派の面面の後押しで、幕府の禁令を破ってイギリスに留学したことは知っていた。桂小五郎と高杉晋作が、何かの折に語ったのである。

そのとき、内心、夷狄《いてき》と呼ばれる諸外国の実情をつかめる五人の洋行を、慎太郎はうらやましく思ったものだ。

奔走した正義派は、周布《すふ》政之助、桂、高杉、久坂玄瑞、村田蔵六らで、多くは吉田松陰の薫陶《くんとう》をうけた、山県の同志であり、とりわけ伊藤とは親友のようである。

「イギリスのロンドンという都《みやこ》で、四ヵ国艦隊が長州を攻めるという風説に接したようじゃ。井上と伊藤は、西洋の進んだ兵器を十分に見ておるものじゃから、まともに戦えば国が滅びると、きもをやいて帰国したと、伊藤が横浜から飛脚をよこしやがった」

伊藤と山県は連絡がとれているのである。

その上で、山県が奇兵隊を駆使して、頑強に攘夷を実行しているのは、単なる長州人の意地ではなく、深慮遠謀がありそうだった。

話しながら歩いているうちに、山裾の道から繁華な町並みに入っていた。

長門《ながと》国の一の宮である住吉神社の門前町であった。奇兵隊は、ここに兵站《へいたん》所を置いている。


「ここは、のんびりしちょりますのう」

慎太郎は、一の宮門前町の賑《にぎ》わいに、あきれたような感嘆をもらす。

山を越えた一里たらずの海岸線では、ついさきほどまで死闘がくりひろげられ、馬関の町は無人と化しているのに、

「たかで、戦勝祝い同様ぜよ」

遠雷に似た砲声は聞こえるものの、避難民と見られる老若男女も、撤退兵たちも、夷狄《いてき》襲来など、どこ吹く風の陽気なそぞろ歩きである。

山県が、意外に和やかなまなざしを、角兵衛獅子《かくべえじし》まで出ている出店通りに向け、

「戦端がひらかれる直前の、八月一日から三日間、馬関ではのう、亀山八幡宮の五穀祭じゃった。取り止めかと思いきや、軒の提灯は例年以上の派手なつながりで、町中、朝から夜まで、仮装した者どもが三味線ばやしに合わせて、浮かれ踊っとった」

と、感慨深げに語る。

「庶民は、いっそ（まるで）異人を恐れとらん。むしろ、藩庁の役人や武士を蛇蝎《だかつ》のごとくきらっており、異人が勝てばよいと思っとるのかも知れん」

この極言も、庄屋出身の慎太郎には奇異ではない。大いに思い当たる。土佐の村人も、威張りちらすだけで租税に苛酷な藩吏を、腹の中で憎み、軽蔑していた。

「鬼のほうが、なんぼか、ましぜよ」と、邪悪を払う祭り日の、鬼の面を、郡《こおり》奉行に似せて描いたりした。

「いずれにしても、中岡さん、世の中は遠からず変わるぞ。庶民は、もはや幕府も、政事堂も、武士も信用しとらん。暮らし向きがよくなりさえすれば、夷狄の支配を受けてもよい、と考えとるようにも見受けられる。うかうかしておると、われらも見捨てられるぞよ」

最後は戯《ざ》れ言にしていたが、山県の目は笑っていなかった。

「まっこと、そうですのう」

慎太郎は、しかし、つぶやきに留めた。

明確に相槌を打つには、世の動きが見きわめられずにいる。おのれの働き場も、進む道も、急に霧に閉ざされた思いである。

（わしは、このままでいいのかや。さしあたり、どう身を処すべきか）

本来、湯田で大砲の音を聞き、偵察の目的で馬関へ走ったのである。即刻引き返して、実情を三条実美卿や三田尻忠勇隊に報告せねばならなかったのだ。

（それは、わかっちょるが）

慎太郎は、湯田にも三田尻にも、戻る気になれない。戦争はほぼ終っている。和平交渉が始まろうとしている。

（今少し、事態の推移を、この目で見てからじゃ）

そう心に決めると、足を止め、振り返った山県を直視した。

「ちくと、おんしに、お聞きしたいことがあるぜよ」

「貴公の大きな目玉でにらまれると、身がすくむ思いじゃな。なんでござろう」

「勝敗は、残念ながら、おおかた決しとりましょう。政事堂は、はなから和平の心組みという。それがわかっちょりながら、おんしは、なにゆえ、孤立無援の白兵戦をつづけるのかや」

慎太郎の、その大きな目は、真摯《しんし》だった。

陣羽織が砲火と泥砂でぼろぼろの山県は、ちょっと照れたように、掌で頬をこすった。これでまた、汚れがひろがり、普段なら見られた面相ではない。

「わしは、部下を預かっておる。むやみに、死地へ追いやりたくない。おのれも、犬死には、したくないぞよ」

二人は、自然に、歩きはじめていた。

参道の果ての石段上に、一の宮住吉神社の、九間社流造《くけんしやながれづくり》で名高い荘厳な社殿が仰がれる。

「そうよのう、三つの理由《ことわり》を上げることができよう」

山県は、軍学者らしく、考えを整えて問いに答えた。

「一つは、攘夷の国是を実行するためじゃ。ここで、手のひらを返すように夷狄《いてき》に頭を下げ、和を結んだんでは、国是を奉じて大和や生野、京洛で死んでいった尊攘志士の、多くの霊が浮かばれまい。そうじゃろうが」

「いかにも」

「ところで、中岡さん」

山県は、いきなり、鋭い目で詰問してきた。

「おんしは、今も、尊攘の大義に徹しておるじゃろうのう」

慎太郎は、この鎌掛けに、あわてない。やんわりと視線を受けとめて、

「多分、おまさんと同じ考えに変わっちょるぜよ」

と、微笑を送る。

「これは、一本取られたぞ」

山県も、無邪気に、笑いを返した。

「ほーたら、話は早い。この一戦に、攘夷の本尊、湯田にまします三条実美卿ら五卿や、藩公父子のご出馬を願いたかったのじゃ」

「百聞は一見にしかず、という荒療治ですな」

「さよう。浮き城がごとき四ヵ国艦隊の威容と、各軍艦から速射される大砲の正確さ、上陸

軍の勇猛、それを味方の総崩れのただ中で見てもらいたかったぞよ」

慎太郎は同感のうなずきを送る。

「そこで、二つ目の理由になるのじゃが」

長州人は、関ケ原合戦以来、苦難の道を歩きつづけ、今も、四ヵ国艦隊と幕府軍の脅威にさらされている。その逆境が、人物を練り上げているのであろうか。

桂小五郎、高杉晋作、久坂玄瑞、そして山県小輔。慎太郎が接した長州人は、皆、卓抜したものを持っているように思われる。

「第二の理由を、早よう聞かせてつかあさい」

慎太郎は急かせる。

「近近、幕府軍との戦争は、避けられんじゃろう」

山県は、語り継ぎながら、参道を西へ折れた。その方向に、往来にまで客引き女が出て一層賑やかな、料理茶屋や旅籠の軒が重なって見える。

「さらに、日本全体の立場で考えるとき、異国の進んだ文明を取り入れて富国強兵を果たしたのち、あらためて攘夷の戦争をやる事態になるやも知れん」

桂の攘夷論も、これであった、と慎太郎は思い起こす。

「そのときのためにのう、四ヵ国艦隊は、よき稽古台になる、というのが、孤立無援の戦いをつづけとる二番目の理由じゃよ。それに」

と、山県は、また照れたように掌で頰を何度もこする。汗で、顔の泥が縞模様をつくってしまった。

「わし自身、敵の用兵や作戦全般を学びたい、という魂胆がある。イギリスのキューパーという大将が総指揮官らしいがのう、四つの国の水軍と上陸軍を、手足のごとく動かしとるわい。これは、ひっきょう、身分や家柄の差がなく、そういうことに気遣いなく兵を動かせる、軍隊の仕組みゆえじゃろう」

「なるほど、軍隊の仕組みから、わが邦の武士とはちがうわけですのう」

「三つ目の理由は、講和交渉をやりやすくするために、われらは、いのちがけで戦いつづけておる」

山県は、不敵な面構えに戻っていた。

「講和交渉の正使に、誰が選ばれるか、これが問題じゃが、井上と伊藤は、藩公に高杉さんを強く推しとるというから、われらの孤軍奮闘も無駄骨にはならんじゃろう」

「高杉どのが講和の正使に……」

思いがけない局面に高杉晋作の名が出て、慎太郎は驚く。

「この負け戦を収拾するんじゃ、ほかに誰がおる。毛利一門には、本藩、支藩を合わせて家老が三十数人いるそうじゃがのう、みんな腰抜けじゃ。勝ちに乗った青い目の大男相手に、頭をぺこぺこ下げるだけで、ろくに口もきけんじゃろう。敵は、強気でくるぞ」

　慎太郎は大きくうなずく。

「馬関の開港や、莫大な賠償金を要求するのは、必定」

　山県の顔面は悲壮である。

「やつらの、清国《しん》（中国）を侵略した手口から推して、馬関が、異国の支配下にある上海や香港の惨状にならんとも限らん。これを食い止めうる者は、怖いもの知らずの、暴れ馬どの、ただ一人じゃ」

　顔の長い高杉は「馬」「暴れ馬」の愛称で呼ばれていた。

「高杉さんなら、われらの頑強な戦いぶりを引き合いに出して、図に乗った相手に尻《けつ》をまくってくれるじゃろう。無理難題を押しつけるならば、あくまで戦うぞ、長州全土から馳せ参じおる諸隊の士気は、天を衝いとる、と吼《ほ》えてくれるじゃろう」

「ご両人、ご両人」

　声が追いかけてくる。

　慎太郎が振り向くと、帳面をもった白石正一郎が、あきれ顔で手招きしていた。

「おまさん」

　話に熱中して、なおも歩を進めている山県を、今度は慎太郎が呼びとめる。

「おっ、こりゃ、うっかりじゃ」

　山県は急ぎ足で、慎太郎とともに、白石が立っている旅籠《はたご》の前へ引き返した。

「しばらくでも、くつろげるよう、宿割り部屋割りをしときました。昼飯は、着いた順に食わせておりますが、よろしゅうございますかな」

「それは、兵糧方の長たる、おやじさん（白石）の権限ですよ。元来、奇兵隊には規律はあるが、上下の別はしとらんのだから、飯のあとさきなんぞ、こまいことじゃ」

山県と慎太郎は、横道を入った奥の旅籠で、同室に割り振られてあった。

「いろいろと、お話を聞かせていただきたいゆえ、手前も加えさせてもろうとります」

と、白石と三人部屋になる。

「それはありがたい。私も、ご両所に教わりたいことが、山ほどあるぜよ」

そのなかでも慎太郎は、薩摩の西郷吉之助について、白石に聞きただしたいのだった。

「それでは、後刻」

白石は微笑を返し、やはり帳面をもって撤退兵を待っている若者に、

「庫之進《くらのしん》、お二人をご案内しなさい」

と、命じた。

「待った。おやじさん、おんしも飯はまだじゃろう」

山県が、白石の帳面を奪い、それを白石庫之進に渡して、

「残兵はあとわずかじゃ。ここは伜《せがれ》にまかせて、いっしょに食おう」

と、強引に伴う。

食事の間も、山県はいそがしい。放っておいた斥候《せっこう》が次次に戻ってきて、四ヵ国艦隊上陸軍の動きを報告する。

敵の一隊は山腹の陣地は占拠したが、谷の途中まで下りて、急に引き返したという。周辺で牽制《けんせい》しているのは、赤根武人総督指揮の奇兵隊本営軍であった。

「よし。一時《いっとき》（二時間）ほど休んで、交替出陣じゃ。無傷の元気者二十名ほどでよかろう。おやじさん、人選を頼む」

そう言い置くと、山県はごろんと横になり、たちまち高いびきである。

白石は、五十三歳という年を感じさせない身軽さで、座を立ち、

「宿所をひとまわりしてきます。お話は、そのあとにしましょう」

と、行きかけて振り返った。

「湯田と三田尻へ、早飛脚を立てましょう。とりあえず、ご一筆なされてはいかがでしょう」

おやじさんの配慮は行き届いている。

慎太郎は、すぐに筆をとった。

湯田温泉郷の松田屋気付けで、水野丹後、土方楠左衛門、中村円太宛が一通。三名は、三条実美卿をはじめとする何遠亭《かえんてい》御殿逗留五卿の、志士を代表するお付き人である。

一通は、三田尻忠勇隊総督長谷川鉄之進宛である。

両書簡とも、四ヵ国艦隊の猛攻にさらされている馬関の情勢を、ありのままに記し、政事堂に講和の動きがあることを付加した。

最後に、事態の推移を偵察したいゆえ、帰着は数日後になることの、断りを書く。封をして一息入れると、慎太郎は強い眠気におそわれた。横で大の字になって熟睡している、山県の高いびきに誘われたのかも知れない。

「白石どの、二通、頼みます」と、走り書きをすると、たまらず仰向けに身を倒した。

下津井を八月三日の早朝に発って以来、三田尻、湯田、馬関と駆けめぐり、今日は八月六日である。四日の間、ほとんど寝なかったことになる。

人の気配に、慎太郎は目に力を入れてひらく。

部屋は暗く、行灯《あんどん》がともっていた。

「ばっさり（失敗）じゃ」

慎太郎は跳ね起きる。

「おっ、と、と、吸い物がこぼれまするよ」

白石が、おどけ声で、台盤《だいばん》に似た大膳の脚をおさえる。

「何時《なんどき》かや」

「まだ五ツ（午後八時）ごろでございましょう。もしかしたら、明朝までおやすみかと、そろそろ腹の虫が鳴きだしたところでした」

「おんし、もしや、私のために夕食を待っちょったのかや」

「いえ、ちょうど暇になったところで、先にいただくところでした」

そうではあるまい、と慎太郎は大膳にきちんと並べられた、二人前の料理を眺める。

「起き抜けの飲み食いになりますが、野営同様でございますから」

と、白石は塗り物の提子《ひさげ》を持ち上げた。

差しつ差されつの間に、山県が奇兵隊の小隊を率いて、日没までの間に三度、奇襲をかけて上陸軍の進攻を阻んだこと。奇兵隊本軍と膺懲《ようちよう》隊も奮戦したことなどが、白石の口から語られた。

「山県さんは、不死身ですよ。さきほど帰還されたのですが、手足の傷を焼酎で洗っただけで、部下を誘って料理茶屋へ乗りこみましたぞ」

慎太郎は、前後不覚に眠っていた引け目がある。言葉少なに、料理を口に運んでいた。

「そうそう、小鶴、というお人は、中岡さんの、いい人ですかな」

白石が、慎太郎の気を引き立てるように、いきなり話題を変えた。

「こ、こ、小鶴が、どうかしましたかや」

慎太郎は、どぎまぎして、箸先から松茸《まつたけ》の焼き物を落とした。

「こりゃ、悪いことを言ってしまいましたかのう」

少年のように顔を染めている慎太郎に、白石のほうが、まごつく。

「なに、備前の下津井で知り合った、小娘ぜよ。この、お守りをくれたんじゃが」

と、慎太郎は、真っ正直に、胸元から瑜伽《ゆが》大権現の護符を引き出して見せる。

「そんで、小鶴坊が、まさか、ここに……」

「こりゃ、弱りましたな。年甲斐もなく軽口をたたいた報いでございます」

白石は、恐縮の態で、

「寝言でございますよ。ごっぽう、はっきり、小鶴、心配するな、と二度おっしゃったので、つい、口に出てしまいました」

と、頭を下げた。

「寝言にのう」

慎太郎は平静をとり戻していたが、

「あの小娘は、さいばりやき(出しゃばり)のところがあるきに、夢の中にまで出るぜよ」

と、苦笑にまぎらせるほかはない。

「ところで、これがお聞きしたかったんじゃが、おんしは、薩摩の西郷吉之助どのと懇意とのこと」

慎太郎は、本題に入った。

「懇意とまで申し上げてよろしいか、どうか。七年ほど前の、安政四年に、拙宅へお訪ねくださり、それ以来、折折、お付き合いさせていただいております」

白石は謙虚に答え、慎太郎の胸中を察したように、過剰な期待を逸《そ》らしにかかる。

「馬関は、ご存知の通り、荷揚げ荷積みや、休養のため、たいていの船は一泊、二泊はいたします。手前どもの店は、回船問屋と宿所も兼ねておりますので、多種多様のお人が、お寄りになります」

「それはわかっちょりますが、西郷どのは、どういう用向きで、訪ねてこられたのですかや」

「仲立ちされた竹内さまというお方が、国学者の鈴木重胤《しげたね》門下で、手前も同門でございます。その縁《えにし》でした。あの夜は、西郷さまと、重胤先生の師であられる平田篤胤先生の勤王論など、お話が尽きず、とうとう朝を迎えてしまったのを覚えております」

「平田篤胤先生かや。これは因縁がありますのう」

慎太郎は思わず話の腰を折り、篤胤の出生地である秋田藩の、篤胤の教えを奉じる藩士が結成した、雷風義塾のことを語らずにはいられなかった。

「さようですか、世間は狭いものでございますなぁ。秋田と馬関と薩摩が、平田国学でつながっていたとは」

白石も感じ入っている。

「それはそれとして、西郷どのの事じゃが」

慎太郎は、真剣な目で、話を引き戻す。

「西郷吉之助という人は、窮地におちいっちょる長州と、私ら草莽志士、ひいては日本全体の運命を左右しかねない地位に、今、就いておるきに、たかで、気になるぜよ」

慎太郎は、箸を置き、形をあらためていた。

白石は、考えをまとめるように、黙って食後の茶をすすっている。

「おおかたは、西郷どのは信義の人、大局に立って時勢を見通せる英傑、と称えちょる。過ぐる七月、京洛の戦争で、西郷指揮の薩摩軍が長州勢に猛攻を加えたのは、宮門守衛の任務を果たすためで、長州憎しではない、という本心も、さる仁を通じて確かめたこともあります。じゃけんど、どうも解せんぜよ」

慎太郎の顔面が紅潮してくる。

「そげな英傑が、なにゆえ、長州攻め幕府軍の、総参謀を引き受けようとしちょるのかや。長州が外敵に踏みにじられようとしているとき、本人は、高みの見物じゃ。同じ日本人なら、仲が良うなったというイギリスを第一番に、四ヵ国艦隊を説得して、退去させることもできるはずです。やっぱり、幕府のやつばらと、同じ穴の狢《むじな》で、腹の中は、長州と草莽志士など滅びればよいと考えちょるんじゃなかろうか」

白石は無言のまま、さきほど宿の者に取り替えさせたばかりの熱い茶を、激している慎太郎の前に押しやる。

つられて、慎太郎は茶碗を手にとり、口に運んだ。

「亀《かめ》の甲より年の功、などともうします。お許しを願って、お耳を汚しますが」

と、白石は、ようやく口をひらく。

「西郷さんは、たしかに、薩摩軍を動かす地位におられます。じゃがのう、国父さま（島津久光）のお怒りに触れて、長い間、島暮らしをよぎなくされておりました」

「読めたぞ。おんしは、復帰して間もないゆえ、思い通りにいかない、と庇《かば》いたいんじゃろう」

茶の効能か、慎太郎の昂りは収まっている。

「そのようなことを、薩摩の、そうじゃ、西郷どのの弟、信吾という人からも聞いたぜよ」

「国元で実権を握っているのは、国父様の息のかかった、長州でいう俗論派でございましょう。そういうご重職方とも、大同団結の心組みでなくては、由緒ある七十七万石の大藩は動かせますまい。時には、二枚舌を使い、腹の中を見せない芸当も演じましょうよ」

「二枚舌かや」

慎太郎は、桂小五郎の忠告をよみがえらせる。桂も、縦横連合のためには、二枚舌も三枚舌も使う度量と勇気が必要、と力説したのだった。

「中岡さん、手前は、西郷さんは信義の人、と思い込んでおります。その理由の一端を、お話しもうし上げましょう」

白石は、手を打って宿の者を呼び、膳の片付けと寝床の用意を頼んだ。

男衆が出入りする間、白石と慎太郎は廊下へ出て、夜空を眺める。
星は見当たらない。一里離れた戦場から、風が運んでくるのか、硝煙臭がただよってい
る。撤退兵たちが放つ戦塵《せんじん》かも知れなかった。
「明日も戦争か、それとも講和が成るのか」
白石はつぶやいて、支度ができた部屋に戻る。
「横になって、話をつづけましょう。手前は年のせいか、夜が更けると、寝床が恋しゅうて
たまりません」
この言葉には、思いやりがふくまれていた。慎太郎も、四日間の疲れを隠しきれずにいた
からである。
二人は並んで仰向けになった。一つ空いている床は、料理茶屋で部下と英気を養ってい
る、山県の分であった。
「西郷さんが初めてお寄りくださった安政四年の十一月、平田国学など清談のあと、手前は
商人でございますから、つい、商売気を出してしまいました」
西郷は若いころ、郡方《こおりかた》下役人を、足かけ十年つとめていた。農民相手の仕事である。
話のはずみで、薩摩藍玉《あいだま》が、名産阿波《あわ》藍玉に品質がやや劣るため、滞貨がいちじるしく、
村人も藩庁も難儀していることが語られた。
白石は、かねてから、商人仲間があまり手掛けていない薩摩との通商を考えていたので、

この話にとびついたという。

長州は、木綿の織り出し量にくらべて、染料である藍玉生産が少なく、阿波商人の強気に泣かされている事情もあった。

当時、西郷は、藩主島津斉彬《なりあきら》の側に仕える庭方に加えて徒目付《かち》けを拝命し、江戸出府の途中である。白石は、その西郷に、薩摩藍玉と長州に豊富な塩、木綿等との交易周旋を懇願したのである。

「西郷さんは、あの大きなからだの背中をお立てになったまま、お困りの様子でした」

白石は、恥じ入るように、語り継ぐ。

「今のおいどんには、畑違いでごわすゆえ、何とも申しかねるが、両国のためになることは、明らかでごわす。当たってみもそ、と西郷さんはいわれました。手前は、無作法を幾重にも詫びて、そのことは忘れるともなく忘れておりましたところ、西郷さんはすぐさま、ご家老さまに上申なされて、薩長交易が成ったのでございます」

この誠実さと実行力に感銘して、白石は西郷吉之助を信義の人、と思い込んでいるという。

その交易は、昨年来、時勢が途絶えさせている。だが、薩長連合の夢を抱いている慎太郎には、薩長交易が白石と西郷とによって始められた、という逸話は、心強いかぎりであった。

翌八月七日の朝、奇兵隊総督赤根武人の名で、一日休養が布告された。

「上意による、全軍発砲差し止めじゃ。敵の前に姿をさらすな、という厳命よ」

軍監の山県小輔は、もはや、達観した表情である。

「ご世子（毛利定広）が、小郡《おごおり》の本陣までご親征になって、攘夷采配にあらず、講和の陣頭指揮をとっておられるようじゃ」

「講和正使は誰に決まっちょるかや」

慎太郎は、せきこんで問う。

山県らは、この負け戦を収拾する至難の役は、暴れ馬高杉晋作以外にないと考えていた。

「筆頭家老、宍戸《ししど》備前《びぜん》さまご子息、刑馬《ぎょうま》という人らしいんじゃがのう。ご一門の若殿じゃ、われらの努力も水の泡か」

山県は、迎え酒をあおりながら、落胆を隠さない。

「夷狄《いてき》と和を結び、幕府軍に総力を向けるという、ご上意じゃ。ありがたくお受けして、今日は骨休みさせてもらおうぞ」

口をゆがめて言うと、ごろりと横たわる。

連日の激闘に加えて、昨夜の深酒である。手足の傷も痛むようだ。山県は、苦しげに目を閉じて、動かなくなった。

慎太郎も、疲労がとれていない。禁門戦争での脛の傷が、腫れをぶり返している。

「先は長い。わしも、休ませてもらうぜよ」

つぶやいて、慎太郎は寝床に戻った。

白石正一郎は、兵糧方の長として、忙しさがつづいている。

八月八日も、待機命令のままであった。

慎太郎は、朝食をすますと、講和の指揮所になっている小郡へ行き、実情を探査しようと考え、山県や白石と再会を約して別れた。

勝谷川に沿って、長府城下へ入ると、

「串崎《くしざき》のお城に、講和ご使者がご到着というぞ」

という噂でもちきりである。

串崎城とは、毛利一門の、長府藩五万石の藩主旧館である。元は大内氏時代の城址《じょうし》で、曲輪《くるわ》が海に面しているため、風雲切迫した今年の一月に、居館は内陸の勝山に急造した御殿へ移されていた。

その後、旧館は長府藩の、夷狄迎撃の前線基地になっている。

「よし」

慎太郎は、声を発して、決意を固めた。

講和正使宍戸刑馬に、強いて面謁を請い、山県ら奇兵隊が敢行した、講和を有利に導くための決死の作戦を伝えて、堂堂たる交渉を進言したいと考えたのである。

警備陣を、力ずくでも突破する覚悟で、慎太郎は大刀の鯉口に指をかけて石垣の間の坂道を駆けのぼった。

「なんじゃ、こりゃ」

案に相違して、館の門周辺は無人ではないか。

慎太郎は、拍子抜けがして、砲撃された跡がなまなましい邸内を進む。

座敷の廊下に、錦絵で見るような直垂《ひたたれ》に烏帽子《えぼし》をつけた武士が認められた。

大紋《だいもん》は青色の桐である。一万一千石を給されているという、大名格の筆頭家老、宍戸備前の御曹子《おんぞうし》にちがいない。

その直垂の武士が、長袴《ながばかま》をはね上げて、廊下を行ったり来たりしている。

「宍戸刑馬さまでござりまするか」

慎太郎は叫んで、駆け寄った。

「いかにも、宍戸刑馬である」

高貴が身についた、ゆったりとした返答である。

「無礼をかえりみず、言上したき儀がござりまする。私は、三田尻忠勇隊に属し、三条実美卿の……」

みなまで言わせず、笑いを抑えきれない声が、

「ご苦労である。中岡どの、面《おもて》を上げて、予を、とくと見られよ」

「あ、おんしは、高杉さん」

蹲踞《そんきょ》の礼をとっていた慎太郎は、驚きのあまり、尻をついてしまう。

「これは、どだい、どういうことぜよ」

「見る通りじゃい。しゃちきり（無理やり）筆頭家老の養子に仕立てられてのう、これから戦争の後始末に出向くところじゃ」

「そうか、そうだったかや」

立ち上がった慎太郎は喜色満面となって、声がうわずる。

「おんしが講和正使とわかれば、山県さんらは、泣いてよろこぶぜよ。わしは、この数日、奇兵隊の厄介になっとってのう。勝ちに乗っちょる四ヵ国艦隊の大将連中と、臆せず渡り合えるのは、暴れ馬、いや、高杉晋作ただ一人、と話し合っていたもんじゃ」

「敵をあざむくには、先ず味方からじゃ。国を代表する使者が、平侍の高杉とわかれば、わやになるぞよ」

高杉は、胸をそらせ、長袴をはねるようにして向きを変え、今度は袴の尾を引きずって、するすると進む。

眺めていた慎太郎は、持ち前のまじめ顔で、

「めんどいもんじゃのう。歩く稽古をしちょるのかや」

「異人の前で……」

と、言いかけたとき、おのれの足で袴のどこかを踏みつけたのであろう、

「おっ、と、と」

高杉は派手に泳いで、ふみとどまる。

「これよ、こういうぶざまを見せると、これも、わやじゃからのう」

「おんし、烏帽子が、ずり落ちそうぜよ」

慎太郎が、気の毒そうに注意する。

「この帽子は、思いのほか蒸すぞ。こんなもんをかぶっとるから、高貴の人は、ぼけたれになるんじゃ」

やけっぱちな手つきで、烏帽子の乱れを直し、純白の小袖の襟元をくつろげる。

「すまんが、汗を拭いてくれんか。筆頭家老の御曹子に、付き人がおらんのじゃ」

慎太郎は廊下へ上がって、いささか汚い手拭で、装束をよごさぬよう気遣いながら、顔や首筋に玉となった汗をおさえる。

回廊から、四角い顔の若侍が駆け込んできた。

「おーい、高杉」

駆け込んできた若侍が、大声で呼ぶ。

「無礼者」

振り向きざま、高杉は一喝した。

「予は、宍戸刑馬であるぞ。井上、そがいになれなれしくば、ばっさり（失敗する）ぜよ」

と、笑い声になって、慎太郎がよく口走る、土佐言葉をまねた。

井上聞多は、ははっ、と大仰に平伏する。

「ご家老、伊藤俊輔の下交渉が成ったようでござりまする。ただ今、旗艦ユーリアラスより合図がありましたゆえ、早速、ご出馬、願わしゅう」

「うむ、大儀」

高杉は、馬面をふって、芝居調で受け、

「ご両所は、初対面じゃったのう。中岡さん、これがイギリス帰りの井上聞多。井上さん、こちらが、土佐の中岡慎太郎さんじゃ」

と、引き合わせた。

二人は、敬愛のまなざしで挨拶を交わす。

「よおし、行くぞ」

高杉が吼《ほ》えた。

慎太郎は、高杉と井上に従って、船着場へ下りた。桟橋には、肩衣《かたぎぬ》に威儀を正した副使二名が待っており、十数人の藩士が見送りに出ている。

大紋直垂の高杉は、宍戸刑馬に成りきった言動で、悠然と、装束とは不釣合の小さな漁船へ乗り込み、これだけは立派な床机《しょうぎ》に腰を下ろした。

正使、副使、通詞《つうじ》の井上を乗せた小船が、沖に浮かぶ四ヵ国艦隊の艦列の中へ消えると、桟橋周辺は緊張が解けたようにざわめき、藩士たちは散ってゆく。

「おぬしは、見かけぬ顔じゃが、何者ぞ」

ここで初めて誰何《すいか》を受け、本藩の者でも長府家中でもないとわかると、門の外へ追い出された。

「高杉さんが談判するんじゃ」

結果がどう出ようと、最善の解決をなすであろうと考え、慎太郎は湯田経由で、三田尻へ戻ることにした。しかし、決着がつくまで、三条実美卿にも、同志たちにも、宍戸刑馬が高杉晋作であることは、伏せておかねばなるまい。

吉田宿を過ぎたところで、武装した長谷川鉄之進以下忠勇隊の先鋒と出会った。

「大砲の音が、ぱったり止んどるけんど、講和交渉中という噂は、ふんと（本当）か」

総督の長谷川が大声を上げる。

忠勇隊は、やっと出陣許可をとりつけ、馬関へ馳せ参じるところであった。

慎太郎は現状を伝えたが、吉田宿で一泊し、長府の集結地まで同行せざるをえない。

軍令筋が混乱し、さまざまな風説が飛ぶ一日が過ぎて、八月十日に政事堂から忠勇隊に帰還命令が出た。慎太郎は、なお一日、高杉の談判ぶりを知ろうと居残ったが、外部に何も漏れてこない。

だが、講和は成立したらしく、藩士隊も諸隊も、次次に馬関一帯から引き揚げていった。

東奔西走

「中岡さん、これは奇遇じゃ」

親しげな、野太い声である。

ふり向いた中岡慎太郎は、一瞬、目を疑ったが、破顔一笑、

「森下さんじゃないかや」

長府から三里の吉田宿は、長州の行政割りである十八宰判《さいばん》の一つ、吉田宰判の勘場（代官所）所在地である。

山陽道が、萩へ至る往還と分かれる交通の要衝でもあった。

藩主をはじめ、参勤交代の諸大名が宿泊するお茶屋本陣があり、旅籠やさまざまな店舗が軒を並べた街道筋は、戦時とは思えないほどの賑わいを呈している。

呼びかけは、「名物ういろう」の幟《のぼり》を出した、水茶屋の腰掛板間からであった。

慎太郎は、一日居残った忠勇隊六名を率いており、

「ついでじゃきに、休んでいこう」

と、茶屋娘たちの華やかな出迎えのなかへ入って行く。

慎太郎が目を疑ったのは、岡山藩士森下立太郎が、二人連れの行商人の、その一人であったからである。

「その変装で、馬関見物ですかや。そういゃあ、急にお城に召し出されて、行方知れず、と下津井の荻野屋さんが言うちょりましたぜよ」

小声の慎太郎は笑いをふくみ、連れの商人とも黙礼を交わしたが、首をかしげる。

「はい、一度、お目にかかっておりまする」

細身の中年男が、いんぎんに腰を折った。

「吉田屋十郎右衛門でございまする」

「おっ、そうじゃ。この早春、荻野屋で」

「思い出していただけましたか。中岡さんのご活躍は、よう承っておりまする」

両人は役目柄、はっきり言わないが、藩の内命のもと、諸国探索の任についているのにちがいない。

三人は、以心伝心、座敷へ上がることにした。宿駅の水茶屋では、奥の部屋で一品料理と酒を供することが、黙認されている。

「ちくと話をしてゆくきに、ういろうでも餅《もち》でも腹いっぱい食って、先立ちしてくれ。ここの銭は、わしが払う」

慎太郎は同志にそう言い置いて、土間づたいに、奥部屋へ案内される。

座敷に落ちつき、注文した酒肴が運ばれて、茶屋娘が去ると、

「おぬしは、異国艦隊と戦ったのか」

森下が身をのり出した。

慎太郎は一部始終を簡潔に語る。

「さようでございましたか、奇兵隊にのう」

吉田屋が大きくうなずく。

「それは、貴重な体験じゃった」

さすがは武士、森下は太い腕を撫して、うらやましげである。

「わしらも、藩正兵が砲台をすてて撤退したあと、孤軍奮闘する奇兵隊を見聞してのう、長州の底力を痛感したもんじゃった」

「ところで、森下うじ」

慎太郎は、あらたまった声を、一層ひそめた。

「幕府は、長州征討を号令しちょるが、岡山藩は、どだい、どっちの側につくのかや」

「じつはのう」

問われた森下は、同座の吉田屋をちらりと見て、

「われらの内命も、藩論を決するための、長州兵力探索じゃ」

と、密事をもらす。

「それで、どう見たぜよ。どう報告するのかや」

今度は、慎太郎が身をのり出した。

「正兵は、弱い。腐っとる」

森下は、遠慮なく、断じる。

「じゃがのう、奇兵隊をはじめ、草莽諸隊はしぶとい。出身が士農工商の別のない志願さけに、おのれの生国を守る心意気に燃えとる。このへんにのう、長州の底力を感じたもんじゃ」

「その底力、でございますがのう」

と、吉田屋が話を引き継いだ。

「草莽諸隊を、陰に陽に支えております地主や商人、民衆に、私らは恐れさえ抱きました。小郡《おごおり》近辺だけでも、郷勇隊五百人、猟師による狙撃隊の六百人をはじめ、村ごと町ごとに義勇軍が結成される勢いでございました。それを呼びかけ、資金を出しておるのが、元来藩庁と結びついておりました豪商や、庄屋などの村役人ともうしますから、長州藩はしもじもの方で昔の長州藩とは違ってきております」

岡山城下で呉服問屋を営む、憂国の豪商らしい、吉田屋の洞察である。

「じゃけんど、長州藩は、今や俗論派の天下ぜよ。政事堂は昔の、権威のみを押しつける保守因循《いんじゅん》に逆戻りしちょるんじゃないかのう」

慎太郎は悲観の口調であった。

「いえ、中が腐った大木は、堂堂と見えても、風のひと吹きで倒れてしまうものでございます。私は、突風が遠からず、しもじもの方から吹き起こると見ました」

吉田屋は、低い声のまま、言い切った。

「わしはのう、吉田屋とも話し合ったのじゃが、藩庁には、長州は幕府の総攻撃をうけても、負けることはあるまい、たとえ藩主が降伏しても、諸隊や民衆は最後まで戦い、士気の低い幕府混合遠征軍は分裂して、敗退せざるをえんであろう、と率直に報告するつもりじゃ」

森下は、胸の内を明かす。

「藩が、どのような判断を下すか、われらの与り知らぬところじゃが、少なくとも、長州征討のお先棒はかつがぬじゃろうのう」

なおも半時（一時間）ほど密談を交わして、三人は奥座敷を出る。勘定は、忠勇隊士の飲み食いの分まで、吉田屋が笑って支払った。

追分で、慎太郎は二人と別れた。

慎太郎は、山陽道を東へ三田尻へ向かうが、北の道をたどる森下と吉田屋は、萩城下に潜入する様子である。

慎太郎が湯田御殿に召し出され、三条実美卿から京洛情勢偵察を内命されたのは、八月二十五日であった。

馬関の戦場から、三田尻招賢閣に帰陣して、十二日しかたっていない。

「宍戸刑馬《ししどぎょうま》こと高杉晋作の談判は、満足に思う」

左右に三条西、東久世、四条、壬生の四卿が居流れた、その上段の間中央に座する三条卿の声は、満足という言葉とは裏腹に、沈んでいた。

「しかしながら、長州藩の攘夷挫折、夷狄《いてき》との講和を、おかみ（天皇）は、まこと、いかに叡慮《えいりよ》されておられるか、また巨額の賠償金を幕府は支払う気持ちがあるのか、さらに、まろらの身をどう扱うのかも、探ってたもれ」

これが、内命の主旨である。

紆余曲折《うよきよくせつ》はあったものの、長州藩と四ヵ国艦隊との講和は、八月十四日正式締結され、大要が藩主名代によって五卿に言上されていた。

外国船の馬関通行の自由、石炭や船中必需諸物資の売買、新しい砲台を築かないこと、などの要求は呑まざるをえなかった。

だが、正使宍戸刑馬こと高杉が断固拒絶した二項を、三条卿は嘉賞《かしよう》しているのである。

四ヵ国艦隊代表、イギリスのキューパー提督は、法外な三百万ドルという賠償金を求めてきた。

ここで、暴れ馬高杉の真骨頂《しんこっちょう》が発揮される。

「このたびの戦争は、朝廷および幕府が昨年布告した攘夷令によって、引き起こったものである。長州藩は攘夷の命令に忠実に従ったまで。賠償金が欲しくば、幕府に請求されよ。これが道理というものである。それに、わずか三十六万石のわが藩ではないか。ものは相手を見て言え、無い袖は振られぬわい」

と、大紋直垂《だいもんひたたれ》の尻をまくらんばかりの啖呵《たんか》を切り、通訳の伊藤俊輔をまごつかせた。

「それでは、彦島を租借したい」

キューパーは、馬関海峡に浮かぶ、要衝の島を要求してきたのである。

「どひょうーしもないことじゃ。彦島を香港や上海にする企みならば、わが神聖なる国体を守るために、戦い抜くほうを望む奇兵隊や民衆が、何万もいることを忘れないでくれ」

高杉は、まなじりを決して、吼《ほ》えた。

キューパーは、その気迫に圧されて、二項を撤回したのである。

三条実美をはじめ五卿は、たび重なる長州藩の失態に、岡山藩を頼ろうとする意向を再燃させていた。

それを知った慎太郎は、土方楠左衛門を通じて、岡山藩には受け入れる余地がないことを伝えている。吉田宿で、森下立太郎に確めた事柄であった。

そのこともあってか、慎太郎が仰ぐ五卿の顔面には、前途への、大いなる不安がにじんでいる。

　漁師に扮した中岡慎太郎が、同じなりをした同郷の忠勇隊士清岡《きよおか》半四郎（公張）と、三田尻から漁船を雇って讃岐の多度津へ向かったのは、八月二十六日の朝である。

　幕府は諸藩に布告して、朝敵長州人の出国を、厳しく取り締まらせていた。怪しい者は捕縛して、江戸伝馬町牢《てんまちょうろう》へ送れという内示である。

　他領の激徒や志士に入説し、長州支援と反幕府の気運がひろがるのを、警戒しているのだった。

「わしも、いろいろと変装したもんじゃ」

　どこで目を光らせているかわからない密偵をあざむくため、船上では投網のつくろいをする素振りをつづけている慎太郎は、同じ手つきの清岡に笑いかける。

「植木屋、湯替え衆、炭屋の奉公人、お仕着せ法被《はっぴ》の秋田藩中間《ちゅうげん》」

「慎太郎さんは、何でも似合う。役者ぜよ」

　と、からかうのは、三つ年下の、幼なじみの親しさであろう。

　清岡は、土佐安芸《あき》郡田野浦《たのうら》の郷士の子である。在所の兄道之助とともに、尊攘運動に挺身してきた。このたびは、強いて同行を願ったのである。

　多度津は、丸亀と並ぶ、こんぴら参りの港であった。

「ここなら、心配ありませんけん」

と、気っ風がいい船頭に案内された魚河岸の小屋で、慎太郎と清岡は、剣術修業の阿波郷士に装いをあらためる。

衣服や大小刀は、背負ってきた大魚籠《びく》と投網のなかに隠していた。

三田尻の漁民も、いつ知れず、招賢閣志士に好意を寄せるようになっている。

形勢は、長州藩と草莽志士に、たしかに不利である。しかし、志士ひとりひとりが撒いた正義の石は、小石であっても波紋をひろげ、それが庶民の間で大きなうねりと化してゆく実感を、慎太郎は覚えていた。

二人は、献納の灯籠が並ぶ参道口の雑踏にまぎれこみ、こんぴら船で下津井へ渡った。

火点《ひとも》しごろで、下津井の町並みが最も美しく映える時刻である。

「ちくと、田野浦の港町を思い出しますのう」

清岡は、桟橋にたたずんで、しばし郷愁にひたる。

荻野屋を訪れると、

「小鶴坊のお守が、効きましたな」

久兵衛が相好をくずして、戯れ言で迎えた。

「まっこと、おかげで、かすり傷一つせずに戻りましたぜよ」

慎太郎もおどけ顔で、胸元から汗でやや変色している、錦袋の護符を出して見せる。

その夜は、庭いっぱいに提灯を釣りさげ、お鶴太夫と小鶴を呼んで、船頭や下働き、近所の老若男女も招いた大宴会となった。

小鶴は、しんたろう兄ちゃんと一緒にいられるのがよほどうれしいらしく、張り切って、下津井節を弾き、唄いつづける。

八月晦日《みそか》の早朝、慎太郎と清岡を匿《かくま》った荻野屋の回船は、荷を満載して大坂港へ入った。

二人は、ひそかに荷舟に乗り移って、淀川をさかのぼり、八軒屋にある荻野屋の河岸で、今度は伏見の船宿備前屋の舟へ乗り換える。

ここまでは、万事心得ている舵取り佐平が付き添い、備前屋の船頭に二人をゆだねた。

四十数日前に、備前屋の息のかかった高瀬舟で京を脱出し、伏見の船宿と八軒屋河岸を経て、下津井に上陸した、その逆の手順で京へ潜入するのである。

「荻野屋の旦那は、知恵者じゃ。晦日《みそか》は、荷納め、掛け取りで、天下の台所といわれとります京大坂は戦争どす。殺気立っとるさかいに、役人も新撰組なんかも、御用改めを控えよりますからのう」

と、船頭は笑った。

伏見では、備前屋の女将が再会をよろこんで歓待し、軍資金を無理に慎太郎の懐へ押しこんで、高瀬舟に乗せて送り出す。

「まっこと、心強いですのう。慎太郎さんには、方方に味方ができちょるきに」

清岡は感嘆する。

「ありがたいことじゃ。幕府や俗論を固持する支配者たちは、われらを、はみ出し者、ならず者、世を乱す凶徒などと吹聴して、捕縛にやっきになっちょる。じゃけんど、心ある人々は、世直しを心から願っとるんじゃ。われらを正しいと見抜いて、陰に陽に、後押ししてくれておるんじゃ。その尊い気持ちを、あだおろそかにしまいぞ」

それは、慎太郎の自戒でもある。

清岡は、神妙にうなずいた。

七条近くまでくると、一帯は焼け野原である。禁門戦争が引き起こした大火は、御所から南の洛中を、ほぼ焼きつくしたという。

「われらにも、責任なしとは言えんぜよ」

慎太郎は、無残な光景を目にして、悲痛なつぶやきをもらす。

荻野屋久兵衛の話では、復興はめざましいということであった。

だが、新築や普請中の建物は、商家や武家屋敷、寺社が主である。庶民の多くは、まだ焼け跡の仮小屋とか橋の下で起居しており、慎太郎の心が痛む。

七条の舟入りで、慎太郎は陸《おか》へ上がった。清岡は、四条辺りまで舟でゆくという。

「では、くれぐれも気をつけよ」

「慎太郎さんも」

二人は、京へ入り次第、別行動をとることにしていたのである。

慎太郎は、ひとりになると、七条に近い島原遊郭へ足を急がせた。

（とにかく、桂さんの隠れ家を探すことぜよ）

桂と幾松《いくまつ》は、ほぼ同時に姿を消しており、以後、幕府の威信をかけた捜索の網をのがれていた。長州藩の誰も、桂の行方を知らない。

幾松がいた三本木遊里は焼失しているであろうから、桂と同道した島原遊郭の角屋《すみや》で手掛りをつかもうと考えたのである。

大坂の新町、長崎の丸山、江戸の吉原とともに、四大遊郭に数えられる京の島原である。

大火の後とはいえ、慎太郎の目には、にぎわいは前に増しているように映った。

およそ洛中半ばは、皆妓院なり、と囃《はや》されるその洛中の大半が焼失したせいであろう。

大門内をそぞろ歩く客は、火事景気の問屋衆や職人風が目立ち、以前、肩で風を切っていた武家造りは激減している。

角屋の女将は、桂と連れ立って登楼した慎太郎を、よく覚えていた。

だが、愛想のよい笑顔の目は、朝敵の来訪に困惑を隠しきれずにいる。

慎太郎は、折り入って、桂の消息をたずねたのだが、

「それがなぁ、さっぱり、わかりまへんのや。風の便りにも、聞かしまへん。どうしはったんどっしゃろうなぁ」

と、溜め息をつくばかりである。

「芸者衆とかが、知っとりませんかのう」

慎太郎は、やや声を荒げた。

「桂さまを探し出したいのは、わてらのほうどすえ」

女将も、意外なほど、気色《けしき》ばみ、

「だんなさんは、たしか、お辰《たつ》をご存じどっしゃろう」

「久坂玄瑞うじの……」

「あの姿を見てもろうたら、わてらも桂さんを探しよることが、ようわかってくれますやろ」

女将は、慎太郎を一階奥の、奉公人が起居しているらしい粗末な棟へ導く。

角屋は揚屋《あげや》であるから、遊女は置いていない。しかし、仲居や下働きが住み込んでいる。

廊下の突き当たりの、日当たりの悪い小部屋の障子をあけた。

小柄な女が、独り言をいいながら泣いている。ひどくやつれているが、小鶴に似た幼な顔は、お辰に間違いない。

慎太郎が息をのんだのは、お辰の前に、胴丸をつけた人形が座っていたからだ。

布団をまるめて武者らしくつくっているが、頭部はまっ白で、鉢巻きだけをしめている。

「お辰」

と、女将が、二度三度呼んでも、お辰は人形と向かい合ったまま、口のなかで繰り言をいいつづけ、しくしく泣きつづけるのである。

慎太郎は、居たたまれず、部屋を出た。

「久坂さまが戦死しはったことは、内緒にしときましたんやけど、あの子に懸想《けそう》しはった新撰組の隊士はんが、えげつのう言うてしもうて、その日から、あきまへん」

廊下を戻りながら、女将は涙声になっている。

「うちの子やあらへんのやけど、両親《ふたおや》は死んではるし、置屋からは追い出されるし、久坂さまはいいお人でしたしなぁ」

禁門戦争の犠牲は、こんなところにも残っていることに、慎太郎は暗然となる。

（なんとしてでも、桂さんを探し出さにゃならんぜよ）

島原遊郭の大門を、暗い気持ちで出た慎太郎は、黄昏せまる堀川通りを上る。

このあたりは、新撰組の屯所、壬生《みぶ》村に近い。だが慎太郎は、剣術修業の田舎郷士らしく胸を張り、怖いもの知らずの面構えで行く。

（このほうが安全なんじゃ。逃げ腰じゃと、かえって襲われるぜよ）

次第に、焼け跡がひろがってくる。夕闇を押しのけるように槌音《つちおと》を響かせているのは、やはり商家や寺社の普請場のようだ。

東へ折れて、四条通りに入る。

秋田藩邸に、一時、身を寄せる心積もりであった。

過日、京を脱出後、下津井の荻野屋から礼状を世話になった秋田藩邸の京家老戸村十太夫と、佐土原藩士鳥居大炊左衛門へ出した。

鳥居からの返信はなかったが、荻野屋より三田尻招賢閣に転送されてきた戸村の書簡は、心暖まる文面であった。

長州の不運に同情を寄せ、屋敷は全焼したが、かねて伏見に備蓄しておいた秋田杉で、即刻再建にとりかかっている様子を記し、ひと月で竣工するゆえ、上洛の節は斟酌《しんしやく》なく寄宿されるよう、と書き添えてあったのである。

京は、今や敵地である。同行の清岡半四郎と別行動をとったのも、同時に危難にあうのを避けて情勢探索の実を上げるためであるが、連絡場所は柳馬場通り四条上ルの秋田藩邸にしていた。

「よぐおいでた。神出鬼没、貴公の肝っ玉には、いずもながら、へでぐ、感じ入りまする」

突然の来訪に、戸村はとまどいを毫《ごう》も見せず、いそいそと、木の香の強い座敷へ慎太郎を招き入れる。

「この時節、まっこと、ご迷惑になりませんかのう」

「なもなも、当佐竹家は勤王の家柄でござる。正は正、邪は邪、貴公は正なれば、家中一統、身に代えてお味方もうす」

慎太郎は藩邸内に一室を与えられ、秋田藩士戸村五太夫と名乗るよう、すすめられた。阿波郷士へ養子入りした、十太夫の甥という擬装《こしらえ》である。

鳥居大炊左衛門の機転同様、またしても甥で、慎太郎は甥という身内に仕立てたくなる魅力を有しているようだ。

これで、三条実美卿から内命された、京洛情勢偵察がしやすくなる。

翌日、禁門戦争当時の、諸国志士隊本陣であった、嵯峨天龍寺へ回ってみた。

京五山の第一を誇った臨済宗の大伽藍が、長州兵掃討を叫んで乱入した薩摩軍を主体とした幕府方によって焼き討ちにあい、灰燼《かいじん》に帰している。聞けば、朝敵に陣を貸したため、再建は許されずにいるという。ここでも、慎太郎の胸は痛む。

帰路、三本木へ寄ってみた。

焼け跡に、茶屋通りだけが、仮普請ながら営業しているではないか。

「これは、どうじゃ」

「京商人は、まっことへらこい（利に素早い）ぜよ」

慎太郎は、思い切って、「千客万来　吉田屋」の掛け行灯が以前通りの料理茶屋へ上がり、芸者を何人か呼んだ。

荻野屋や備前屋から贈られた軍資金で、懐は豊かである。

（遊蕩ではない。桂さんの行方を追う、大目的のためぜよ）

堅物の慎太郎は、運び込まれた豪華な膳部を眺め、芸者がやってくる間、おのれに言い聞かせずにはいられない。

「長州の、桂小五郎さんの宴につらなったことがあるきに、桂さん贔屓《ひいき》の芸者衆を」

と、仲居に耳打ちしておいた。

「そやなぁ。幾松姐《ねえ》さんが、いはったらよろしおすが、とんと行方が知れまへん」

さらりと先手を打ったのは、桂と幾松の消息を知ろうと、吉田屋を訪ねてくる者の多さを暗示している。

四半時（三十分）後、芸者二人、舞妓二人で座敷は賑わっていた。

三味線を巧みに弾いて、伊勢音頭を陽気に踊らせている年輩のほうの芸者を、慎太郎は覚えている。

新撰組の手入れにあったとき、平然と舞いつづける幾松の相手をつとめた芸者であった。

今一人の、ほとんど無芸だが、豊満な肢体をもつ若い芸者は、慎太郎にぴったり寄り添って、ついには口移しで酒をすすめる痴態である。

遊び慣れない慎太郎は、ぎこちなく杯を重ねるほかに能がない。桂と幾松の隠れ家を聞き出す大目的が、切り出せば銚子を持ってはぐらかされ、中途半端のまま泥酔状態になってしまった。

「まっこと、へべれけぜよ。いぬる（帰る）ぞ」

と、立とうとするが、腰をとられて尻もちをつく。

「そう、急がはらんでも、よろしゅうおす。三千世界の烏を殺し、主と朝寝がしてみたい」

芸者は、ろれつが回らない甘え声で、高杉晋作がはやらせたという都都逸をくり返し、大胆に覆いかぶさってくる。

「何をしよるか、人の目があるぞよ」

「誰もおへん、二人きりやないか」

いつの間にか、膳部は片付けられており、年輩芸者も舞妓も、仲居の姿も消えていた。

「今、帰りはったら、桂さまと幾松姐さんの居所、おせたげまへんで」

「知っちょるのか」

「さあ、どうでっしゃろう。あんたはんの、お気持ち一つ」

と、慎太郎の下半身にまたがり、座敷着を思いきりたくしあげて、帯でとめる。

「こぶ巻きで、かんにんえ」

切ない声で、慎太郎の裾をせわしなくひらく。

酒と、一年余におよぶ禁欲が、自制の箍《たが》をはじきとばした。慎太郎は、うなりを発して、逆に女を組み敷いた。

「べべ（着物）が汚れる、髪がこわれる」

芸者は、正気とも、うわ言ともいえない泣き声を上げて、首を振りつづける。

激情が去ると、慎太郎も、お春と名乗った芸者も、酒が醒めた面持ちで、黙黙と身づくろいをする。

お春は、下着の汚れを丹念に調べ、ほっと息をつくと、今度は手鏡を慎太郎に持たせて、髪の乱れを直しにかかった。

(色町の女は……)

言われるままに、素直に鏡をかざしてやりながら、

(けったいなもんぜよ)

慎太郎は、くすぐったい気持ちである。

見ず知らずの男に、一度肌を接しただけで、まるで夫婦《みょうと》気取りではないか。

(いや、わしは、兼《かね》にこのようなことをしてやったことはない)

土佐の北川郷で、留守をまもっている妻を思い起こし、

(すまん)

慎太郎は、胸のうちで、頭をさげる。

しかし、お春から汗ばんだ身を離したとき、悔いとともに脳裏に浮かんだ面影は、兼ではなく小鶴であった。

怒ったようなまなざしで、こちらを見つめる幻の小鶴へ、慎太郎は最初に詫びているのである。

（わしも、けったいな男ぜよ）

　慎太郎は我にかえると、鏡をお春の前に置き、形をあらためた。

「さあ、教えてくれんかや、桂さんと幾松さんの居所をのう」

「へー、何のことどす？」

　お春は、とっさに、とぼけようとした。だが、慎太郎の、持ち前の鋭い眼光にあって、

「かんにんどすえ」

　なよなよと、おおげさな平伏である。

「そんなこと、知りまへんのや。ほんまどす。うちら、お役人や新撰組なんか、入れ替わり立ち替わり来はって、ねっちり聞かれましたけどな、知らへんものは知らへんのや」

　慎太郎も、桂らの居所をほのめかしたのは、引きとめる手練手管《てれんてくだ》と感じなくはなかったが、正真、知らない様子に、がっくり肩を落とす。

「あの、なあ」

　お春は、そっと上目使いに、慎太郎をみた。

「幾松姐さんは、若狭《わかさ》の小浜《おばま》で生まれはったと聞いたことがあるさかいに……」

「小浜か」

　慎太郎の目に生気がよみがえる。

　吉田屋の男衆に、寄宿先である秋田藩邸の、京家老戸村十太夫へ手紙をことづけて、慎太

郎はそのまま若狭へ旅立った。

慎太郎は、思い立ったら、すぐに足が動く。熟慮の末、行動するのではなく、歩きながら考える質である。

幕府は、幾松の生国が小浜であることを、調べ上げているであろう。捜索済みであるかも知れない。だが慎太郎は、他の手掛かりがない上は、心当たりを一つ一つ、おのれの耳目で当たってみる気になっていた。


若狭路は、三千院《さんぜんいん》や寂光院《じゃっこういん》で名高い大原を通り、奇岩怪石の大渓谷で知られる朽木《くつき》を経て、小浜まで二十里。昼間なら、薪や野菜を頭にのせて京へ売りにくる大原女《おはらめ》が風情をもたらすが、新月の夜は漆黒の闇であった。

山越えの塾通いや村回りなどで、幼いころから夜道になれている慎太郎は、夜目が利く。提灯なしで、獣のように音もなく、早足で進む。

花折峠《はなおれ》の、閉ざした茶屋の軒下で仮眠をとり、比良の山脈を茜《あかね》色に輝かすご来光《らいこう》で目を覚ました。

「こりゃ、まっこと、絶景ぜよ」

慎太郎は、思わず柏手《かしわで》を打ち、旭日を拝む。

やがて、早起きの茶屋で腹ごしらえをし、また歩きつづけて、紅葉の樹間から若狭の海原を俯瞰《ふかん》したのは、翌朝である。

さらに坂を下ると、眼下に寺社の堂塔が目立つ城下町がひろがってきた。

「ほう、小浜十万石は、水城《みずしろ》かや」

慎太郎は感嘆をもらす。

きらめく青い帯となって海へ注ぐ二本の川を内堀にした、河口の中洲に、三層の天守閣と白亜の城郭が水に浮かんで見えるのだ。

「さあ、一仕事じゃ」

武家地に入ると、慎太郎は通りがかりの中間《ちゅうげん》やご用達《ようたし》と見られる商人を、呼びとめにかかった。

「生咲《いくさき》さまか、浅沼さまのお屋敷を教えてつかあさいませんかや」

と、辞を低くして尋ねるのだが、誰もが首を振って、逃げるように遠ざかる。

幾松の父は、生咲市兵衛といい、小浜藩士であった。市兵衛は事情があって藩籍を失い、京で浪人暮らしをしていたが、生計に窮して娘の松を三本木の芸者屋へ養女に出したようである。

松は幾松の名で座敷に出るようになり、桂小五郎と知り合い、深い契りを結んだ。

それより前に病死した父市兵衛は、生咲家へ入った養子で、浅沼忠右衛門という小浜藩士の次男であった、と慎太郎は三本木の吉田屋で聞き出している。

幾松は、生咲、浅沼両家の孫娘にあたり、縁者も多いはずだ。その辺から、幾松あるいは桂の消息がつかめる、と踏んで遠出してきたのである。

しかし、すでに幕吏がさんざん嗅ぎ回ったらしく、警戒の色のみが濃い。

「そうじゃ、梅田雲浜《うんぴん》先生も」

小浜藩士であったことを、慎太郎は思い出し、足をとめた。

雲浜は、尊攘志士の先駆けであり、安政五年の大獄で、第一番に捕らえられた大物である。翌年、獄死をとげたが、「梅田雲浜先生に学べ」は、土佐勤王党でも、一時、合言葉になったものである。

しばし追憶にふけっていると、面前の屋敷の脇戸がひらき、初老の武士が現れた。刀の鍔に指をかけ、険しい目で、慎太郎を射る。

「当家に、何かご用か」

初老の武士は、身構えたままである。

「これは、ご門の前で、無調法でございました」

慎太郎は、訛《なまり》に気をつけながら、丁寧に詫びた。だが、

「ちくと、考えごとをしておりましたきに」

と、やはり、土佐弁が出てしまう。

「それならば、早早に立ち去られよ」

睨み据えたまま、屋敷内へ身を退こうとする。

「あいや、しばらく」

とっさに、慎太郎は引きとめた。

「そつじながら、お尋ねもうす。生咲、浅沼両家を訪《おとな》う者でございまするが、探しあぐね、難渋しておりまする。お教えねがえまいか」

「やっぱし、そうか」

武士は苦笑をにじませて、あらためて慎太郎と相対する。

「松には、がいに（非常に）迷惑させられる。ひところは、日に何人も、門前をうろつかれたぞ」

「それでは……」

「早まるな。拙者は、浅沼じゃが、遠縁にすぎぬ。じゃが、今は幾松と呼ばれおる松と、長州の桂小五郎は、当地に身を寄せてはおらぬ。早早に、退去されよ」

なおも、断念しようとしない慎太郎に、

「そこもとは、桂の与党と見るが、ひが目か」

と、あわれみの色を浮かべた。

「いかにも、桂うじを探しておりまする」

「考えが浅いぞよ」

一喝されて、慎太郎は大きい目をむく。

「当小浜藩酒井若狭守家は、老中あるいは京都所司代を歴世つとめおる、格別の譜代でござるぞ。桂なにがしとは、敵味方じゃ。隠れおらば、飛んで火に入る夏の虫、とばかり捕えて、江戸へ送るのは必定。もし、当地を頼るならば、桂も松も、夏の虫同様の愚か者となるが、どうじゃ」

「なるほど、どだい、理屈ですのう」

慎太郎は、こんな場合でも、相手の正論には感服して、おのれの浅慮を恥じてしまう。

再び、ところどころで仮眠をとるだけの、昼夜兼行の速歩で、慎太郎は京へ向かった。

柳馬場通り四条上ルの秋田藩邸に戻ったのは、九月五日の朝である。

帯同して入洛した清岡半四郎からの、連絡封書が届いていたが、情勢探索の困難を述べるに留まっていた。

慎太郎は、藩邸の主、戸村十太夫の好意に甘えて、蒸し風呂に入り、久しぶりに心ゆくまで心身の垢を落とした。

三本木の芸者お春との情事も、遠い昔のようである。

ひと眠りすると、疲れはきれいに消えていた。寸時もじっとして居らず、夕暮れの四条通りに出る。祇園社《ぎおんしゃ》裏に潜む、清岡と会うためだった。

清岡は、数年前に、三条実美家の衛士《えじ》をつとめている。

三条家と土佐山内家が姻戚であることは、前に触れた。

山内家では、毎年、文武両道の藩士を交替で、衛士として上洛させていた。これらの俊英が、実美卿の都落ちに随行し、三田尻招賢閣の中心になっていたことは、いうまでもない。

清岡は、衛士の時期に懇意になった、三条家出入りの筆師宅に、その弟子《ふでし》を装って隠れ住んでいるのだった。

筆師の家は、祇園社裏の、東大谷《ひがしおおたに》別院に至る坂の途中にある。このあたりは、由緒ある寺の密集地であるから、仏具屋や筆硯《ひっけん》の店が多い。

「めっそう、よいところを見付けたものよのう」

と、慎太郎が感心すれば、町人髷に前垂れがけの清岡は、毛簞笥《けだんす》を置いた奥の小部屋に導いて、

「ここも、三条家御用達だったときに、目明《めあ》かしが、おりゅーし（折節）探りを入れにくるぜよ」

師匠の義俠に甘えてばかりいられない表情である。

柱に掛けた手燭が照らす毛簞笥に、いたち、狸、猫、馬、山羊、鹿と、いろは順に表記されてあるのは、それぞれの毛が収まっているのであろう。

長州在の三条実美卿から受けた内命は、

「長州藩の攘夷挫折、夷狄《いてき》との講和を、おかみ（孝明天皇）は、まこと、いかに叡慮されて

おられるか、また巨額の賠償金を幕府は支払う気持ちがあるのか、さらに、まろらの身をどう扱うかも、探ってたもれ」

であった。

憂いを帯びた卿の声が、慎太郎の耳朶《じだ》に残っている。

「朝廷ではのう、以前と打って変わって、長州誅伐を、幕府へしきりに督促しちょる。これは確かのようで、長州と五卿への同情は、たかで、無い様子ぜよ」

清岡の声は沈痛だった。

衛士時代の縁故をたどって、懸命に探索した結果が、これである。

「おかみの、まっことの叡慮は、どうじゃろう」

「雲の上ぜよ。七卿都落ち後に公《おおやけ》にされた、三条はじめ過激公卿は朕《ちん》の存念にあらず、という玉音が金科玉条《きんかぎょくじょう》となっちょる」

「信じられんのう」

慎太郎は目を据える。

勤王の至誠をもつ公卿と志士が、朝敵として討伐されるという、このような摩訶《まか》不思議があってよいものだろうか。

(玉音が、真に玉音であるならば、恐れ多いきわみじゃが、おかみは間違っておられる。あるいは、君側の奸どもに、ずっと騙《だま》されておられるのじゃ)

「桂さんのことじゃがのう」

清岡が、沈黙したままの慎太郎に語りかける。

「さきの戦争で、京の町は火の海になったそうじゃ。四万軒以上の家が焼け、死人は数えきれんちゅうきに、桂さんと幾松という人も、無縁仏になっちょるんじゃなかろうかのう」

「やちがない（ばかばかしい）。桂さんは、犬死にする人じゃないぜよ」

と、断言したものの、慎太郎も、その危惧《きぐ》にとらわれている。

「それより、薩摩屋敷の様子はどうじゃ」

慎太郎は不安を払うように、話題を変えた。

「また、おまさんを怒らせることになるがのう」

清岡は、兄事する慎太郎を、ちらりと見て、

「西郷吉之助という男、ありゃ、曲者じゃ。長州やわれら志士の味方じゃないぜよ」

「何か聞きこんできたかや」

「今出川《いまでがわ》の藩邸は、警戒がきびしゅうて、近寄れん。けんど、相国寺《しょうこくじ》門前町の居酒屋で小耳にはさんだんじゃが、あのへんは薩摩の下っ端の溜まり場でのう、西郷は、長州を一挙に征伐して、三十七万石を召し上げ、奥州あたりの痩せ地へ国替えさせる、と息巻いちょるそうじゃ」

慎太郎は目を閉じた。沈思黙考の態だが、瞼がぴくぴく動いて止まらない。

馬関の、義侠の豪商白石正一郎の弁護をよみがえらせ、西郷を信じようとするのだが、元来、慎太郎自身、薩摩軍賦役の言行が腑《ふ》におちずにいるのだ。

「よし、明日、確かめてみるぜよ」

「西郷に会うのは、たかで、めんどいぞ」

「なに、手はある」

慎太郎は、成算ありげだった。

翌日、慎太郎は念のため「秋田藩士戸村五太夫」の手札を懐中に、焼け野原の町筋を、御所の方角へ上る。

公家屋敷地はずれの、烏丸通りに中沼了三塾がある。五ヵ月ほど前、薩摩藩士が多く学んでいるところから、西郷に接近する目的で、慎太郎は入門した。だが、目的は果たせず、弟の西郷信吾、中村半次郎らと、つかの間の親交を結んだにすぎなかった。

その後、慎太郎は三田尻へ戻り、次いで禁門戦争である。しかし、学舎の交友は格別で、中沼先生をはじめ、信吾、半次郎らは、

（今度は、わしの切なる願いを無下には拒むまい。いや、けんぜん、西郷うじに会わせてもらうぜよ）

と、おのれを鼓舞しながら、公家屋敷の塀が見えるところまできた。

「はて、行きすぎたぜよ」

首をかしげて引き返しても、焼け跡と新築の家ばかりである。

落成したばかりの店で、軸物を整理している経師屋《きょうじや》を見知っていたので、慎太郎は声をかけて中沼塾の場所をたずねた。

経師屋は、探る目で、しばらく中岡慎太郎を爪先から頭まで睨《ね》めまわしていたが、

「そうじゃ、あんたはんは門人やった」

得心の表情に変わり、焼け跡を指さした。

「中沼塾は、あのあたりでおましたなァ。先生は、それより前に、例の池田屋騒動のあと、あぶつきはって(あわてて)どこぞ行かはりましたえ。なんでも、十津川《とつがわ》あたりに、お隠れちゅう噂どす」

と、声をひそめた。

天皇の叡慮によって発足した学習院の、儒官の経歴をもつ中沼了三までも、身の危険を感じて逃亡しなければならない時勢というのか。

薩摩の門人どもは、まぎれもなく尊王の大義を講じていた師を、擁護することができなかったのか。

慎太郎は、憤怒を新たにして、烏丸通りを丸太町通りに折れ、堀川にそって北へ向かう。

薩摩支藩、日向佐土原藩士である鳥居大炊《おおい》左衛門の、寓居を訪ねるつもりだった。

中沼塾で知り合った鳥居は、禁門戦争で負傷した慎太郎を匿い、西郷吉之助の真意なるも

のも、聞き出してくれた。下津井から礼状を出したが、心待ちしていた文通が無いのが気掛かりといえば気掛かりである。

民家の間に、小さな庭をもつ鳥居宅はあった。木戸が開け放たれていることに、ちらっと不審はよぎったものの、一歩足をふみ入れた途端、出会い頭に、だんだら染めの羽織である。

「あっ」

どちらが先に飛んだのか、恐らく慎太郎のほうが、あっと叫び、間合いのそとへ出たのであろう。

一間ほどの距離をおいて対峙した隊士の肩越しに、玄関や縁側にたむろしている、同じだんだら染めの羽織が目に映る。

(新撰組の、出先屯所になっちょるぜよ)

どうするか、慎太郎は下手に動けない。

「思い出したぞ、そのつら」

隊士の両眼が、残忍な色に燃え、慎太郎から視線をはなさずに、大声を上げた。

「副長、こやつ、長州の、桂小五郎とつがって、壬生《みぶ》にやってきた野郎じゃ」

一斉に飛び出してきた中の、着流しの男は、

(土方歳三!)

慎太郎は脱兎《だっと》のごとく逃げる。

「捕らえろ、鴨《かも》がねぎをしょって来おった」

土方らしい、笑いをふくんだ下知が、慎太郎の耳に入る。

土佐の山里で鍛えた足には自信があるが、京の路地は細く、第一不案内だ。寺の境内に駆け込む。昼寝をしていた猫が驚いて、樹へよじ登る。慎太郎も枝へとびつき、枝葉の繁みに身を反転させ、幹にへばりついた。

隊士が十人近く、境内に乱入してきた。

慎太郎は、向かいの枝で背筋を立てている猫と目を合わせたまま、裏門へ走り抜けてゆく一隊を、やり過ごすことができたのである。

ねぎをしょってきた鴨を取り逃がした新撰組は、隊の面目をかけて、徹底した宿改《やどあらた》めをはじめたようである。

慎太郎は、なおも十日ほど秋田藩邸に潜んで、戸村十太夫がもたらす風説によって、三条実美卿から与えられた任務を遂行しようとした。しかし、

「残念至極じゃがのう、まんつ、朝廷も幕府も、長州征伐一色で、いたわしいごどでござる」

と、溜め息をつく戸村に、お尋ね者の慎太郎との係わりで、主君に禍《わざわい》が及ぶのを恐れる内心がうかがえるようになった。

同志の清岡半四郎も、筆師とその係累に、これ以上迷惑をかけられないと、秋田藩邸にころがりこんできた。

京には、諸藩の長州征討軍が集結しつつあった。軍隊の進行する物音が、藩邸内にも聞こえてくる。

「このまま滞在すれば、戸村どののご厚恩に、仇《あだ》で返すことになる。いったん、身を退くのも兵法の内ぜよ」

慎太郎は清岡に語り、

「大坂蔵屋敷へ出向く舟に、乗せてつかあさいませんかや」

と、戸村に願った。

秋田藩邸では、月に何回か、諸物資搬入のため、公用舟を出す。藩士数人と、荷揚人が七、八人乗り込むのである。

数日後、慎太郎は藩士戸村五太夫として、清岡は荷揚人に扮して、高瀬川を下った。

大坂八軒屋の、荻野屋河岸で、慎太郎と清岡は公用舟をおり、荻野屋の出店で数日、様子をうかがった。

大坂城にも、幕府の旗本隊が続続入城しているという。

「山陽道は、幕府軍の先鋒が出張《でば》るとかで、とても通られやしまへん」

八軒屋の番頭は、主人久兵衛が慎太郎に入れ揚げている志士道楽を、内心、危ぶんでいるようだった。

「堺へ出なすって、阿波へ渡らはったらどないでっしゃろう。川北街道《かわきた》は、まだのんびりしとるというさかいに、多度津か川之江から三田尻へ帰らはったら、よろしゅうおまっせ。できるかぎりの手配は、させてもらいます」

山陽道と備前の海を避けた、この道順のすすめは、下津井に近づけまいとする、主家思いの番頭の苦肉の策なのであろう。

慎太郎は、うなずくほかはない。

堺までは、番頭が船を仕立ててくれる。その出港前夜、密かに土佐藩蔵屋敷へ藩情を探りに行った清岡が、悄然と戻ってきた。

「どうしたかや」

慎太郎の問いに、清岡は、しばし唇をかんでいたが、堪えきれずに嗚咽《おえつ》をもらす。

「兄者が、同志二十三人が、奈半利《なはり》の河原で首をはねられたぜよ」

藩政改革を結社団結して藩庁に直訴したところ、反逆の罪で、清岡半四郎の兄、清岡道之助はじめ、慎太郎の義兄川島総次《そうじ》など二十三人が処刑されたというのである。

小倉談判

禁門戦争直後の七月二十三日、幕府は朝廷に働きかけ、長州藩追討の朝命を出させている。

翌日、中国、四国、九州の二十三藩に、出兵準備令が発せられた。直ちに軍令に応じた藩もあるが、なかには長州に同情をもつ勢力の強い藩があり、総じて、世直しを願う庶民の抵抗もあり、財政困難の折から軍費捻出に苦慮し、笛吹けども踊らずの状態であった。

これに活を入れるため、八月二日、将軍家茂《いえもち》は長州親征を宣言し、御三家紀州藩主徳川茂《もち》承《つぐ》に征長総督を命じた。

ところが、茂承は固辞。すったもんだの末、同じ御三家で前尾張藩主徳川慶勝《よしかつ》が征長総督を受けたのである。

そのとき、慶勝は将軍と幕閣に条件をつけた。

「これは、至極、むずかしいお役目でござる。紀州どのが辞退されたのが、何よりの証拠」

と、嫌味たっぷりである。

元来、尾張徳川家には、反幕府の傾向がある。御三家筆頭であるにもかかわらず、一度も将軍家を継ぎえず、紀州徳川家からは八代吉宗と現将軍家茂が推されている、その遺恨もなしとしない。

あまつさえ、慶勝は、幕政を批判したという科《とが》で隠居を命じられ、弟の茂徳《もちなが》に封を譲らざるをえなかった過去をもつ。

しかし、剛毅で知られる慶勝ゆえに、不統一の諸藩を束ねる総帥役は、この人をおいて他にないといえた。

「お引き受けはするが、総軍の指揮および長州藩処分の条条は、すべて、よろしいか、すべて、総督に一任くださるか」

幕閣は協議して、この条件を呑んだ。

「それでは、お墨付きを」

慶勝は生半可ではない。

十九歳の将軍家茂は二十二歳年長の慶勝に気圧されて、全権委任の親書を与えた。

実質、軍を動かす総参謀に、薩摩の西郷吉之助が正式に決定し、征長軍の陣容がととのったのは、朝命より二ヵ月後の、九月二十三日である。

そのころ、中岡慎太郎は、同志清岡半四郎と菅笠《すげがさ》に白装束という四国巡礼の姿に身を変え、川北街道を西へ歩いていた。

州津《しゅうづ》から北上し、こんぴら路を多度津へ出て、漁師に協力を請い、出国のときとは逆の道順で三田尻へ帰還したのである。

九月二十七日の昼すぎであった。

「中岡さん」

「中岡さんじゃ」

招賢閣通用のくぐり戸をひらいた途端、番所から緊迫した、幾つかの声である。

「みんな、おまさんを待っちょります」

土佐出身の若い浜田辰弥が駆け寄ってきた。

「何事が起こったかや」

同行の半四郎が、あたりを見回しながら、問うた。

慎太郎も忠勇隊で重大事が出来《しゅったい》していることを感じる。

「われらの口からは言えんきに、真木隊長の部屋に行ってください」

浜田は沈痛な面差しである。

慎太郎は清岡を番所に残し、調練処となっている広場を横切って、志士宿所へ急ぐ。

厩《うまや》跡の会議所入り口では、抜き身の槍をきらめかせた隊士が十人ほど、内外を警戒して
おり、慎太郎の姿を見ると、一様にほっとした表情をみせた。

慎太郎は、会議所の隣に建て増した棟へ小走りに入る。

新家屋は、総督部屋、隊長部屋二間、参謀部屋、それに客間から成っていた。

（一難去って、また一難かや）

四ヵ国艦隊との講和後、長州藩の弱将弱卒ぶりと攘夷放棄に前途を見限り、忠勇隊を離脱して長州を去る者が、招賢閣を慕って入隊してくる者を、大幅に上回っていた。

編成変えがなされ、最高幹部は、総督長谷川鉄之進、隊長真木外記、隊長中岡慎太郎、参謀田所壮輔《そうすけ》となっている。

しかし、慎太郎は東奔西走、ひと月、新家屋の隊長部屋を空けていた。

その間に何が起こったのか。

（総督ではなく、真木隊長の部屋へ行け、というのは、どういうわけぜよ）

真木外記は、机に向かって筆を走らせているところだった。慎太郎の呼びかけに、

「おお、よかとこに帰ってきよりましたばい」

振りむきざま、筆を投げ捨てた。

「今のう、心当たりへ片っ端から出す、貴公宛の手紙を書きよったところじゃ」

「何か大事《おおごと》が起きちょるようじゃが、総督はおらるるじゃろうのう」

「おんなるばってん、部屋に閉じこもったきりで、酔い潰れとるごたる」

「なんじゃと」

慎太郎の太い眉がつり上がる。

「もしや、田所どんが係わっちょるか」

外記はうなずいたが、総督と参謀の、数ヵ月来の不和確執に憔悴《しょうすい》しきっていた。

「総督は、田所に、隊規の度重なる重大違反の科《とが》をもって、切腹を命じよった」

「切腹だと！　どだい、伍長会議は了承したのかや」

忠勇隊では、重要事項は、伍長以上の幹部の合議、または了承のもとに決定される。

「田所の、最近の非道ぶりは、誰の目にも余っちょったけんのう、やむをえんという意見たい。ばってん、執行は中岡隊長の同意を得てからということになって、貴公の帰りを待っちょったわけじゃ」

その間、田所壮輔は、会議所の一隅に設けられた仮牢に投じられているという。

（あの抜き身の警戒が、それじゃ）

田所の非道ぶりとは、隊の公金を拐帯《かいたい》して、馬関《ばかん》の遊所で放蕩をほしいままにし、町人とのいさかいは度度で、数人に傷を負わせた、等等であった。

「田所どんは、切腹の沙汰に、怒り狂ったじゃろうのう」

慎太郎は、犬猿の仲である、総督長谷川鉄之進と参謀田所壮輔との修羅場を心に浮かべ、声が湿る。

「それがのう」

真木は、悲しげな、当惑した目の色になって、

「いっちょん、文句をいわず、いつでも腹を切ると、妙に素直なんじゃ。牢では、求めに応じて酒を許しておるが、暴れることは一度もなか。粛然と杯を傾けてござる。かえって、総督のほうが、酒乱ぎみになっちょりますばい」

慎太郎も、意外の感に打たれた。

「両人に会ってきましょう」

慎太郎は、意を決して、座を立つ。

「できれば、穏便に処置したいんじゃがのう」

真木は、慎太郎を見上げて、つぶやくように答える。

「むろん、隊規は厳正であらねばならんたい。ばってん、志を同じゅうした同志じゃ。人が人を、いのちを奪うほど罰してよいものか」

真木は、長兄の真木和泉同様、久留米《くるめ》水天宮《すいてんぐう》祠官《しかん》の家に生まれており、生粋の武人ではない。むしろ、温情の人である。

慎太郎はうなずいて、部屋を出た。

廊下の突き当たりが、総督の部屋である。

酔い潰れているということだったが、気配で察したのであろう、長谷川は端座して、慎太郎を待っていた。

対座すると、苦悩を全身ににじませて、

「何も聞かんでくれ。言わんでくれ。切腹命令は、白紙に戻してもよか。わしに、総督の資格はない。おぬしに一任じゃ。なじょも、善処を願う」

と、両手をついた。

慎太郎は、無言のまま、会議所へ向かう。

馬糞の臭気が抜けきれない廐跡の会議所の、奥の隅を一間四方ほど柵で囲った内で、田所は板壁にもたれて目を閉じている。

「二人きりで話したいきに、はずしてくれんかや」

警固の伍長に、慎太郎が声をかけると、田所は、はっとしたように身を起こした。

伍長が部下を率いて、屋外まで遠のく。

慎太郎は錠をはずして、内へ潜り込んだ。

「おお、見違えたぞよ、えらい色男じゃ」

人々に威圧と老成の感を与えていた鐘馗《しようき》ひげを、田所はきれいに剃っているのだ。現れた素顔は、二十五歳という年相応の面貌である。だが、痛痛しいほど痩《こ》けており、蒼白であった。一見して、病気持ちとわかる。

慎太郎の姿をみて、一瞬動揺した田所は、冷静をとり戻していた。

「蛇の生殺しぜよ。早く腹を切らせてくれ」

慎太郎は、総督から生殺与奪《せいさつよだつ》の権を委ねられたものの、どう処置するか、考えはまとまっていない。

田所は覚悟を決めておる、このまま切腹を執行すべきだと、慎太郎は思う。

忠勇隊の秩序は保たれ、いったん命令を下した総督長谷川鉄之進の面目も立つ。

(田所の乱行は、隊規に照らして、断然、死に価する)

こう考える一方で、穏便な処置を切望する真木と、酒に溺れるほど苦悩し、暗に助命を認可した長谷川の姿が脳裏によみがえるのだった。

慎太郎は、観念して澄み切った目をこちらへ向けている田所を、じっと見つめていたが、

「おんし、脱走せよ」

と、微笑を含んで、ささやいた。

田所は驚き、何か言いかける。

「あやける(おどろく)ことはないぜよ。おのれを生かすために脱藩したわれらじゃ。ここを脱走しても、恥じゃないぞよ。わしが荷物を持ってきてやるきに、堂堂と脱隊して、どこぞで出直してくれ」

透けるように青白であった田所の、瘦《こ》けた顔面に、感激の赤みがさす。

「武士の情け、まっこと、かたじけない」

田所は、土佐藩砲術師範の家に生まれ、江戸で勝海舟や下曾根《しもそね》金三郎に西洋砲術も学んだ俊英であった。三田尻招賢閣でも、出色の人物である。

それが、いつしか、ぐれて、同志の鼻つまみ者になってしまった。その元は、長州藩に賭けた尊攘運動への幻滅であろうが、健康に対する不安も少なしとしない、と慎太郎は察知したのだった。

「けんど、中岡さん、わしは、ここで、この招賢閣で死にたいぜよ。すぐに死のうと思うたが、大小を取り上げられたきに、どうにもならん」

「早まるな、犬死には、天道に背くぞよ」

「わしは、見らるる通り、死病に冒されちょる。労咳《ろうがい》（肺結核）か積聚《しやくじゆ》（癌《がん》）じゃろうが、食い物はおろか、酒も受けつけんようになった。それにのう、わしに行き場所があろうか。国元へ戻っても、投獄されるか、打ち首ぜよ」

「養生先は、わしが何とかする」

田所は、悲しげに、だが頑とした意志を示して、首をふった。

「中岡さん、おまさんらしくないぜよ。隊規は厳正であらねばならん。わしを処刑することで、いささか緩んでおる士気を、引きしめてくれ。わしは、おまさんらに望みを託してのう、一足先に、あの世へ行くぜよ」

慎太郎は、もはや何も言えない。

隊士に命じて風呂を立てさせ、思いのほか衰弱している田所を背負って湯殿へ行き、慎太郎はからだを洗い清めてやる。白衣を取り寄せ、着せてやった。

田所は、涙をにじませ、なすにまかせている。

作法に準じ、庭に畳二枚を敷いた席で、田所壮輔が見事割腹して果てたのは、この日（九月二十七日）の宵であった。

翌朝、慎太郎は、京へ同行した清岡半四郎を伴い、湯田温泉郷へ向かう。三条実美卿ら五卿に、京洛情勢を復命するためである。

二人の足が重く、寡黙だったのは、成果を上げえなかった探索の旅ゆえである。だが、昨夕執行された、同志田所壮輔の切腹が、心の底に澱《よど》んでいることにもよった。

加えて、総督長谷川鉄之進の失踪《しっそう》である。

切腹の席を設《しつら》えている混雑の間に姿を消し、総督部屋に、不徳のいたす所を恥じ、総督を辞して離隊する旨の、書き置きが残されてあった。

湯田に着き、松田屋に入ると、出迎えた土方楠左《ひじかたくすざ》衛門《えもん》から、ここでも悲痛事を聞かねばならなかった。

「井上聞多どのが半死半生ぜよ」

「どうしたことかや」

「三日前の夜じゃ。山口政事堂の御前会議で、無条件恭順をとなえる俗論派を、くちろんぱん（口論）で、ほげほげに打ち負かしたそうじゃがのう、帰路、そこの袖付橋で闇討ちに

いう。
あって、膾斬《なますぎ》りじゃ」
多勢に無勢、顔から足まで、全身十三ヵ所の深手をおって、兄の屋敷にかつぎ込まれたと
井上は、山口政事堂出仕中は湯田にある兄井上幾太郎の屋敷に、寄宿していたのである。
「いのちに別状は？」
「在所《ところ》の医者は、さじを投げたようじゃがのう、たまたま、大坂の緒方洪庵《おがたこうあん》塾で学んだとい
う蘭学者がおって、その人が見よう見まねの手つきで、大傷ゆえ、畳針で十三ヵ所、四十余
針、夜っぴて縫い合わせて、いのちは取りとめたというぜよ」
豪胆をもって聞こえる慎太郎であるが、太い針で全身を縫合される激痛を思い、顔をしか
めた。
慎太郎は、井上に一度会っている。四ヵ国艦隊との講和交渉へおもむく、宍戸刑馬こと高
杉晋作が引き合わせたのである。
四角い顔の、お世辞にも美貌とは称しにくい面貌であった。それが膾斬《なますぎ》りとは、
（ちくと、気の毒ぜよ。じゃが、男は顔ではないからのう）
と思うものの、同情を禁じえない。
「いのち拾いについてはのう、艶種《つやだね》もあるぜよ」
土方は苦笑いを浮かべて、語り継いだ。

「乗りかかられて、とどめの一刀を突き刺されたとき、カチンと音がして、切っ先が胸元ではずれたというんじゃ。あとで見れば、そこに、祇園の君尾《きみお》とかいう女から贈られた、懐中鏡があったきに、芸者遊びも捨てたもんじゃないと、井上どのは瀕死《ひんし》の床で威張っちょったそうじゃ」

黙って聞いていた若い清岡半四郎は、井上の豪傑ぶりに、感嘆をもらす。

慎太郎は、そっと胸元を押さえた。そこには、小鶴から贈られた、錦の小袋に入った護符がある。

「何やら、ひと月の間に、御殿が荒れちょるように見えるぜよ」

清岡と並んで歩く慎太郎は、土方の背に、低い声をかける。

三条実美卿ら五卿に拝謁するための何遠亭《かえん》御殿入門は、意外なほど簡単だった。

ひところ、警護の長州藩士が居丈高で、土方らお付き志士まで出仕がままならず、まして他国者の入門は山口政事堂まで馬を走らせて、その可否を伺う有様であった。

今も、公卿家の家臣以外の同居を認めないのは従前通りである。だが、土方らは、門番に会釈するだけで、出入自由だという。

この緩和は、優遇ではなく、公卿の存在が軽くなっていることの現れであろう。

長州藩にとって、五卿は大義名分の旗印ではなく、無用の長物と化しているのだ。

「植木屋や掃除の者が入らなくなって、久しいからのう」

と、土方も、玄関に至る通路と庭一帯を、悲憤のまなざしで見渡す。

赤や黄の落ち葉が重なり、風に舞っている。美しい景観だが、雅趣とはいえず、荒廃の感が強い。

「われらの申し入れにのう、警備隊組頭の言い草たるや、げに、ごうがにえるぞ。ここは藩公さま別邸じゃから、近近、本来の設備に戻す。そんで、普請はそのときにやるんじゃと」

「いよいよ、追い出しにかかっちょるのかや」

慎太郎は、五卿と自分ら志士が、最後のよりどころである長州領内でさえ、日に日に、孤立を深める実感に、背筋を冷たくする。

先日の、山口政事堂での御前会議では、井上聞多の血を吐くような熱弁によって、正義派がとなえる「武備恭順」が藩是《はんぜ》と決している。

武備恭順とは、武備を増強し、朝廷には恭順の姿勢を示すが、幕府征長軍が無理難題をもちこめば、国の存亡を賭けて、断固、戦い抜く、という強硬論だった。

これに対して、門閥俗論派は、たとえ家老の首を幾つか差し出しても、領国が半減しようとも、「無条件恭順」して、家名を保たねばならぬ、という主張である。

だが、藩是決定の推進者だった井上聞多は、俗論派の闇討ちにあい、重傷の身であった。

(藩是は、くつがえされるかも知れんぞよ。もともと、禁門戦争後は、山口政事堂は俗論派が支配しちょるきに)

しかし、長州には、まだ正義派の重鎮、周布《すふ》政之助や、暴れ馬高杉晋作らがいる。

周布は、一時、逼塞《ひっそく》を命じられていたが、この国難に、藩主の内命をうけて岩国支藩へ走り、藩主吉川経幹《きつかわつねもと》（監物）と打開策を講じていると、慎太郎は聞いていた。

土方と慎太郎、半四郎が、回廊を三条卿の御座の間へ近づくと、異様な気配である。

広縁の端に座し、警固を兼ねた取り次ぎ役の任についている中村円太が、土方と慎太郎、清岡の姿を見て、小走りにやってきた。

「周布どのが、自害なされたばい」

「なんじゃと」

殿中であることを忘れて、慎太郎は鋭い声を発する。

今の今、井上聞多が重傷で倒れても、正義派の重鎮周布政之助や高杉晋作が健在な限り、長州藩に望みはある、と考えたばかりではないか。

「周布どのが止宿されておる吉富《よしとみ》の屋敷が、数日前から様子ばおかしいちゅう噂を耳にした水野さんがのう、三条卿の思し召しで探索したとれすたい」

水野は水野丹後であり、土方、中村とともに、お付き志士三人衆である。

長州藩の本城は萩である。昨年の四月に、山口へ政事堂を移したが、家臣屋敷まで手が回らない。山口勤番の多くは、最寄りの寺院や親戚、知人宅に寄宿していた。

吉富の屋敷というのは、この何遠亭御殿からも近い、湯田郷矢原の大庄屋、吉富藤兵衛

（簡一）の家である。

「吉富方では、影響するところ大なると恐れを抱いて、極秘に藩主御側役に届けたようじゃ。当然、口外無用の厳命たい。ばってん、三条卿の特使じゃから、とうとう口を割って、今さい前、二十五日の夜半、腹を切られたことがわかったんじゃ」

「二十五日の夜といえば、井上さんが闇討ちにあった日じゃないかや」

慎太郎が、また叫ぶ。

「そうよのう。すると、周布どのは、井上聞多が斬り殺されたと早とちりしたきに、望みを失われ、自刃されたかもしれんぞ」

土方は激しく首をふる。

「早まったことを。それとも、岩国での打開策が、思うにまかせんかったかや」

「高杉さんは、今どこじゃ。大事ないかや」

慎太郎が急《せ》き込む。

「さあのう。わしらも気遣っとるばってん、消息が知れんばい」

「萩の屋敷で、休養しちょる噂もあるぜよ」

下段の間の入側《いりがわ》まで進むと、三条実美卿を中に四卿が居流れる、その上段の間の際で、水野が何かしきりに言上していた。

こちらに視線を移した三条卿と目が合い、慎太郎は平伏する。

「中岡、清岡の両人、戻ってきたか。ごくろうである」

公卿独特の高い声が飛ぶ。

「近こう、近こう。京の情勢は、折折のそなたからの手紙で、おおかた、察しがつく。それより、当地《こなた》が大変じゃ。土方も、中村も、こっちへ来やれ。みんなして対策を講じようぞ」

腰を浮かして手招くその姿に、公卿たちの不安が如実に現れている。

何遠亭御殿での話し合いは、日暮れまでつづいた。だが、三条卿をはじめ五卿の愁眉をひらかせるほどの対策が、立てられようはずがない。

幕府軍の出方と、長州藩の対応を、油断なく見守り、

「一旦、緩急あらば、われら一統、身を捨てて、ご守護申し上げまする」

と、お付き志士三人と慎太郎、清岡が、異口同音に言上するほかに方法はなかった。

夕食に、松田屋の女将から献上された角樽《つのだる》が抜かれ、酒宴となった。

しかし、酔うほどに、五卿の口からもれるのは、現状への悲嘆、愚痴、そして望郷の念である。

生まれ育った京を離れて、一年余になっていた。

突然、土方が、朗朗と今様《いまよう》を歌いはじめた。

世は刈こもと　乱れつつ

茜《あかね》さす日も　いと暗く
瀬見の小川に　霧立ちて
へだての雲と　なりにけり

昨年の八月、思いもかけぬ政変で、三条ら尊攘急進派七卿は、長州藩士や志士に護られて、京から長州へ落ちていった。

夜来の雨に、蓑笠《みのがさ》、草鞋《ぞうり》ばきという殿上人たちの先頭に立って導くのは、鎧に身をかためた久坂玄瑞である。

その久坂が、即興で、くり返し歌ったのが、この今様であった。

志士団には土方や清岡もいた。一同、涙ながらに唱和し、瀬見川を渡って、伏見街道を下ったのである。

土方の今様に、当時を思い起こした清岡が唱和した。

うらいたましや　玉《たま》きはる
内裏《うち》に朝夕　宿直《とのい》せし
実美朝臣《さねとみあそん》　季知卿《すえともきょう》

「もうよい。悲しゅうなる。なんぞ、心が浮き立つような、余興をやってたもれ」

耐えきれずに、三条実美が叫んだ。

「それでは、武骨ではござりまするが、国侍の、一つ芸をお目にかけますばい」

すかさず名乗りを上げたのは、場持ちに才のある、福岡脱藩の中村である。

「お道具拝借」

と、長押《なげし》の槍をおろし、筑前今様（黒田節）を歌いながら、豪快に踊る。滑稽な仕草を入れるので、公卿衆は抱腹絶倒、湿っぽさが一気に吹き飛んでしまった。

「次は誰ぞ。都都逸なるものでも、苦しゅうないぞよ」

「高杉うじがござればのう。あの仁なら、三味線抱えて玄人《くろうと》はだしですたい」

水野が、酔顔を光らせて残念がる。

「私が、代わりにやりますぜよ」

慎太郎が、五卿をお慰めしたい一心で名乗りをあげ、三味線を持つ手つきをし、長い顔をふりながら粋に歌う、高杉晋作のまねをはじめた。

三千世界の烏を殺し　主《ぬし》と朝寝がしてみたい

堅物《かたぶつ》が、恥ずかしさに顔を真っ赤にして演ずる珍芸に、やんやの喝采であった。

幕府は、長州藩が拒絶し、責任は幕府にありとした四ヵ国艦隊への賠償金を、肩代わりすることに決した。

この挙で、日本国の支配者が将軍であり、主権は幕府にあることを、内外に再認識させようとしたともいえる。

このころ、征長軍総参謀に内定していた西郷吉之助が、幕府軍艦奉行勝海舟を、海舟の大坂宿所に訪ねていた。

四年後に、江戸無血開城に導く勝と西郷だが、当時から風説によって、互いに相手を、あなどりがたい人物として認め合っていたようである。

海舟のほうは、初対面のひと月ほど前、禁門戦争終息後だが、公用にかこつけて門人の坂本龍馬を薩摩京屋敷へ遣わし、西郷の値踏みをさせている。

神戸の海軍操練所に、坂本が戻ってきた。

「どうだ、噂通りの人物か」

勝が、江戸っ子のせっかちさで問うと、坂本は茫洋《ぼうよう》とした表情のまま、

「西郷ちゅう男は、ばかぜよ。じゃが、そのばかの幅が、とひょうもなく広いと見ました。少したたけば、小さく鳴り、大きくたたけば大きく響く。げに、利口ならば、とひょうもない利口でしょう」

と、答えている。

西郷の勝訪問は、長州征伐と外国艦隊への対処について、幕府の内情を探ることにあった。

「長州を打ち破るなんざ、本気になれば、わけのないことよ。おれが率いる海軍は、四ヵ国艦隊より強いかも知れんぞ」

と、着流しの勝は、ざっくばらんである。

黒縮緬《ちりめん》の羽織をきちんとつけた西郷は、大きなからだを真っすぐに立て、謹聴の態であった。

「しかし、長州は御所に発砲したからといって、天朝さまを狙ったわけではないわさ。貴殿が指揮した薩摩軍と交戦上、弾が勝手に御所へ入りこんだわけで、一体全体、幕府には、長州をやっつける大義名分は無いのさ」

幕府軍要人の、この言い草に、西郷は驚いたように身じろぎする。

「幕府は、先だっての京都（禁門）戦争を、てめえの力だけで大勝したと、思い違いをしておる。幕府が命令すれば、何でも事が成ると、役人どもは傲慢のきわみよ。なっちゃいねえ。徳川二百六十余年、水も動かずば、濁って腐るわさ。やっつけなきゃならんのは、この腐れ幕府よ」

西郷は、どんぐり眼をみひらき、くい入るように小柄な勝を見つめる。

「たしかに、おれは、徳川家から俸禄を頂戴しておる。しかし考えてみれば、その米俵も、農民諸君が汗水たらしてつくり、納めた租税よ。おれは、徳川家人である前に、日本人じゃ。幕府や長州の区区たる運命より、日本全体の未来をまず考えることにしておる」

西郷は、勝と面談ののち、鹿児島の藩庁で国政を補佐している親友大久保一蔵《いちぞう》（利通《としみち》）へ、大略、次のように書き送った。

「勝氏へ初めて面会いたしたところ、実に驚き入った人物にて、最初は打ち叩くつもりのところ、とんと頭を下げ申し候。どれだけ智略のあるやら知れぬあんばいに見受け、現情勢を見通すことにかけては、この勝先生と、ひどく惚れ申し候」

その大久保からも、長州への出兵は名義判然とせず、派兵は差し控えたい、という意向がもたらされていた。

西郷は、七月二十三日の長州追討令直後から、密偵を長州内へ放っている。

報告は、次次に届いていた。

「四ヵ国艦隊と和議を急ぐは、非道なる侵略をしてくる幕府軍に当たるための、一時の権謀、と山口政事堂は諭達しとるようでごわす」

「藩正兵は、さほどとも見えもはんが、奇兵隊など諸隊が強く、士気はわっぜ（大変）高うごわす。後押しする農民も商人も、夷狄《いてき》より、同じ日本人が攻め来たることを怒っており、とりわけ会津と薩摩への憎しみが強うごわす」

「岩国、徳山の両支藩は、上方《かみがた》に近い地形により、本藩の反幕主戦論を危ぶみ、しきりに恭順和平を説得しておる様子でごわす」

正義派から棟梁と仰がれていた家老格政務役の周布《すふ》政之助が、岩国藩主吉川経幹《きつかわつねもと》と意見が合わず、おのれの非力を悔いて自刃したことも、西郷は知っている。

同じ日に、正義派の論客井上聞多が、俗論派に襲撃され、瀕死の重傷を負った事件も聞いていた。

桂小五郎は消息不明のままであり、奇兵隊生みの親高杉晋作は、領外へ身を隠した模様、という密偵の報告も受けている。

西郷は、正式に征長軍総参謀に任じられると、総督徳川慶勝に献言した。

「長州藩の主戦論派は、勢いを失っておりもす。大局から見まするに、ここは長州人をもって長州人を処置させ、戦わずして勝つの策を用いなされては、どうでごわしょう」

尾張慶勝はもともと、大義名分に薄く、出兵命令を受けた二十三藩の足並みがそろいそうにない長州征討に、難色を示していた。

それに、前述のごとく、尾張徳川家には、幕府政策への反感と、紀伊徳川家出身の将軍家を快く思わぬ風潮がある。

無理やり総督を押しつけられた上に、ぶざまな指揮ぶりを見せる羽目に陥るのは、ごめんだという気持ちが強い。

「よろしい。ただ、朝命を拝して諸藩に派兵を命じておるゆえ、面目を失わざるよう、長州に相当の条件をつけ、撤兵にもちこむよう」

と、指示を与えただけで、解決を西郷に委ねたのであった。

西郷は交渉相手に吉川経幹を選んだ。

周防岩国六万石は、毛利支藩だが、由緒は輝かしい。戦国乱世に、山陽山陰十ヵ国を領した毛利元就《もとなり》の次男で、吉川家を継いだ元春《もとはる》の三男、広家《ひろいえ》を初代とする。

西郷は、三代広嘉《ひろよし》が築いた、優美な五連の太鼓橋から成る錦帯橋《きんたいきょう》を、

「これは、これは、ほんのこつ、天下の名橋でごわす」

と、感嘆を惜しまず渡り、山頂にそびえる南蛮造り三層の天守閣をも賞《め》でながら、麓の居館へ入った。

わずかな供回りだけの、敵地乗り込みだが、下交渉を経ているので、険悪な気は全く見られない。岩国藩側は、征長軍総参謀を、細心の配慮で迎えている。

藩主の吉川経幹は、西郷より二歳若く、当年三十六歳のはずだが、老成の風貌であった。

「お役目、ごくろうに存じまする。このたびは、西郷どののご尽力により、寛大なるご処置、感謝にたえませぬ」

卑にならず、昂《たかぶ》らず、冷静な挨拶である。

「日本国のために、よかれと考え、周旋いたしもした。なれど、四つの条件、しかと実行し

もはんことには、まずご当地より攻め込みまするぞ」

　西郷の目に笑みがあった。

「すでに、宗家毛利敬親《たかちか》は、本藩支藩の重職を召し集め、四条件遵奉《じゅんぽう》を決しておりまする」

　経幹は敬虔に答える。

「敬親と世子定広《さだひろ》の自筆謝罪状。山口城破却。率兵上京をなしたる福原、益田、国司《くにし》の三家老ならびに参謀五人の処刑。以上、三ヵ条はご指示次第、実施いたしまするが、ただ一条、五卿を領外に退去させ、一人ずつ五藩へ引き渡すの条は、堂上の方方、いまさら離れ離れになるくらいならば自害する、とご強硬にて、ご承引願うのは困難な実情でございまする」

　五卿の件になると、六万石の当主も脂汗をにじませている。

　西郷は、経幹の策を弄さぬ率直な陳述に、

「わかりもした。その一条は、総督府へ戻り、再吟味いたすことにしもそう」

　あっさり諒解する。

「それでは、さきの三ヵ条、近近派遣される総督使者の指図通り、実行してもらいますぞ」

　鋭い眼光に変わって言い終ると、巨軀の西郷が、ひょいと身軽に座を立つ。

　藩主と側近があわてて、

「別室に、粗餐《そさん》の用意がございますれば」

と、引きとめにかかる。

「戦時でごわせば、長居は無用。飯ならば、各自持参でごわす。のう」

と、西郷が、広間に通された従者数人をかえりみて、羽織をはねると、中村半次郎ら護衛の士も同様、いっせいに羽織をはねて、腰弁当の包みを披露した。

諸藩連合の幕府軍は、和平工作の一方で、安芸の広島に総督大本営を設け、豊前小倉に副総督本営を置いて、防長二州を東西から挾み撃ちにする態勢をととのえつつあった。

西郷が自ら岩国へおもむいて、長州藩の恭順の意志を確かめていたころ、中岡慎太郎は長州藩士時山直八《ときやまなおはち》と、凍《い》てつく山陰道を因幡《いなば》へ向かっていた。

二人は、阿波の郷士主従が大社《たいしや》（出雲大社）参りを発願し、ついでに諸国見物中という拵《こしら》えである。

「またまた、そなたを頼みにして、心苦しいが、まろには、中岡しか思い浮かばなんだ」

因州潜行《いんしゆう》を命じたときの、三条実美卿の気弱な表情が、慎太郎の脳裏を離れない。

「五卿を領外へ退去させ、一人ずつ五藩へ引き渡す」という和平条件は、五卿を激怒させた。

五藩とは、薩摩、肥前《ひぜん》（佐賀）、肥後（熊本）、筑前《ちくぜん》（福岡）、筑後（久留米）の九州外様雄藩であった。

この内定を知った三条卿は血涙を流し、吉川経幹が西郷に陳述した通り、

「五人が、いまさら離れ離れになるくらいならば、自害するぞよ」

と、言い切ったのである。

その日に、慎太郎が呼び出され、

「岡山藩は、幕府軍の通路にあたるゆえ、一層、縁遠くなってしもうた。同じ池田家ながら、因州鳥取藩は長州とまろらに同情を失わず、こたびの長州征討に反対と聞く。鳥取に、五人そろって引き取ってくれるよう、骨折ってたもらぬか」

と、命じるというより、哀願されたのだった。

慎太郎は謹み承ったものの、因幡には、これといって手づるがない。そこで、京都で諸藩周旋掛をつとめ、鳥取藩にも同志が多いという時山に、同行を求めたのである。

時山は、吉田松陰門下であり、奇兵隊の幹部であったから、慎太郎とは親しい。

長州人の他国通行は、ますます困難になっている。慎太郎は、すっかり身についた阿波郷士だが、時山は言葉で見破られる恐れがあるので、慎太郎の供の者とし、役人の前では、耳も口も不自由な態で押し通すことにした。

このように、苦労ただならぬ道中であったが、やはり、使命は果たせなかった。

寒風吹きすさぶなかを、やっと鳥取城下にたどりついたが、どうやら、藩論は一転しているようである。

「いっそいけん（全くだめ）、同志は蟄居《ちっきょ》を命じられたり、投獄されとる。ぐずぐずしておると、わしらも捕らえられるぞ」

と、時山は、久松山《きゅうしょうざん》と麓《ふもと》全体が城郭になっている、その三十二万石池田家の本拠へ入りえず、慎太郎が待つ袋川《ふくろがわ》畔に引き返してきたのだった。

強行軍で、およそ半月後に長州へ戻った慎太郎と時山は、湯田の御殿に五卿がいないことを知り、愕然とする。

何遠亭御殿の表門が開け放たれ、木材や庭石を積んだ荷車が出入して、大普請が行われていることから、異常であった。

慎太郎を見知っているはずの門衛の士は、

「公家さんは、おらん。さあ、どこへ行ったのかのう」

と、尊大で、明らかに、しらばくれている。

「長州から退去させられたんじゃろうか」

時山の声は、怒りでふるえていた。

「女将に聞けば、様子がわかるぜよ」

慎太郎は時山をうながし、松田屋に駆け込んだ。

「悔しいじゃありまへんか。情けのうて、情けのうて」

上方なまりがある松田屋の女将は、慎太郎を見ると、もう泣き声である。

「毛利さまが、これほど、すかたんとは、思いもよらんことでございますよ」

長州藩は、とかげの尾切りのように、益田弾正、国司信濃、福原越後の三家老を切腹させ、四参謀の首を斬り、計七首級を広島の総督府へ送って、恭順和平の証《あかし》にしたというのである。

「公卿さま方は、御殿から追い出されはったのも同様どす、ここから十七、八里ほどの長府の功山寺というお寺さまへご遷座あそばされております」

「土方さんらは、しっかと、お付きしちょるんじゃろうのう」

「それはもう。土方さま、水野さま、中村さまのお三方と、奇兵隊や遊撃隊の皆さんが大勢、お護りして行かはりましたえ」

　慎太郎と時山は、女将が手配してくれた早駕籠に乗って、一路、長府へ向かう。

　この山陽道は、四ヵ国艦隊襲来の折りに、あわただしく往来している。

（思えば、わしは、いつも走っちょるぜよ。脇目もふらずに、東へ西へ、ただ走っちょるが、これでいいんじゃろうか）

　吊り綱をにぎりしめ、腰を浮かせて早駕籠の揺れに身を合わせながら、慎太郎は物思いに沈んだ。

　おのれの不在の間に、大事が次次と起こり、情勢が急変している。

（これから、公卿方は、そしてわしらは、どだい、どうなるんじゃ）

　功山寺《こうざんじ》は元応二年（一三二〇年）の創建と伝わる古い禅寺である。石段をのぼりつめると重厚な山門があり、その向こうに唐様の荘厳な仏殿が、目いっぱいにひろがった。

三条実美はじめ五卿は、仏殿から少し奥まった客殿で起居している。

「おお、中岡、またまた無駄足を運ばせてしもうたのう、許してたもれ」

三条卿は、慎太郎を見るや、身を乗り出した。

「間もなく、ここも出て、いよいよ九州に流されそうな成り行きじゃ。小倉に西郷吉之助がきておってのう、まろらが長州を離れんというならば、約定違反よって、直ちに戦争やと、えげつない(ひどい)談判やそうや」

「西郷うじが、そげな脅しを掛けてきちょりまするか」

慎太郎の眉が、ぐいと上がる。

旅疲れと、去年来の西郷に対する期待感と不信感がないまぜになって、堂上方の御前であるにもかかわらず、慎太郎は怒りを抑制できない。

「よろしゅうございまする。私が小倉へ飛んで、けんぜん、直論判《じきろんぱん》し、わからずば刺し違えまするぜよ」

「待ちゃれ、中岡」

慎太郎の剣幕に、五卿があわて、口口に制する。

「早まってはならぬぞえ。まろらは、五人いっしょならば、九州へ渡ることも、やぶさかではない。皆の者が、このことで、なおも尽力してくれおる。くれぐれも、無茶はしやるな」

年長の三条西季知卿が慰撫《いぶ》し、廊下に控えている、お付き志士の土方楠左衛門を呼んだ。

「中岡と時山の慰労じゃ、ささ（酒）をもて」

御酒をいただき、あらためて因州の情勢を報告したのち、慎太郎と時山は、庫裏《くり》の一隅に設けられてある、お付き志士の控え間へ退いた。

囲炉裏をかこんで座についたが、土方、水野丹後、中村円太の三人衆に加えて、見知らぬ侍が二人いる。

「筑前福岡藩で同輩じゃった、こちらが月形洗蔵《つきがたせんぞう》うじ、こちらが早川養敬《ようけい》うじ。五卿ご動座のことで、いろいろと周旋してくれおる仁ですたい」

と、中村が引き合わせた。

互いに挨拶があって、

「やはり、堂上方は、九州へ渡れば離れ離れですかや」

早速、慎太郎が問う。

「そこを、何とか福岡藩一藩にお迎えしたいと、藩庁や総督府の西郷うじ、それにご当所の奇兵隊等を、説得しよるところでござる」

四十年輩の、苦み走った月形が答える。

水野が、一つ大きく溜め息をつき、

「三条卿は、同胞相争えば皇国のお為にならぬと、五人いっしょならば、という条件つきで九州ご動座を内諾されたばってん、奇兵隊をはじめ諸隊が、騒ぎ立ててのう。五卿を他藩へ引き渡すくらいならば、徹底抗戦じゃと、日に日に、すごか勢いたい」

半開きの戸口からも、境内で、喊声《かんせい》もすさまじく、戦闘稽古に励んでいる隊士たちの、気迫あふれる姿がうかがえる。

「西郷うじはのう、三条卿が仰せられたように、和平条件になっちょる五卿ご動座を実現せにゃ、総攻撃と強談判ぜよ。それに、奇兵隊などが騒ぎ立てちょるのを、ごっぽう、怒っちょるようじゃ」

土方が、これも嘆息まじりであった。

「らちが明かんぜよ。わしはやっぱり、小倉へ飛ぶぞ。西郷うじと決死の直論判じゃ」

苛立《いらだ》ちがますます激しい慎太郎が、まなじりを決して、叫んだ。

豊前小倉は、十五万石譜代大名小笠原氏の居城があり、九州の喉《のど》に位置するところから、海陸の要衝である。

大小の船が輻湊《ふくそう》している紫川《むらさきがわ》河口を中心に、城下町が東西に伸びていた。

船を往来させるために、反りを利かせて架かる長い橋が大橋(常盤橋)で、案内の早川養敬はその見事な擬宝珠《ぎぼし》に手をかけ、

「ここが、長崎街道の起点ですたい」

と、慎太郎に語る。

朝敵である長州人、あるいは志士等長州寄留者の出入国は、厳しく取り締まられている。慎太郎は若党《わかとう》風に身を変え、福岡藩士早川の従僕ということで、今、船番所を通り、上陸したところであった。

小倉に設置された、征長軍副総督府にいる西郷吉之助との会見斡旋《あっせん》を、早川が引き受けてくれたのである。

副総督は、越前福井藩主松平茂昭《もちあき》である。慶永《よしなが》（春嶽《しゅんがく》）が井伊大老から隠居を命じられた当時、急遽、越後糸魚川《いといがわ》の松平家から迎えた養子であった。手兵をひきいているが、お飾りに近い。

「西郷どのは、一見、強面《こわおもて》じゃが、気さくなお人でのう。本人は誰とでも会おうとなさるばってん、取り巻きが、えろう用心深こうて、権柄ずくでのう、往生しますたい」

「信吾どのか中村半次郎どのはおられんかのう。話が早いんじゃが」

慎太郎は、船のなかで言っていたことを、またくり返す。

「薩摩藩は、宮門守護にも当たっとりますけん、ご両人は京のほうらしかばい。まあ、何とかなりますやろ」

橋詰めから城郭の重なりと五層の天守閣が仰がれ、広小路に面して白壁塀をめぐらした広壮な御殿がある。

「小倉藩のお客屋《きゃくや》（迎賓館）ですたい。あれに、副総督府が置かれとる」

早川は、緊張顔になって、鉄砲隊が警備にあたっている表門へ近づく。慎太郎は、従者の態で、やや腰をこごめて、付き従う。

「何者じゃ」

二人の前に立ちふさがったのは、小具足をつけ、手槍をもった数人である。

「拙者に見覚えがござらぬか。ちょくちょく西郷うじと面談しとる、福岡藩士早川……」

「知らん、知らん、差し紙（呼び出し状）か公用書状がない者は、通すわけにはいかん」

「早川養敬といえば、西郷うじも、お待ちのはずじゃ。とにかく取り次いでやんしゃい」

「総参謀どのから何のお達しもなか。お待ちのはずがなかろうが、すらごと（うそ）こくな」

門番の長が、あざ笑った。

早川も慎太郎も、思わず気色ばる。そのとき、

「おお、久しいのう。おはん、甥《おい》っ子の慎太郎じゃなかか」

邸内の詰所にいた初老の武士が声を上げた。

「鳥居……」

どの、と慎太郎は言いかけて、

「伯父さんは、ここでございましたか」

たちまち甥っ子になりきった。

禁門戦争のとき、負傷した慎太郎を匿ってくれた、島津一門佐土原藩の、他藩応接掛鳥居大炊《おおい》左衛門である。

京脱出の道筋で、新撰組の誰何《すいか》をうけたとき、「これは、甥っ子じゃ」と大喝して追っ払ってくれた、重ね重ねの恩人であった。

とっさに慎太郎の目的を察した鳥居は、

「こん二人は、西郷総参謀が、よう知っとる者でごわす。おいどんが引き受けもす」

と、慎太郎と早川を連れて、さっさと奥の建物へ急ぐ。

道道の積もる話で、鳥居が住まっていた京の借家が、新撰組屯所に変わっていた怪も解ける。尊攘志士に同情をもち、出入りを許していた鳥居は、幕府の手前、国元の日向《ひゅうが》へ召還され、その志士たちを捕えるため、新撰組が網を張っていたのだった。

鳥居の口利きで、すぐ中庭へ通された。

なんと、巨体の征長総参謀は、そこで相撲をとっているではないか。

十二月四日である。薄日がさしているとはいえ、酷寒だった。だが、西郷ら十数人は、諸肌をぬぎ、裾をからげて帯に通した姿で、何箇所かに分かれて押し相撲に興じている。

取り次ぎに耳打ちされた西郷は、鳥居へ大きくうなずき、視線を慎太郎に移すと、

「おまさあも、いっちょ汗をかきもはんか」

と、邪気のない笑顔で、手招きする。

「お相手願いますぜよ」

慎太郎も大声を返し、刀を早川に預けて、諸肌をぬぎながら駆け寄った。

慎太郎は長身だが、西郷は一回り大きく、肉付がよい。慎太郎は負けん気で組みつく。

西郷は、ぐっと腰を落として踏んばり、

「おはんのことは、鳥居どんや信吾から、たびたび聞いとりもす。今日お越しは、五卿動座の件でごわすか」

「次第によっては、おまさんと刺し違える覚悟できましたがのう。談判の前に相撲じゃ、力が奪われますぜよ」

西郷は、天を仰いで哄笑する。

「気を逸《そ》らせるのも、四十八手の内でごわす」

書院での談判は、なごやかに進められた。

慎太郎の理をつくした要望に、

「わかりもした。五卿を、離れ離れにせず、筑前一藩へお移り願うことは、引き受けもそう」

西郷は誠実に答えたが、厳しい目になり、

「奇兵隊などが、五卿の長州出国を阻もうと騒いどるようでごわすが、この取り鎮めは、おはん、頼みますぞ」

「心得ました」
慎太郎は、西郷に負けぬ鋭いまなざしで見返し、簡潔に答えた。

（下巻へ続く）

（単行本）『中岡慎太郎 上巻』一九九二年一〇月、講談社
（文庫本）『中岡慎太郎』一九九七年一二月、講談社文庫

人物文庫

中岡《なかおか》慎《しん》太郎《たろう》（上）

二〇〇九年一〇月二〇日［初版発行］

著者――堀《ほり》 和久《かずひさ》

発行者――光行淳子

発行所――株式会社学陽書房
東京都千代田区飯田橋一-九-三 〒一〇二-〇〇七二
〈営業部〉電話＝〇三-三二六一-一一一一
FAX＝〇三-五二一一-三三〇〇
〈編集部〉電話＝〇三-三二六一-一一一二
振替＝〇〇一七〇-四-八四二四〇

フォーマットデザイン――川畑博昭

印刷所――東光整版印刷株式会社

製本所――錦明印刷株式会社

ISBN978-4-313-75251-1 C0193

学陽書房 人物文庫 好評既刊

直江兼続〈上・下〉 北の王国 童門冬二

上杉魂ここにあり！〝愛〟の一文字を兜に掲げ、戦場を疾駆。知略を尽くし、主君景勝を補佐して乱世を生き抜き、後の上杉鷹山に引き継がれる領国経営の礎をつくった智将の生涯を描く！

小説 上杉鷹山〈上・下〉 童門冬二

灰の国はいかにして甦ったか！ 積年の財政危機に疲れ切った米沢十五万石を見事に甦らせた経営手腕とリーダーシップ。鷹山の信念の生涯を描くベストセラー小説待望の文庫化。

吉田松陰〈上・下〉 童門冬二

山陰の西端に位置する松下村塾から、幕末・維新をリードした多くの英傑たちが巣立っていった。魂の教育者松陰の独特の教育法と、時代の閉塞を打ち破るその思想と行動と純な人間像を描く。

小説 立花宗茂〈上・下〉 童門冬二

なぜ、これほどまでに家臣や領民たちに慕われたのだろうか。義を立て、信と誠意を貫いた戦国武将の稀有にして爽快な生涯を通して日本的美風の確かさを描く話題作、待望の文庫化。

小早川隆景 毛利一族の賢将 童門冬二

父毛利元就の「三本の矢」の教訓を守り、兄の吉川元春とともに一族の生き残りを懸け、「毛利両川」となって怒濤の時代を生き抜いた賢将・小早川隆景の真摯な生涯を描く。

学陽書房 人物文庫 好評既刊

勝海舟　村上元三

貧しい御家人の家に生まれた勝麟太郎。時代のうねりの中で海軍の創設、咸臨丸での渡米など、大きな仕事を成し遂げ、江戸無血開城へ…。維新の傑物の痛快な人生を描いた長編小説。

松平長七郎 浪花日記　村上元三

謀反の疑いをかけられて自害した駿河大納言忠長の忘れ形見・松平長七郎長頼。市井で自由に暮らしているが、亡父の名を騙る陰謀に立ち上がった…。名手による痛快時代小説！

松平長七郎 江戸日記　村上元三

将軍・家光の甥でありながら気ままに暮らしている松平長七郎長頼。家臣の宅兵衛、右平次らと共に自慢の腕で難事件を解決する…。名手による痛快時代小説、待望の復活！

加田三七捕物帳　村上元三

働きぶりと金に淡白な性格で、遠山奉行に定廻り同心に抜擢された加田三七が、本所石原の幸助、銀町の清五郎と事件を解決。市井に生きる人々の悲喜と江戸の風情を織り込んだ珠玉の捕物帳。

真田十勇士　村上元三

猿飛佐助、穴山小介、海野六郎、由利鎌之助、根津甚八、望月六郎、霧隠才蔵、筧十郎、三好清海入道、三好伊三入道。智将・真田幸村のもとに剛勇軍団が次々と集まってきた…。連作時代小説。